奥州橋　同寺の乾の隅ゝ架を土橋をいへとゝ往古の奥州海道ふ
しく水神の社の上通り黒田家の邸園ゝ今も松の列樹あるゝ
其旧跡なりとのへゝ

宿坂関之旧跡　同北の方金乗院といふ密宗の寺前を四谷町此
方へ上る坂口をゝふ同ゝ寺の裏門の辺ゝ總の平地あり土人ゝ
てゝをいふ此地ハ昔の奥州街道やといく頃関
門のあり

木花開耶姫社　同所小坂の中敗よあり
此坂を清玄坂と按ゝゝ冨士浅間宮の祭神ハ木花開耶姫
當社の額ハ木花開耶姫命の六字ハ水戸黄門光國卿の親筆
なり今別當金乗院ゝ傳ふ

藤杜稲荷社　同所岡の根ゝ傍ゝあり又東山稲荷とも称せり昊鹹

ORIGINAL JAPANESE TITLE : EMUBURIO KITAN

ⓒ 2012 by Asako Yamashiro
Cover illustration ⓒ Takato Yamamoto
Design ⓒ Naoko Nakui
Original Japanese edition published by KADOKAWA CORPORATION.
Edited by MEDIAFACTORY.
Korean translation rights arranged with KADOKAWA CORPORATION.
through The English Agency (Japan) Ltd. and Danny Hong Agency

이 도서의 국립중앙도서관 출판예정도서목록(CIP)은 서지정보유통지원시스템 홈페이지(http://
seoji.nl.go.kr)와 국가자료공동목록시스템(http://www.nl.go.kr/kolisnet)에서 이용하실 수 있
습니다.
(CIP제어번호: CIP2014005435)

엠브리오 기담

야마시로 아사코 소설

김선영 옮김

엘릭시르

エムブリヲ奇譚

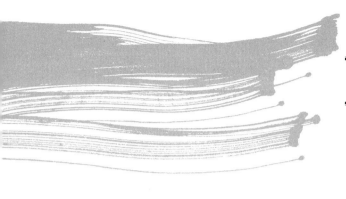

차
례

엠브리오 기담

‥1‥

　서민들이 소원을 빌기 위해 신사와 사찰을 찾거나 치료를 목적으로 온천을 찾게 된 것은 최근의 일이다. 그 전까지는 여행을 위한 가도街道라는 게 있지도 않았고, 군데군데 끊긴 비좁은 길이 여기저기 흩어져 있을 뿐이었다. 큰 전쟁이 연이어 일어나고, 맞붙은 지방끼리 자주 다툼을 벌였던 탓이다. 그런 상황에서 길을 정비하는 짓은 제 목을 조르는 꼴이나 다름없었다. 도로 정비는 적군의 침입을 거들기 때문이다.

　모든 지방이 통일되자 이번에는 가도 정비가 활발히 이루어졌다. 중앙에서 각지로 전령을 보내기 위해, 말이 달리기 쉬운 길과 말이 쉴 곳이 필요했다. 각 지방들은 큰 가도를 잇고, 거리를 가늠하기 위해 일 리마다 표식을 세우고 각지에 여관 마을을 건설했다.

차츰 사람들의 왕래가 활발해졌다. 공문서를 든 관리들만 가도를 이용하는 건 아니었다. 세상이 안정되고 농민과 백성들의 생활이 향상되자 가도를 이용해 멀리 떠나는 사람들이 늘었다. 그들은 유명한 신궁을 참배하는 것을 평생의 유일한 낙으로 삼았다. 참배하는 김에 각지의 명소와 연극을 구경하고, 온천에서 몸을 치유하려는 목적도 있었다. 몇 개월에 걸쳐 도보로 각지를 돌고, 입소문으로만 들었던 대해와 신사, 사찰을 보고 진귀한 음식을 즐기게 되었다.

그러면서 인기를 얻은 것이 『도중기道中記』나 『순람기巡覽記』, 『명소기名所記』와 같은 서적이었다. 이런 책에는 여로의 역참과 거리, 짐삯, 관문, 명승고적 등에 대한 설명이 기록되어 있었으며 심지어는 여관 주인을 구슬려 삶는 방법까지 있었다. 그 책을 읽는 대부분의 독자가 여행을 해 본 적 없는 사람들이기 때문에 친절하고 꼼꼼히 적어 놓아야만 했던 것이다. 그 기록들은 작은 책자나 접지로 제작되어 들고 다니기 편했다. 사람들은 그 책들을 주머니에 넣어 길을 가면서 펼쳐 보는 것이었다.

이즈미 로안이라는 사내는 『도중여경道中旅鏡』이라는 접이책을 써서 얼마간의 푼돈을 벌었다. 몸은 홀쭉하고 나이는 불명.

머리카락은 여자처럼 길면서 묶지도 않는다. 그런 꼬락서니의 남자가 달리 없었기 때문에 로안이 거리에 있으면 눈에 띄었다. 참고로 이즈미 로안이라는 이름은 책을 쓸 때의 필명이며, 본명은 따로 있는 모양이지만 내가 아무리 물어도 절대 말해주지 않는다.

그와 말을 트고 몇 번인가 만났을 때, 그가 내게 무슨 일을 하는지 물었다.

"지금 찾고 있는 중입니다."

"그럼 이번에 같이 여행을 가지 않겠나?"

로안은 사정이 있어 최근 짐꾼이 달아난 터라 대신 짐을 들어 줄 사내를 찾고 있던 참이었다.

"가도에는 소매치기와 강도가 들끓고, 산길에는 무서운 동물들이 있지. 하지만 사내 둘이라면 그나마 조금은 든든할 게야."

여행 비용은 의뢰처에서 부담하는데다가 무사히 돌아오면 보수도 준다고 한다. 의뢰처란 로안에게 책 집필을 의뢰한 상점을 말한다. 새로운 길 안내서를 만들려는 의뢰처의 부탁을 받고 여행을 떠나는 것이다. 일자리가 궁하던 나는 로안의 제안을 기꺼이 받아들였다.

하지만 나는 오판을 하고 말았다. 이즈미 로안과 몇 번 여행을 하면서 나는 그 사실을 깨달았다. 어째서 이전 짐꾼이 달아났는지, 그 이유를 좀 더 자세히 캐물었어야 했다.

보수에는 문제가 없었다. 이즈미 로안의 성격에도 불만은 없다. 오히려 나는 그의 성격이 마음에 들었다. 여행길에 문화 차이 때문에 아무리 부당한 취급을 받아도, 아무리 맛없는 요리가 나와도, 그는 불평 한마디 하지 않았다.

그러나 그와 함께 하는 여행은 즐겁지 않았다. 그 이유 중 하나는 여행의 목적지가 대부분 있는지 없는지도 모를 장소였기 때문이다.

그의 여행 목적은 신사나 사찰 참배도, 온천 휴양도 아니었다. 길 안내서를 쓰기 위한 취재였다. 하지만 유명한 온천이나 명승고적은 대개 이미 책에 나와 있었다. 그래서 이즈미 로안과 의뢰처는 어떤 책에도 없는 관광지를 찾고 있었다. 그들은 아직 이름은 없지만 훌륭한 효능을 가진 온천이나 한 번쯤 볼만한 사찰을 소개할 수 있다면 분명 책이 잘 팔릴 거라 예측하고 있었다.

그래서 이름 없는 온천에 대한 입소문을 들으면 직접 가서 확인하고 온다. 저 산하고 저 산 너머에 거대한 사원이 있다는 이야기를 들으면 일단 한번 가 본다. 그것이 이즈미 로안의 여행이었다.

하지만 실제로 그런 비경이 있었던 적은 한 번도 없었다. 적어도 내가 함께 갔던 여행에서는, 사전에 들었던 그런 온천은 눈을 씻고 찾아봐도 없었다. 목적한 장소에는 여관조차 없는 쇠락한 촌락뿐이라, 지푸라기를 둘둘 감고 추위를 견디며 밤을 보내야 했다. 이래서야 여행을 할 때마다 마음이 피폐한 것도 당연한 일이다.

내가 로안의 여행에 동행하지 않게 된 이유는 한 가지가 더 있다. 이즈미 로안은 길치였다. 그는 확실히 여행에 익숙했다. 지치지 않게 걸을 줄도 아는지 하루 종일 걸어도 기운이 넘쳤다. 하지만 백이면 백, 길을 잃는다. 어린애도 똑바로 갈 수 있는 외길에서, 어째선지 로안이 앞장을 서면 아침에 출발한 마을로 돌아오고 마는 것이다. 아니, 그가 뒤에 서도 마찬가지였다. 이즈미 로안의 끔찍한 방향 감각은 동행한 사람 모두에게 영향을 끼치는 듯했다. 덕분에 반나절이면 도착할 곳을 찾아가는 데 일주일이나 걸린 적도 있다. 자고로 그런 사람은 여행을 말아야 하는데, 이즈미 로안 스스로는 신경 쓰는 기색도 없어 길을 잃어 예상치 못한 절벽이 튀어나왔을 때도 "요상하구나, 요상해!" 하고 재미있다는 듯이 웃기만 했다.

덕분에 매번, 기묘한 곳에 끌려갔다. 쌍둥이만 태어나는 마을에도 가 보았고, 말 한 마리만 애지중지 숭배하는 마을에도

가 보았다. 참고로 마을 사람들은 그 말이 위인의 환생이라고 믿고 있었는데 내 눈에는 그냥 말로 보였다. 오래 몸을 담그고 있으면 동물들이 모여드는 이상한 온천도 있었다. 원숭이나 사슴은 물론이요, 그때까지 본 적도 없던 세 발 달린 미끄덩한 동물도 있었다. 이즈미 로안은 그런 장소들을 기록해 책을 쓸 요량이었겠지만 어디든 우연히 헤매다 도착한 곳에 지나지 않아 우리도 정확한 위치를 몰랐다. 며칠 후 똑같은 길로 다시 가 보아도 그곳에는 아무것도 없었다.

세 번째 여행에서 나는 마침내 넌덜머리가 났다. 무릎 통증에 좋다는 온천이 있다기에 가 보았다. 아직 그 온천은 어느 책에도 소개되지 않아, 장소나 효능을 쓰면 책이 날개 돋친 듯 팔릴 거라 했다. 하지만 이 주나 걸려 도착한 장소에는 아무것도 없었다. 온천 특유의 퀴퀴한 냄새조차 없었다.

"가끔은 이럴 때도 있지."

이즈미 로안은 태평하게 말했지만 나는 지칠 대로 지쳤다. 마을로 돌아오는 길에는 역시나 로안 때문에 길을 잃어, 갈 때는 지나지 않았던 동네에 다다랐다.

나는 그곳에서, 인간의 태아를 주웠다.

‥2‥

되짚어 보면 그곳은 기묘한 마을이었다. 아침이고 낮이고 하루 종일 안개가 자욱해, 건물 윤곽이 뿌연 안개 속에 녹아 있었다. 인기척도 별로 없고 가끔 사람들과 마주쳐도 그 얼굴은 안개에 묻혀 보이지 않았다. 건물 안에서 말소리는 들리지만 우리가 가까이 다가가면 뚝 그쳤다. 날이 저물어 묵을 곳을 찾았지만 여관 주인도 묘했다. 장지문 틈새로 우리를 노려보더니 묵고 가도 되니 숙박비는 함 속에 넣어 두라고 지시하고는 장지문을 닫고 사라져 버렸다. 숙박부에 이름이라도 적어 둘까 하고 그 자리에 있던 숙박부를 펼쳐 보니 온통 모르는 글자가 새카맣게 빼곡히 차 있었다. 우리가 묵은 방은 공동으로 쓰는 큰 방이라 우리 말고도 다른 숙박객이 몇 명 있었는데, 하나같이 머리 꼭대기까지 이불을 뒤집어쓰고 이따금 끙끙거리거나 흐느끼곤 했다. 나는 밤늦게까지 잠들지 못했지만 이즈미 로안은 개의치 않고 쿨쿨 잤다. 산책이라도 하면 잠이 좀 올까 싶어 나는 한밤중에 이부자리에서 빠져나왔다.

밖에는 싸늘한 바람이 불고 있었다. 물기를 머금은, 축축한 여자 머리카락 같은 바람이다. 바람은 내 목과 팔에 들러붙었다가 아무도 없는 길 저편으로 사라졌다.

거닐면서 앞으로의 일을 생각했다. 이 여행이 끝나면 이즈미 로안에게 짐꾼 노릇은 그만두겠다고 해야지. 새 일을 찾아야 하는데, 이번 여행에서 번 돈으로 당분간 내 입 하나쯤은 풀칠할 수 있을 것이다. 나는 가족도 없고 먹여 살려야 할 사람도 없었다.

그때, 찰박거리는 소리가 들렸다. 호롱불이 없어서 주위는 어두웠다. 눈에 힘을 주고 있자니 달이 안개 속까지 비춰 주었다. 개 몇 마리가 개울가에 모여 머리를 맞대고 뭔가를 먹고 있었다. 내 인기척을 느낀 개들은 입에 하얀 물체를 물고 흩어졌다.

개울가에는 시커먼 진흙이 깔려 있었다. 그곳에 하얗고 작은 물체가 점점이 떨어져 있었다. 아무래도 무슨 생물 같은데, 크기는 새끼손가락만 했다. 물고기가 잔뜩 낚였나 보다 했지만 하얀 뱃살이 개구리나 애벌레 같았다. 바짝 말라비틀어진 것도 있고 진흙탕에 불어 썩어서 구더기가 득실거리는 것도 있었다. 움직이는 것은 하나도 없고 전부 죽어 있는 듯했다. 개들은 그것들을 씹어 먹고 있었던 것이다. 먹다 말아서 갈기갈기 찢긴 찌꺼기가 있었다. 이것은 과연 무엇일까? 형태가 그대로 있고 아직 표면에 윤기가 있는 것을 손바닥에 얹어 숙소로 가지고 돌아왔다.

"자네는 모르나? 그건 엠브리오라는 거라네."

새벽녘에 눈을 뜬 이즈미 로안은 내 손바닥에 얹힌 허여멀건 것을 보며 말했다.

"엠브리오?"

"인간의 태아지. 모른단 말인가? 인간은 갓난아이가 되기 전에 모친의 배 속에서 그런 모습을 하고 있다네. 어제 개울가에 나카조 산원産院이 있었던 걸 기억하는가? 나카조는 예로부터 낙태를 전문으로 하는 곳이지. 분명 그곳 의사가 여자 배 속에서 빼낸 태아를 근처에 버린 게야."

로안도 실물은 처음 본다고 했지만 남방에서 건너온 책에 태아에 대한 정보가 삽화와 함께 실려 있었다고 한다. 그 말을 듣고 어젯밤 광경을 떠올리자 왠지 으스스했다.

"그건 땅에 고이 묻어 주는 게 낫겠네."

여장을 꾸리며 이즈미 로안이 말했다. 나는 태아를 손바닥으로 감싼 채 밖으로 나갔다. 여관 뜰 앞에 구덩이를 파서 그 안에 고이 누이고 위에 흙을 덮으려 할 때였다. 태아가 꿈틀꿈틀, 배를 실룩거렸다. 죽은 줄 알았는데 살아 있었던 모양이다.

꿈틀거리는 태아를 묻기는 거북했다. 애벌레처럼 생기긴 했지만 분명 사람이다. 산 채로 묻었다간 살인을 저지르는 것이나 다름없다. 어쩔 수 없이 나는 녀석을 주머니에 넣고 여관을 나섰다. 이즈미 로안의 말에 따르면 태아는 여자 배 밖에서는 그리 오래 살지 못한다고 한다. 그렇다면 이윽고 자연히 숨이 다할 테니 그 후에 묻어 주면 찜찜할 일도 없으리라. 처음에는 그렇게 생각했다.

하지만 예상을 뒤엎고 녀석이 도통 죽질 않았다. 그 점에는 이즈미 로안도 깜짝 놀랐다. 우연히도 내가 주운 태아는 살아남으려는 의지가 강한 녀석이었던 모양이다. 여관을 나선 지 반나절이 지났는데도 주머니 속에서 계속 꿈틀거렸다.

"아직 살아 있다면 뭔가 먹이는 게 낫지 않겠나?"

가도를 걸어가면서 이즈미 로안이 말했다.

"굶어 죽기라도 하면 자네가 죽인 셈이야."

그런 말을 해도 태아에게 대체 뭘 먹여야 할지 모르겠다. 한참 고민한 끝에 쌀뜨물을 헝겊에 묻혀 태아의 자그마한 입가를 축여 주었다. 물고기 같기도 하고, 개구리 같기도 하고, 또 어찌 보면 애벌레 같기도 한 작고 하얀 물체가 내 손바닥 위에서 새끼손가락 손톱보다도 작은 입을 오물거리며 헝겊을 빨았다.

그 후로 사흘도 지나지 않아 우리는 원래 마을로 돌아왔다. 나와 이즈미 로안은 무사히 귀환했다는 사실에 기뻐했다. 나는 이제 짐꾼 노릇을 그만두겠다고 로안에게 말했다.

"나하고 또 여행을 가고 싶으면 언제든 말하게."

"그럴 일은 절대 없습니다."

삯을 받고 로안과 헤어졌다. 이즈미 로안은 이제 의뢰처를 찾아가 여행 결과를 보고하겠다고 했다. 여행길에 쓴 장부를 보여 주고 지불한 금액을 경비로 청구해야 한다고 했다.

나는 오래 비워 두었던 집으로 돌아가 행장을 어깨에서 내려 놓고 한숨을 돌렸다. 다다미 위에 다리를 쭉 뻗고 벌렁 드러누우려고 하는데 옷과 배 사이에서 태아가 툭 굴러떨어졌다. 깜짝 놀랐는지 움찔움찔, 허여멀건 배를 바르르 떨기에 이제 죽으려나 보다 싶었지만 태아는 곧 새근새근 잠이 들었다. 죽을 기미는 도통 없고 오히려 날이면 날마다 표면의 윤기가 좋아졌다. 그렇다고 해서 죽일 수도 없는 노릇이고, 생판 모르는 남에게 줄 수도 없다. 나는 하얀 태아를 보며 팔짱을 꼈다.

우리 집에 놀러 오는 손님이 방구석에 돌돌 말아 놓은 옷을 들여다보고는 이게 뭐냐고 물었다. 옷 속에서 하얀 애벌레 같은 녀석이 꿈틀거리고 있었다.

"이건 엠브리오야. 그러니까 태아라는 거지. 어때, 데려갈래? 사실은 어찌해야 할지 모르겠어."

손님은 소름 끼친다는 듯이 태아를 바라보았다. 허여멀건 몸뚱이에 볼록 튀어나온 배. 발달이 덜 되어 단순한 돌기에 지나지 않는 손발. 몸에 어울리지 않는 거대한 머리에는 과연 보이기나 하는지 의문스러운, 묵으로 점을 콕 찍어 놓은 듯한 눈동자가 있었다. 도마뱀처럼 꼬리 같은 것까지 있다. 전체적으로 그냥 내장의 파편처럼 생겨서, 이게 사람 모습이 된다고는 도저히 상상할 수가 없었다.

태아를 맡아 줄 손님은 없었다. 어쩔 수 없이 녀석을 돌보는 나날이 계속되었다. 손바닥 위에 얹고 쌀뜨물을 주는 사이에 그 녀석도 나를 의식하게 되었다. 방구석에 내버려 두면 필사적으로 몸을 움직여 관심을 끌려고 했다. 손으로 살짝 감싸 주면 불안이 씻겨 나간 것처럼 조용해지더니 이내 새근거리기 시작했다.

밥그릇에 미지근한 물을 받아 몸을 씻겨 주었다. 녀석의 피부는 허여멀겠지만 개구리나 물고기, 도마뱀, 그 어느 것과도 달랐다. 갓난아이의 피부와 내장 표면의 딱 중간 정도였다. 밥그릇에 미지근한 물을 받아 몸을 담가 주면 녀석은 어머니의 몸속이 떠오르는지 꽤나 기분이 좋아 보였다. 온천을 찾아 여행을 떠나는 사람은 많지만 태아까지 목욕을 좋아할 줄은 몰랐다. 미지근한 물에 빠지지 않도록 손끝으로 몸을 잡아 주면서 "어이" 하고 부르면 태아가 몸을 비틀어 손가락에 매달린다. 몸을 간질여 주면 녀석은 신 난다는 듯이 미지근한 물에서 참방참방 물장구를 쳤다.

주머니에 넣거나 손으로 감싸고 있으면 태아와 맞닿은 부분이 따뜻했다. 이 주나 함께 지내다 보니 점점 이 녀석이 귀엽다는 생각이 들기 시작했다.

가족이라 부를 만한 존재가 생긴 건 처음이었다. 철이 들었을 때 이미 부모님은 타계한 뒤였고 형제도 없었다. 지금까지 속 편하게 혼자 살았고, 앞으로 누군가와 함께 살 거란 생각을 해 본 적도 없었다. 가족이라는 게 생기면 대체 어떤 기분일까 상상한 적은 있지만. 태아를 손끝으로 어루만지며 꾸벅꾸벅 졸 때면 그때까지 몰랐던 온기가 자꾸만 가슴속에 솟아나는 것이었다.

··3··

태아는 둘둘 말아 놓은 내 낡은 옷 속에서 하루 종일 지냈다. 이따금 볼일이 있어 그 녀석을 내버려 두고 밖에 나갈 때가 있었다. 그런 날은 집에 돌아와 보면 그 녀석이 후줄근한 옷에서 조금 떨어진 곳에 동그마니 놓여 있었다. 아무래도 내가 옆에 없으니 불안해서 방 안을 찾아다니려 한 모양이다. 하지만 그 녀석은 애벌레처럼 생긴 주제에 몸을 꾸물꾸물 움직여 이동할 줄도 모른다. 이부자리로 쓰는 낡은 옷에서 툭 떨어져 나오면 언제나 거기서 힘이 다하는 듯했다. 그 녀석을 주워 들어 작은 몸에 숨결을 후우 불어 주면 내가 돌아온 걸 이해하는지 기쁜 듯이 몸을 흔드는 것이었다.

그런 터라 외출할 때는 되도록 옷깃 속에 넣어 데리고 다니기로 했다. 옷 속에서 실례를 할 때도 있었지만 태아의 몸에 들어가는 건 고작 쌀뜨물이었으니 냄새도 없어 딱히 더럽다는 생각은 들지 않았다.

어느 날, 평소 알고 지내는 사내 녀석과 함께 놀 때도 그 녀석을 옷 속에 넣고 있었다. 국숫집에서 술을 진탕 마시고 있었을 땐 배 부근에서 조용히 자고 있더니, 친구 녀석이 날 노름에 끌어들이려 하자 꿈틀거리기 시작했다.

나는 그때까지 노름을 해 본 적이 없었지만 이즈미 로안과 여행을 다녀와 주머니가 두둑했기 때문에 시험 삼아 놀아 보는 것도 좋겠다 싶었다. 친구가 안내한 곳은 마을 변두리에 있는 폐옥 2층이었다. 다섯 명쯤 되는 사내들이 촛불을 켠 방에서 주사위를 던지며 놀고 있었다. 노름이라기에 험상궂게 생긴 사내들이 모여 있을 줄 알았는데 방에 있는 것은 나나 이즈미 로안처럼 얌전해 보이는 사람들이라 마음이 놓였다.

주사위를 밥그릇에 넣고 흔들다가 그 자리에 엎어 놓는다.

눈의 숫자를 예상해서 돈을 건다. 판에 끼어 열을 올리고 있으려니 태아가 옷 틈새로 기어 나와 판에 엎어 놓은 그릇 옆에 드러누웠다. 사내들은 작은 내장처럼 생긴 녀석이 갑자기 튀어나오자 깜짝 놀랐다. 이 녀석은 태아라는 것이고 갓난아이가 되기 이전의, 모친의 태내에 들어 있어야 할 생명이라고 설명했다. 사내들은 방구석에 있는 동료를 불러와 다 함께 어깨를 맞대고 신성한 존재라도 보듯이 하얀 태아를 들여다보았다.

다시 노름판이 벌어졌고 주사위 눈에 일희일비하는 사이 어느새 빈털터리가 되고 말았다. 이즈미 로안과 떠난 여행으로 번 돈은 그날 노름으로 안개처럼 사라지고 말았다. 태아를 가슴에 품고 폐옥을 떠날 때는 이미 동이 트고 있었다.

어깨를 축 늘어뜨리고 집까지 걸어가는 도중에 돌멩이를 걸어찼다. 이렇게 빨리 돈을 다 써 버릴 줄 몰랐다. 또 무슨 일이든 해야만 한다. 그때 방금 전 태아를 들여다보던 사내들의 얼굴이 떠올랐다.

세상에는 호기심에 태아를 구경하려는 사람들이 더 있을지도 모른다.

이튿날, 나는 집 한구석에 암막을 치고 큰길로 나가 통행인들을 불러들였다. 집이 왕래가 많은 곳에 있어 손님들을 불러

들이기 쉬웠다.

"엠브리오, 엠브리오입니다! 날이면 날마다 볼 수 있는 게 아닙니다. 원래는 여인네 배 속에 들어 있어야 할 태아라는 겁니다."

처음에는 다들 경계하면서 못 들은 척 지나갔다. 이윽고 몇 명이 멈춰 서서 엠브리오가 대체 뭔지, 태아란 게 뭔지 묻기 시작했고, 겨우 첫 번째 손님이 나를 따라왔다. 집 입구에서 돈을 받고 손님을 어두침침한 방 안으로 데려가 다다미 위에 앉혔다. 어차피 대수롭지 않은 구경이겠거니 하는 표정의 손님을 앞에 두고 나는 보자기로 덮은 쟁반을 가지고 나왔다.

"만지지는 마세요. 이게 바로 엠브리오랍니다."

보자기를 들추자 태아가 쟁반 위에 누워 있었다. 손님은 눈을 휘둥그레 뜨고 하얀 애벌레처럼 생긴 몸에서 시선을 떼지 못했다. 그게 한때 사람이 가지는 모습이라고 가르쳐 주자 손님은 두 손을 모으고 머리를 조아렸다.

나의 극장은 차츰 입소문을 타 손님이 구름처럼 몰려들기 시작했다. 숨을 죽이고 태아의 등장을 기다리는 손님들 앞에서 보자기를 걷으면 그들은 술렁거리며 좀 더 자세히 보려고 쟁반에 고개를 디밀었다. 어떤 손님은 두려워하기도 하고 어떤 손님은 정말 귀엽다는 표정을 짓기도 했다.

입구에서 받는 요금은 대수롭지 않은 금액이었지만 손님이 많이 와서 하루 벌이가 엄청났다. 나는 실컷 먹고 마시고 노름에 빠져 살았다. 주사위에 거는 돈은 하루하루 커져 갔지만 신경도 쓰지 않았다. 어차피 또 태아가 벌어다 줄 게 분명했기 때문이다.

마을에서 소문이 나자 나의 태아를 노리는 불한당들이 생겼다. 어느 날 밤, 내 방에 도둑이 든 것이다. 내가 산책 나간 틈을 노린 범행인 듯싶었다. 돌아와 보니 방은 쑥대밭이 되어 있고 다다미를 들춘 흔적까지 있었다. 태아는 주머니에 넣어 데리고 다녔기 때문에 도둑맞지는 않았지만 나는 핏기가 싹 가셨다. 지금 태아를 잃으면 처음의 무일푼 상태로 돌아가고 만다.

그 후로 가급적 잠도 줄여 가며 태아를 지키기로 했다. 덕분에 내 눈 밑에 그늘이 생겼다. 태아는 누가 자기를 노리는 줄은 꿈에도 모르는지 내 가슴에 찰싹 달라붙어 꿈을 꾸고 있었다. 태아도 꿈을 꾸는지는 잘 모르겠지만.

태아를 보여 주는 장사는 매일 대성황을 이루어 순서를 기다리는 행렬이 집 앞에서 큰길 건너편까지 길게 이어졌다. 성에 불려 가서 높은 어르신 앞에서 보여 드린 적도 있다. 나는 긴장과 졸음 때문에 평소처럼 행동할 수 없었지만 사람들은 경탄스러운 눈빛으로 태아를 뚫어져라 바라보았다.

하지만 노름 쪽은 장사처럼 잘 풀리지 않았다. 줄줄이 지다 못해 소액의 빚까지 졌다. 손해를 만회하려고 분투해 봤지만 잘되지 않았다. 오히려 빚만 눈덩이처럼 불어났다. 나는 시종일관 짜증을 부리게 되었고 심부름값을 받고 일을 도와주었던 이웃 소년들에게까지 버럭 소리를 지르게 되었다. 내가 고함을 지르면 곁에 있던 태아가 움찔 몸을 떨었다.

관객은 끊이지 않았지만 이상한 점은 있었다. 태아는 내장 파편처럼 생긴 모습 그대로 자랄 기미를 보이지 않았다. 개울가에서 주운 후로 변함없이 새끼손가락만 한 길이에, 물고기나 도마뱀 같은 형상을 하고 있었다. 이제 슬슬 갓난아이 비스름해져도 될 것 같은데 팔과 다리가 조금도 발달하지 않았다. 성장하지 않는다는 것은 언제까지나 손님을 끌 수 있다는 뜻이니 확실히 금상첨화이기는 했다. 하지만 걱정도 되던 터라 길가에서 오랜만에 이즈미 로안을 만났을 때 그 문제를 의논해 보았다.

"성장하려면 여인의 배가 필요하지. 태아가 어찌 여자 배 밖에서 자라겠는가?"

그러더니 내 노름 버릇을 타이르려 들기에 나는 못 들은 척 그 자리를 떴다.

나를 따라 태아를 구경거리로 삼으려는 놈들이 몇 있었다.

낙태를 전문으로 하는 의사에게 말해 돈을 받고 태아를 받을 심산이었던 모양이다. 하지만 다들 죽어 있거나 밖에서는 오래 살지 못했다고 한다. 나의 태아처럼 여자 배 밖에서도 살아남은 녀석은 드물었다. 때문에 사람들은 나의 태아를 보려고 돈을 냈다.

너저분한 헌 옷에 재우는 건 관두고 폭신한 붉은색 방석을 사서 태아를 그 위에 누였다. 얼굴을 가져가 숨결을 불어 넣자 태아는 몸을 비틀며 내게서 달아나려 했다. 내가 토해 내는 숨에서 술 냄새가 난 모양이다.

노름꾼 우두머리가 험상궂게 생긴 사내들을 잔뜩 데리고 우리 집에 찾아온 것은 얼마 후였다. 태아를 구경하려고 줄을 선 사람들을 무시하고 집으로 들어가려는 그들에게 항의가 쏟아졌지만 사내들이 한 번 노려보자 다들 입을 꾹 다물었다. 폐옥에서 노름을 하던 사람들은 다들 얌전해 보였는데, 노름판을 뒤에서 굴리고 있던 것은 마을에서도 악랄하기로 유명한 놈들을 거느린 두목이었던 모양이다. 갚아야 할 빚이 눈덩이처럼 불어날 때까지 나는 그 사실을 눈치채지 못했다.

"오늘 벌이는 얼마냐?"

노름꾼 우두머리는 극장으로 개조한 방에 들어와 책상다리로 복판에 떡 버티고 앉아 물었다. 덩치는 곰만 하고 눈빛이 탁

했다. 내가 대답하자 우두머리는 코웃음을 쳤다.

"그렇게 벌어서 빚을 다 갚을 때쯤이면 우리 둘 다 쭈그렁 영감탱이야."

무릎을 꿇고 앉아 있던 나는 온몸이 떨렸다. 빚을 갚지 못한 사람들이 어떤 꼴을 당하는지 소문으로 들었기 때문이다. 알지도 못하는 곳에서 평생 노동을 하면 그나마 나은 축이다.

"하지만 빚을 없애 줄 수도 있지. 물론 공짜는 아니야. 그에 걸맞은 대가는 받아 가야겠어."

노름꾼 우두머리는 그렇게 말하더니 내 옆에 놓인 쟁반을 굽어보았다. 쟁반을 덮은 아름다운 보자기 밑에서 태아가 꼬물꼬물 움직이고 있었다.

"딱 하룻밤, 생각할 시간을 주마."

노름꾼 우두머리는 그렇게 말하고 돌아갔다.

·· **4** ··

해가 저물어 문틈으로 밖을 살펴보니 사내 하나가 맞은편 집 벽에 기대어 하품을 하고 있었다. 노름꾼 우두머리와 함께 찾아왔던 험상궂은 사내들 중 하나다. 내가 태아를 데리고 도망치지 못하게 감시하는 모양이다.

앞문으로 나가는 건 포기하고 뒷문에 기대를 걸어 보았다. 창문을 살짝 열자 역시 집 뒤편에도 사내가 서 있었다. 하지만 이쪽은 졸음을 이기지 못하고 벽에 기댄 채로 꾸벅꾸벅 졸고 있었다. 나는 태아를 주머니에 넣고 창문 밖에 짚신을 내려놓은 뒤 그 위에 내려섰다. 발소리를 내지 않도록 살금살금 걸어 꿈나라에 빠진 사내 앞을 지나 뒤도 돌아보지 않고 줄행랑을 쳤다.

달빛이 집들로 빼곡한 비좁은 골목길을 비추고 있었다. 태아를 그 사내들에게 넘길 수는 없었다. 그들의 거친 성격은 사람들의 입에 자주 오르내렸다. 산적이나 다름없는 놈들이다. 내게서 태아를 빼앗아 장사를 할 작정이겠지만 사람들이 질리면 서슴없이 태아를 버릴 놈들이다. 어쩌면 냄비에 끓여 먹어 버릴지도 모른다.

그동안 술만 퍼 마시고 잠을 잘 못 자서 그런지 예전처럼 오래 달릴 수가 없었다. 집들이 모여 있는 곳을 빠져나와 강가에 도착했을 때는 숨이 차서 더는 움직일 수 없었다. 축 늘어진 수양버들 가지의 끝이 강물에 잠겨 흔들리고 있었다. 찰방찰방, 밤의 어둠 속에 물소리가 퍼졌다. 다리 초입에 주저앉아 주머니에서 태아를 꺼냈다. 태아는 잠에서 깨어 허여멀건 배를 느릿느릿 꿈틀거리고 있었다. 계절도 어느덧 꽤 추워져서 혹여나 얼어붙지 않도록 두 손으로 태아를 꼭 감싸 주었다. 태아는 너무나 작아서, 싫은 일이 있어도 그저 몸을 바르르 떨 뿐이다. 살아 있다는 사실조차 기적 같은, 연약한 존재였다.

나는 이 녀석에게 지독한 짓을 했다. 내가 이 녀석에게 좋은 아버지였다면 어째서 이런 오밤중에 강가에 멍하니 서 있겠는가? 어째서 이 녀석에게 차가운 바깥바람을 맞히겠는가? 나는 태아를 손으로 감싼 채 지금까지의 행동을 되돌아보며 신음을 흘릴 수밖에 없었다. 이 녀석과 함께 살면서 분명 내 가슴에는 그때까지 몰랐던 온기가 솟아올랐다. 태어나서 처음으로 자신이 아닌 무언가를 지키고 싶다고 생각했다. 그런데 나는 그런 나의 마음을 배신했던 것이다. 어느새 까맣게 잊어버리고 어리석게도 극장을 열었다. 어떻게 하면 이 녀석에게 용서받을 수 있을까? 이기적인 생각이겠지만 나는 이 태아를 살리고 싶었다. 처음에는 언제까지 살아 있을 건지 귀찮게만 여겼는데.

도망쳐 온 방향에서 여러 사람의 발소리가 다가왔다. 수풀 속에 들어가 머리를 숙이고 있으니 내 방을 감시하던 사내들이 우르르 지나갔다. 내가 도망쳤다는 걸 이제야 알았나 보다. 마을에 있다간 놈들에게 들키는 것도 시간문제다. 빨리 마을에서 벗어나야 하는데 나는 옷 한 벌에 짚신 한 켤레뿐, 여행 준비를 할 틈도 없었다.

바로 그때, 이즈미 로안의 얼굴이 떠올랐다. 그의 집에 가면 여행에 필요한 물품을 빌릴 수 있을지도 모른다. 나는 태아를 데리고 추적꾼들에게 들키지 않도록 조심하며 로안의 집으로 향했다.

이즈미 로안의 집은 마을 변두리에 있는 아담한 독채였다. 문을 마구 두드리자 잠옷 차림의 로안이 눈을 비비며 나왔다. 집에 들어가 마주 앉아, 태아를 손으로 감싼 채로 그때까지 있었던 일과 이제 마을을 떠날 거라는 이야기를 했다.

"당신은 여행을 생업으로 삼고 있는 몸이니 여기 오면 비바람을 피할 도구를 빌릴 수 있을 거라 생각했습니다."

이즈미 로안은 팔짱을 끼고 내 이야기를 끝까지 듣더니 기묘한 표정으로 고개를 가로저었다.

"그만두게. 자네는 그 녀석을 그만 놓아주는 게 좋겠네."

"놓아주다뇨?"

"자네하고 태아 단둘만 여행길에 내보낼 수는 없네. 추위에 얼어 죽을 게 뻔해. 자네를 말하는 게 아니야, 그 작은 엠브리오가 그럴 거란 말이네. 자네가 마을을 나가는 건 자네 마음이지만 그 녀석은 두고 가. 그렇지 않으면 녀석이 너무 가엾어. 아는 사람 중에 아이를 원하는 부부가 있네. 유복한 집이지만 언제까지고 아이가 생기지 않아 애를 끓이고 있지. 그 사람들이라면 태아를 맡아 애지중지 키워 줄지도 모르네. 자네 빚을 대신 갚아 달라고 교섭해 보겠네."

내가 대답을 못 하고 있는 사이 장지문 밖이 희미하게 밝아 왔다. 이즈미 로안이 장지문을 열자 동틀 녘의 하늘이 나타났다. 이윽고 저 멀리 숲 너머에서 아침의 빛이 흘러넘쳐 이즈미 로안의 잠옷 소매와 내 손바닥 안의 태아를 비추었다. 나는 한숨도 못 잤지만 졸리지는 않았다.

나는 고개를 떨어뜨리고 태아를 두 손으로 꼭 감싸 쥐었다.

이즈미 로안이 소개한 부부는 생김새도 말씨도 상냥해서 한눈에 선한 사람이라는 걸 알 수 있었다. 극장에도 온 적이 있었던 모양이다. 이즈미 로안의 집에서, 나는 몸가짐을 바르게 하고 앉은 부부 앞에 태아를 내밀었다. 부인이 태아를 내려다보고 귀여워 죽겠다는 표정을 지었을 때, 그러고 보니 이런 손님이 있었다는 게 생각났다. 부부는 태아를 공손히 받아 들고 꼼지락거리는 녀석을 한참 바라보다가 소중하게 보자기로 감싸기 시작했다. 얼굴이 보자기에 쏙 묻힐 때 마음속으로 안녕을 고했다.

태아를 품에 안고 떠나는 부부를 밖에서 배웅했다. 이즈미 로안이 나를 염려하는 목소리로 말했다.

"낙심하지 말게. 자네한테는 내가 있잖나."

"태아가 천 배 만 배는 더 낫습니다."

"그런 말 말고 또 함께 여행을 가세. 진귀한 온천이 있다는 소문을 들었어. 글쎄, 거목의 나이테 안에서 뜨거운 물이 솟아난다지 뭔가. 당장 조사하러 가세. 여행 자금은 의뢰처가 내준다고 하니."

나는 로안의 말을 무시하고 멀어져 가는 부부의 뒷모습을 언제까지고 바라보았다.

풍문에 의하면 그 후 부부는 의사의 도움으로 태아를 배 속에 넣었다고 한다. 이즈미 로안이 예전에 태아가 성장하려면 여인의 배가 필요하다는 말을 했었다. 그 태아가 정말 갓난아이가 되어 나올지는 알 수 없는 일이다. 이즈미 로안은 아무 말도 하지 않았고 나도 굳이 물어보지 않았다. 나는 그저 열심히 일만 했다.

부부는 태아를 맡을 때 내 빚을 대신 갚아 주겠노라 약속해 주었다. 덕분에 노름꾼 우두머리와 똘마니들이 찾아오는 일은 없었다. 하루하루가 지날수록 태아를 구경거리로 삼아 돈을 벌었던 게 아득히 먼 옛날 일만 같았다.

나는 몇몇 일자리를 전전하면서 이즈미 로안의 짐꾼으로 여러 번 일했다. 매번 따라갔던 건 아니다. 심각한 길치인 로안 때문에 목숨을 잃을 뻔했을 때는 두 번 다시 날 찾지 말라고 그에게 못을 박기도 했다. 로안은 어쩔 수 없이 새 짐꾼을 찾았지만 누구나 오래 버티지 못했고, 그러면 또다시 나를 끌어들이려 했다.

그 후로 몇 년이 지났는지 정확하게 기억은 나지 않는다. 지인 몇이 독한 감기를 앓다 죽고 몇은 여행을 떠났다가 행방불명되었다. 이즈미 로안은 아직 기운차게 싸돌아다녔다. 책에 실을 온천과 명승고적을 찾아 계속 여행하고 있었다.

그날은 어찌나 맑은지 파란 하늘에 뭉게구름이 떠 있었다. 햇살이 논물에 비쳐, 점점이 늘어서 있는 모 사이로 반짝반짝 빛났다.

나는 땀을 닦으며 과자를 들고 마을 변두리로 나갔다. 이즈미 로안의 심부름으로 그가 늘 신세를 지는 노인의 집에 간 것이다. 돌아오다가 걷기 지친 나는 갈림길에 서 있는 지장보살 석상 옆에서 잠깐 쉬기로 했다. 옆에 커다란 나무가 있어 마침 시원해 보이는 그늘이 있었다.

근처에 사는 아이들이 잠자리를 쫓아 달려왔다. 모두 다섯 명쯤 될까. 사내아이와 계집아이가 섞인 무리였다. 두 아이가 막대기를 손에 들고 휘두르며 내 앞을 지나갔다.

아이들 목소리가 멀어지자 나는 그만 졸음이 쏟아져 눈을 감으려 했다. 그때였다. 조금 떨어진 곳에서 내 쪽을 바라보며 서있는 소녀가 보였다. 방금 전에 지나갔던 아이들 중 하나였다.

"왜 그러니? 다들 먼저 가 버렸는데."

내가 말을 걸자 소녀는 고개를 갸웃거리며 내 얼굴을 뚫어져라 쳐다보았다. 눈물에 비친 태양이 소녀의 얼굴을 환하게 비추었다.

"아저씨, 오랜만이야."

소녀가 혀짤배기소리로 말했다.

"너하고 어디서 만난 적이 있었나?"

"있어, 난 기억하는걸."

그 아이가 말하길, 예전에 소녀는 나와 함께 살았다고 한다. 내 손바닥 위에서 잠들고, 밥그릇에 받은 미지근한 물로 목욕도 하고, 내 가슴에 딱 달라붙어 잠들면 마음이 놓였다고 했다. 소녀는 이제 갓 트인 말로 열심히 설명했다.

"아저씨 냄새는 지독했지만. 잠깐이라도 아저씨가 안 보이면 슬퍼서 막 눈물이 났어."

소녀는 내 곁으로 다가와 옷소매에 코를 들이대고 킁킁 냄새를 맡으려 했다. 나는 벌떡 일어나 그 아이에게서 멀리 떨어졌다.

"글쎄다. 네가 꿈이라도 꾼 것 아닐까? 아마 그건 진짜 있었던 일이 아닐 거야."

소녀는 고개를 갸웃거렸다.

"그래?"

"분명 그럴 거야."

내가 걸음을 떼자 소녀가 따라오려 했다. 그때, 앞서 가던 다른 아이들이 돌아와 빨리 오라고 소녀를 불렀다. 소녀는 자꾸 나를 쳐다보다가 이윽고 다른 아이들 곁으로 달려갔다.

라피스 라줄리 환상

·· 1 ··

　린은 도매 서점에서 기거하면서 일하고 있다. 평소에는 집안 일을 돕지만 일손이 부족할 때는 손님 상대로 책을 팔았다. 장인을 찾아가 목판 인쇄용 판목을 주문한 적도 있다. 자고로 책은 목판 인쇄가 최고다. 나무판에 글자와 그림을 새기고 먹을 발라 종이에 찍어 내는 인쇄 방법이다.

　활판 인쇄라는 방식도 있지만 린은 활판 인쇄가 싫었다. 그리스도판이라고 했던가. 행수 어르신이 보여 주었는데 이국에서 들어온 종교 서적이 활판으로 인쇄되어 있었다. 활자마다 따로 주조한 판을 배열해 인쇄하는 방식이다. 어리석다. 이국의 글자는 수십 종류밖에 없으니 그럴 수도 있겠지만, 히라가 나나 한자마다 판을 만들려면 엄청난 수를 주조해야 한다. 게다가 어느 글자나 똑같은 모양이 되니 재미가 없다. 목판 인쇄는 글자를 파는 장인들마다 특유의 맵시가 있다. 히라가나, 한자, 삽화가 한 덩어리로 녹아 종이에 담긴다. 책은 역시 목판 인쇄가 으뜸이다.

가게에 진열되어 있는 연애 소설을 보면서 그런 생각을 하고 있는데 행수 어르신이 방에서 불렀다.

"린, 이리 좀 오너라."

"예."

장지문을 열고 방으로 들어갔다. 행수 어르신과 젊은 사내가 마주 앉아 있었다. 윤기가 흐르는 검은 머리카락이 허리까지 늘어져, 무릎을 꿇고 앉아 있으니 다다미에 터럭 끝이 닿을락 말락 했다. 이목구비가 단정해 마치 수련처럼 단아한 모습이었다. 린은 그 사람에게 매료되어 방 입구에서 넋을 놓고 말았다.

『도중여경』의 작가이기도 한 이즈미 로안을 만난 것은 린이 열여섯 살 때였다. 화재 연기에 휩싸여 죽은 것이 스물일곱 살 때니 그 십일 년 전의 일이었다.

"아무리 윗분 명령이라지만 딱하기도 하지."

산길을 걸어가며 미미히코가 말했다. 도읍을 떠난 지 닷새가 지났다. 미미히코는 이즈미 로안의 짐꾼이었다. 여행에 필요한 모든 물품을 짊어지고 있다. 몸집은 듬직하지 않지만 이즈미 로안보다 힘은 세 보였다. 소매 밑으로 보이는 그의 팔뚝은 린처럼 가냘프지 않았다.

"여자는 샅샅이 검사를 받으니 관문을 통과할 때가 까다로워. '들어오는 철포에 나가는 여자'라는 말도 있잖아. 도읍에 들어오는 철포와 밖으로 나가는 여자는 꼼꼼히 살피라는 뜻이야."

"하지만 온천은 기대돼요."

"일단 온천까지 무사히 도착한다면 말이지. 저 양반은 늘 길을 잃거든."

미미히코가 앞서 가는 뒷모습을 눈짓으로 가리켰다. 이즈미 로안의 걸음에는 지친 기색도 없다. 질끈 묶은 긴 머리가 말 꼬리처럼 살랑거렸다.

이즈미 로안은 여행 안내서를 써서 생계를 꾸려 나가고 있다. 책에는 온천 위치나 효능, 찾아가는 길이 적혀 있어 처음 여행하는 사람들에게 인기가 높았다. 린도 이번이 태어나 처음 떠나는 여행이었다. 목적지는 도읍에서 서쪽으로 이십 일 정도 걸어가면 나오는 온천 마을이었다.

"린, 로안 선생님 심부름꾼으로 여행 좀 다녀오겠느냐?"

행수 어르신의 그 말에 함께 여행을 떠나게 되었다. '어째서 제가?'라고 묻는 린에게 이즈미 로안이 대답해 주었다.

"나하고 짐꾼, 사내 둘이서 여행을 하면 좀 심심하잖니. 여자아이가 한 명 있으면 환하니 즐겁지 않겠느냐?"

성실해 보이는 표정으로 그런 말을 했다. 물론 당연히 농담이다. 여행 안내서에 여자의 의견을 넣을 셈이겠지. 린은 그렇게 해석했지만 로안은 끝까지 농담을 거두지 않았고, 그대로 지금에 이르렀다. 대체 어디까지가 진심인지. 어쨌든 도매 서점에서 일하는 처지니 이 선생 양반을 똑바로 도와 책을 쓰게 해야 한다.

오후가 되니 길을 잃었다. 이즈미 로안이 자신만만하게 앞장서기에 설마 길을 잃겠냐 싶었는데 정신을 차리고 보니 산속에서 똑같은 자리를 맴돌고 있었다. 아니, 맴돌았다는 표현이 과연 맞는 걸까? 길은 곧은 외길이다. 하지만 나무에 표시를 새기고 조금 걷다 보면 똑같은 표시가 새겨진 나무가 앞에 보였다. 이건 말이 안 된다. 눈치 못 챌 정도로 길이 완만히 굽어 있는 것도 아니다. 말 그대로 일직선이다. 길 양쪽은 죄다 잡목림이라 갈림길도 없어 어쩌다 이 길로 들어섰는지도 알 수 없다. 린은 무서운 생각에 이즈미 로안과 미미히코에게 따지고 들었다.

"왜 이렇게 된 거죠?!"

"진정해, 늘 있는 일이야."

미미히코가 달랬다.

"그래, 내가 앞장을 서면 대개는 이렇게 돼. 조만간 익숙해질 거야."

이즈미 로안이 말했다.

"당신은 반성이나 좀 해요. 이건 길치도 보통 길치가 아니니, 원."

두 사람의 대화를 들으니 마음이 놓이기는커녕 불안만 커졌다. 이렇게 영문을 알 수 없는 일에 익숙해져서 어쩌려고?

외길을 앞으로 가도 뒤로 가도 원위치로 돌아왔기 때문에 길에서 벗어나 오른쪽 잡목림으로 들어가 보았다. 길이 아닌 길을 걸어가니 이윽고 흐름이 급한 강이 나왔고, 강을 따라 하류로 가니 평야가 나왔다. 날이 저물 무렵, 눈앞을 가득 채우는 무논과 스무 채 정도 되는 집이 점점이 흩어진 마을에 도착한 린은 한숨을 놓았다.

이즈미 로안이 농가의 문을 두드려 사정을 설명했다. 주인이 촌장의 집으로 안내해 주어 오늘 밤은 그곳에서 하루 신세를 지게 되었다.

촌장은 일흔 정도 되는 노파로, 널찍한 집에 혼자 살고 있었다. 얼굴에는 주름이 가득하고 허리도 굽었지만 눈동자는 무척이나 맑았다. 침전물이 가라앉은 호수처럼 오랜 시간을 거쳐 맑아진 눈동자였다.

"하룻밤, 신세 지겠습니다."

무릎을 가지런히 모으고 앉아 공손히 인사하는 이즈미 로안을 따라 미미히코와 린도 머리를 조아렸다.

"여행길에 피곤할 텐데 편히들 쉬시게나."

노파는 바느질을 하면서 다정한 목소리로 말했다. 잠자리뿐 아니라 식사까지 대접받았다. 근처에 사는 노파의 손자들이 하얀 쌀밥과 무절임, 배추 된장국을 가져다주었다. 그날 밤 린은 편안한 마음으로 잠들 수 있었다.

아침이 되어 눈을 뜬 린은 마을을 산책했다. 벼가 아름다운 계절이다. 싱그러운 푸른 잎사귀들이 논밭 가득 일렁이고 있었다. 그곳은 어디에나 있는 농촌이었다. 린은 칼날처럼 손바닥을 따끔따끔 찌르는 가지런한 벼 잎을 훑으며 걸었다.

춤추는 나비를 보고 린은 고향을 떠올렸다. 어렸을 때, 아버지와 둘이서 시골에서 살았다. 집 뒤편에 꽃밭이 있어 늘 나비가 날아다녔다. 집 안에 날아 들어온 나비를 쫓아다니며 논 적도 있다. 분명 아버지가 돌아가신 날 아침의 일이었다.

아버지가 세상을 뜨자 린은 천애 고아가 되었다. 거둬 줄 친척도 없었기 때문에 아버지의 친구 소개로 도읍의 도매 서점에 들어갔다. 린은 어머니 얼굴을 본 적이 없다. 린을 낳았을 때 출혈이 심해 죽고 말았다. 자기 목숨과 바꾸어 낳아 주었다는 사실에 린은 감사하고 있었다.

노파의 집으로 돌아가 아침밥을 먹고 여장을 꾸리고 있는데 웬 사람이 부산스럽게 뛰어 들어왔다. 노파의 증손자 하나가 고열로 쓰러졌다는 소식이 날아든 것이다.

이즈미 로안과 미미히코가 마을 사람들과 함께 민가 앞에 서 있었다. 모두들 활짝 열린 문으로 집 안을 들여다보고 있었다. 린도 그 사람들 틈새에 고개를 들이밀고 집 안을 들여다보았다.

아직 어린 소년이 민가의 방 한쪽에 누워 있었다. 눈을 감은 얼굴이 마치 죽은 사람 같았다. 숨소리도 약했다. 의사가 없는 마을이다. 사람들은 괴로워하는 소년을 그저 바라보는 수밖에 없었다. 죽을 때가 가까웠다. 가족들이 이부자리 옆에서 눈물을 훔치고 있었다.

작고 하얀 나비가 사람들 머리 위를 날아다니고 있었다. 어두컴컴한 집 안에 들어가 어디에 내려앉지도 않고 살랑살랑 날아다니고 있었다. 마을 사람들 눈에는 나비가 안 보이는지 아무도 신경 쓰지 않는 눈치였다. 린만 눈으로 나비를 좇으며 아버지가 돌아가신 날의 아침을 떠올렸다. 린은 노파의 집으로 돌아가 짐 속에서 주머니를 꺼내 들고 소년이 있는 집으로 갔다.

"이걸 쓰세요."

주머니를 노파에게 건넸다. 그것을 남에게 주려니 용기가 필요했다. 돌아가신 아버지가 린에게 남긴 유품이었다. 노파는 주머니를 들여다보고 안에 들어 있던 작은 알갱이를 주름이 자잘한 손바닥에 쏟았다. 마지막 한 알이었지만 분명 지금이 그것을 쓸 때다. 노파가 증손자의 입에 약을 넣고 물을 먹였다.

이즈미 로안과 미미히코는 냉큼 이부자리로 들어갔지만 린은 좀처럼 잠이 오지 않아 툇마루에서 바람을 쐬고 있었다. 휘황한 달이 소나무를 비췄고, 벌레가 조용히 울고 있었다. 원래는 아침에 떠날 예정이었지만 소년의 상태가 걱정되어 하루만 더 마을에 머무르기로 했다.

약이 들었는지 소년은 눈에 띄게 회복되었다. 일어나지는 못했지만 열도 내려 이름을 부르면 눈을 뜰 정도라고 했다.

인기척이 나서 뒤를 돌아보니 노파가 린 뒤에 서 있었다. 노파는 무릎을 꿇고 앉아 머리를 깊이 조아렸다. 린이 어쩔 줄 모르고 있자 노파는 잠옷 소매에서 곱게 접은 수건을 꺼냈다.

"이 돌을 가지고 가시게."

노파가 헝겊을 펼쳤다. 새끼손가락 끝마디만 한 파란 돌이 수건에 싸여 있었다. 하늘을 한곳에 모아 굳힌 것처럼 짙은 파란색이었다.

"나는 이걸 벌써 오백 년도 더 지니고 있었다네."

"네?"

"오백 년."

노파의 표정은 진지했다.

"이 돌을 한시도 곁에서 떼지 마시게. 그러면 언젠가 내가 한 말이 무슨 뜻인지 알게 될 게야."

이 얼마나 아름다운 푸른빛인가? 린은 한숨을 내쉬었다. 달빛밖에 없는 어둠 속에서도 똑똑히 보인다. 안쪽에서 빛을 발하는 것만 같았다.

"나는 이 돌을 여행자에게 받았다네. 오늘 아가씨처럼 목숨을 구해 준 보답으로. 이걸 평생, 죽을 때까지 지니고 있게. 하지만 딱 한 가지, 조심해야 할 게 있어. 자살만은 해서는 안 돼. 만약 스스로 목숨을 끊으면 지옥에 떨어질 게야."

노파는 약이 들어 있던 주머니를 꺼내 그 안에 돌을 넣어 린의 손에 쥐여 주었다. 분명 그 돌은 값진 물건이리라. 린은 처음에는 받기를 거부했지만 노파는 무슨 일이 있어도 린에게 주고 싶은 듯했다. 결국 설득에 넘어가 린은 돌을 받았다.

아침 해가 뜨자 이즈미 로안과 미미히코가 이부자리에서 일어나 여행 채비를 했다. 린 역시 이불을 개고 얼굴을 씻었다. 아침 식사를 하고 마을을 떠나기로 했다. 이즈미 로안과 미미히코는 노파에게 잠자리와 식사에 대한 감사를 전했다. 린이 돌에 대해 감사 인사를 하자 노파는 한마디만 했다.

"주머니에 끈을 달아 목에 걸고 다니도록 해."

길을 떠나자 지나치는 마을 사람들이 린 일행을 보고 고개를 숙였다. 이윽고 마을이 멀어지고 무논도 사라졌다. 황폐한 땅만 보였다. 이즈미 로안이 앞장을 섰고 그 뒤를 미미히코와 린이 따라갔다.

나무 그늘에 앉아 쉬고 있을 때, 노파에게 받은 파란 돌을 꺼내 가만히 바라보았다. 낮에 봐도 그 푸른빛은 경탄스러웠다. 군청색 속에 금색 파편이 흩어져 있다. 별이 반짝이는 밤하늘 같기도 했다.

"그건 뭐냐?"

미미히코가 다가와 물었다.

"할머니가 약에 대한 보답이라며 주셨어요."

린이 손가락으로 돌을 집어 미미히코에게 보여 주자 이즈미 로안이 미미히코를 밀쳐 내고 들여다보았다.

"이건 유리瑠璃로구나."

"유리?"

"그래. 이국 말로 라피스 라줄리라고 하지. 소중하게 간직하렴."

그 후 길을 헤매지 않고 목적지인 온천에 다다랐다. 당초 예정보다 사흘 정도 늦었지만 처음 들어가 보는 온천이 아늑해서 린은 만족했다. 하지만 이건 일이다. 온천의 효능에 대해 일기장에 자세히 기록해 두었다.

돌아가는 길에 세 번쯤 길을 잃었지만 심각한 문제는 없었다. 도읍에 돌아와 여행을 마치자 이즈미 로안이나 미미히코와 헤어지는 게 섭섭했다. 하지만 같은 동네에 사니 평생 못 만나는 것도 아니다. 그 후에도 두 사람과는 계속 왕래했다. 이윽고 이즈미 로안이 여행의 성과를 책으로 출판했고, 도매 서점에서 일하는 린은 그의 책을 가게에 진열했다.

그건 그렇고 사실 린은 이즈미 로안에게 첫눈에 반했는데, 감정을 드러내려 하지 않았다. 작가 선생님에게 언감생심 자기는 어울리지 않는다고 생각했던 것이다.

결국 린은 열여덟 살에 행수 어르신이 소개한 남자와 결혼해 슬하에 세 아이를 두었다. 고생도, 행복도, 고루 맛보며 하루하루를 보냈다. 아이들에게 젖을 먹이고, 달래며, 잠들 때까지 아이들의 얼굴을 들여다보았다. 남편이 화를 내며 밥그릇을 집어

던질 때도 있었고, 린이 울컥 화가 나 입을 다물어 버릴 때도 있었다.

소매를 걷어붙이고 옷을 빨고 있을 때, 막내가 린의 목에 걸려 있는 주머니에 관심을 보였다. 린은 주머니에 들어 있는 라피스 라줄리를 꺼내 여행의 추억을 이야기해 주었다.

린이 스물일곱 살 때, 근처에 사는 남자의 집에 불이 났다. 담뱃불을 제대로 안 껐던 것이다. 목조 가옥은 타기도 잘 타거니와 불이 번지는 속도도 빠르다. 눈 깜짝할 사이에 린이 살던 집도 불길에 휩싸였다. 미처 달아나지 못한 자식을 구하려고 린은 훨훨 타오르는 집에 뛰어들었다. 그리고 나오지 못했다. 연기를 마시고 의식을 잃어, 옷에 불이 옮겨 붙는 바람에 그대로 죽었다.

··2··

갓난아이가 나오기 전에 출혈이 심해 어머니는 죽고 말았다. 산파는 아이만이라도 살리려고 죽은 어머니의 사타구니를 갈랐다. 배 속에 두 손을 집어넣어 꼬물거리는 작고 붉은 덩어리를 꺼냈다. 계집아이였다. 기묘하게도 그 아이는 아직 자그마한 손으로 뭔가를 움켜쥐고 있었다. 손가락 사이로 군청색 덩어리가 보였다. 산파가 갓난아이의 손을 펼쳐 보았다. 어머니의 피와 양수 위로 작고 파란 돌이 굴러떨어졌다. 산파는 오랜 인생 속에서 그 돌만큼 깊고 푸른 빛을 본 적이 없었다.

아버지는 갓난아이에게 린이라는 이름을 붙였다. 린은 많이 울지도 않았고, 언제나 주위를 관찰하듯 커다란 눈을 부릅뜨고 있었다. 말을 걸면 귀를 기울이는 시늉을 했다. 태어난 지 한 달도 되지 않았는데 사람들이 하는 말을 알아듣는 것 같았다. 배가 고프냐고 물으면 아직 갓난아이인데도 고개를 끄덕이거나 가로젓곤 했다. 말문도 빨리 터졌다. 처음부터 사물의 이름을 알고 있는 것처럼 가르쳐 주지도 않은 말을 했다. 이윽고 두 다리로 일어서게 되어 걸음마를 떼자 가르친 적도 없는데 스스로 볼일을 보러 밖에 나갔다.

다섯 살이 된 어느 날, 린이 아버지에게 말했다.

"이번 여름, 홍수가 날 거야. 내버려 두면 사람도 죽어. 높은 곳에 오두막을 짓고 거기에 쌀을 비축해 둬야 해."

아버지는 린의 말을 마을 사람들에게 알렸다. 홍수는 거의 없는 지역이었지만 아이의 헛소리라고 웃어넘기는 사람은 없었다. 다들 린이 보통 아이가 아니라는 사실을 알고 있었다.

그해 여름, 홍수가 났다. 비가 열흘이나 계속 내려 그때까지

범람한 적이 없었던 강에서 물이 넘쳤다. 밭의 작물은 모두 망가졌고 집도 무너졌다. 하지만 사람은 죽지 않았다. 미리 정해 두었던 대로 사람들은 언덕 위 오두막으로 피난했고 가축과 곡식도 그곳에 모아 두었기 때문이다.

"나는 가끔 네가 무서울 때가 있구나. 마치 내일 일어날 일을 아는 것 같으니."

아버지는 린에게 말했다. 물이 빠지고 구름 사이로 파란 하늘이 보였다. 마을 사람들이 집을 새로 짓는 린 가족을 도와주었다. 모두가 다섯 살 소녀를 특별한 시선으로 바라보았다.

"아버지, 라피스 라줄리는 어디에 있어?"

어린아이라고 생각할 수 없이 어른스러운 얼굴로 린이 물었다.

"라피스 라줄리?"

"응. 내가 태어났을 때 가지고 있었던 파란 돌 말이야. 그리고 주머니도 줘."

아버지는 아내의 유품과 함께 보관했던 작은 돌멩이와 헌 옷을 잘라 만든 주머니를 린에게 건넸다. 린은 파란 돌을 넣은 주머니에 끈을 달아 목에 걸었다.

"할머니가 이렇게 하라고 했어."

"할머니?"

"이 돌을 준 사람."

아버지는 자세히 캐물었지만 딸은 그 이상 아무 말도 하지 않았다.

린은 기억하고 있었다. 자세한 일은 기억나지 않지만 다섯 살 때 마을에 홍수가 났던 일은 자주 사람들 입에 오르내렸다. 그래서 미리 충고할 수 있었다.

화재는 더 선명했다. 집들이 불길에 휩싸였고, 린의 아이는 피하지 못했다. 연기를 들이마셔 아이와 함께 쓰러지고 말았다. 아마 그래서 죽은 것이리라.

몸이 나락 끝으로 떨어지는 감각을 느꼈다.

미지근한 온천 같은 곳에 가라앉는가 싶더니 곧이어 몸이 떠올랐다.

정신이 들었을 때 린은 비좁은 곳에서 몸을 웅크리고 있었다. 이곳이 저세상인가 했다. 발끝부터 머리끝까지 미지근한 물에 잠겨 있었다. 몸이 녹아 버릴 정도로 편안했다. 이따금 팔이나 다리에 끈 같은 것이 얽혔다. 나중에야 그것이 탯줄이라는 것을 알았다. 린이 저세상이라고 생각했던 곳은 어머니의 배 속이었다. 어느 날 그 장소가 너무 갑갑해졌을 때 산파의 손이 린을 어머니의 몸에서 꺼내 주었다.

처음에는 죽었다가 다른 사람으로 다시 태어난 줄 알았다. 하지만 자신을 굽어보는 얼굴은 기억 속 아버지의 얼굴이었다. 아버지의 품에 안겨 산책할 때 보는 것도 익히 아는 풍경이었다. 다른 사람으로 다시 태어난 게 아니었다. 나는 린이라는 이름을 받았다. 나는 바로 나였다. 다시 린으로 태어나고 만 것이다. 린은 생후 한 달 만에 그 사실을 깨달았다.

갓난아이 린은 주위의 대화도 알아들을 수 있었다. 사람들의 말을 듣고 태어났을 때 파란 돌을 쥐고 있었다는 사실을 알았다. 틀림없이 라피스 라줄리다.

이전 인생에서는 태어났을 때 파란 돌을 쥐고 있었다는 말을 듣지 못했으니, 이 신비한 상황은 돌 때문이지 않을까?

화재로 죽었을 때도 돌을 품고 있었다. 노파가 말한 대로 죽는 그날까지 품에서 떼지 않았다. 노파는 그렇게 하면 언젠가 자기가 한 말이 무슨 뜻인지 알 수 있을 거라고 했다.

주머니를 목에 건 린은 두 번째 인생을 살았다. 아버지가 챙겨 두었던 라피스 라줄리는 과거에 노파에게 받은 돌이 분명했다. 크기와 형태, 색채까지 완전히 똑같았다. 군청색 표면에 점점이 금색 가루가 빛나고 있다. '밤'이 동물이 된다면 분명 이돌 같은 눈동자를 가지고 있겠지. 이 돌이 자그마한 자신의 몸과 함께 어머니의 배 속에서 나온 것이다.

오랜 옛날에 죽어, 이젠 만나지 못할 줄 알았던 아버지가 다시 살아서 눈앞에서 움직이고 있다는 것은 처음에는 경이로운 사실이었다. 시간이 지나자 그것에도 익숙해졌다. 첫 번째 인생이야말로 꿈이고, 사실은 전부 없었던 일이 아닐까 싶을 때도 있었다.

그래도 가끔 남편이나 자기가 낳은 아이들이 생각나면 쓸쓸했다. 다들 어떻게 되었을까? 살아 있다면 언젠가 또 만날 수 있을까?

어느 날, 책 장수가 마을을 찾아왔다. 길가에 돗자리를 깔고 도읍의 도매 서점에서 사 온 책들을 늘어놓았다. 인파 사이로 린이 고개를 들이밀자 책 장수가 웃었다.

"꼬마 아가씨도 책 읽을 줄 알아?"

"물론이야."

린은 표지 그림이 있는 연애 소설을 손에 들고 종이를 넘겼다.

"이거 기억나. 재미있었는데."

"꼬마 아가씨. 그 책은 나온 지 얼마 안 된 거야."

"기억하는 걸 어쩌라고."

책 장수는 린이 농담을 하는 줄 알았던 모양이다. 오랜만에 만지는 목판 인쇄 책의 감촉이 좋았다. 돗자리 위에 깔린 책을 한 권씩 살펴보다가 『도중여경』이라는 책을 찾았다. 지은이는 이즈미 로안. 린은 그리운 마음에 그 자리에서 울음을 터뜨릴 뻔했다. 그 사람도 이 세상 어딘가에 있는 것이다.

린의 아버지는 이따금 옆 마을에 사는 제와장製瓦匠의 집에 갔다. 기왓장을 가마로 구워 이웃 도시에 납품하는 작업을 도왔다. 받은 돈은 생활에 보탰고, 덕분에 배를 곯을 일은 없었다.

약을 준 것도 제와장이었다. 기왓장을 짐수레에 실어 도읍으로 옮겨다 준 데 대한 보답이었다. 말린 웅담에 몇십 종류의 식물을 섞어 만든 약은 주머니에 다섯 알가량 들어 있었다. 린이 병에 걸리면 아버지가 그것을 한 알씩 먹여 주었다.

린이 일곱 살 때였다. 아버지가 기와 굽는 일을 도우러 가겠다고 해서 린은 빈집을 지키게 되었다. 아버지가 나간 지 얼마 되지 않아 집 안에 나비가 날아들었다. 처음에는 예쁘구나 하며 멍하니 바라보았지만 곧 기억해 내고 집에서 뛰쳐나갔다. 이웃 마을 경계에서 아버지를 따라잡을 수 있었다.

"가면 안 돼. 오늘은 나쁜 일이 생겨."

린이 필사적으로 말려서 아버지는 그날 일을 도우러 가지 않았다. 제와장 집에서 헛간이 무너졌다는 소식을 들은 것은 이틀날이었다. 기둥이 썩어 있었다고 한다. 쌓아 두었던 기와도 산산조각 났다고 한다.

"린이 말리지 않았다면 청소만 돕다 올 뻔했구나."

아버지는 그렇게 말하며 웃었지만 린은 무서워서 말도 나오지 않았다.

아버지는 그날 헛간에서 기와에 깔려 죽을 운명이었다. 고아가 된 린을 가엾게 여겨 도와준 것이 제와장 부부였다. 그들은 잘 아는 도매 서점에 부탁해 린이 먹고 자며 일할 수 있도록 선처해 주었다. 그것이 린이 기억하는 인생이었다. 하지만 아버지는 앞으로도 계속 살아 있다. 그녀 곁에 있는 것이다. 이다음부터는 린이 모르는 인생이었다.

··3··

"어머니는 어떤 사람이었어?"

"네 신통력으로도 어머니 모습까지는 모르니?"

아버지는 짐수레를 끌고 있었다. 기왓장을 도읍으로 나르는 중이었다. 린은 기와와 함께 짐수레에 타고 있었다. 열세 살이 되었지만 몸은 작고 가벼웠다.

"내 능력은 신통력이 아니야."

그저 이런저런 일들을 두 번 겪고 있을 뿐이다. 그렇지만 어머니의 얼굴을 알 방법이 없었다. 초상화도 없고 외가 친척도 없어서 비슷한 얼굴을 볼 일도 없다. 아버지에게 물어봐도 듣는 이야기는 뻔했다. 린의 눈이 어머니를 닮았다느니 성격이 당찼다느니 하는 얘기뿐이었다. 린이 태어난 순간에 어머니는 돌아가셨다. 태어났을 때 눈이 덜 발달되어서 그랬는지 주위가 어렴풋해서 아무것도 보이지 않았다. 안타깝게도 어머니가 어떤 사람인지 몰랐다.

도읍은 마을에서 반나절 거리에 있었다. 아버지는 번잡한 거리를 빠져나가 기와를 배달할 가게로 갔다. 린은 짐수레에서 내려 아버지에게 허락을 받아 혼자서 거리를 돌아다녔다.

전에 남편과 아이와 함께 살았던 곳에 가 보았다. 집들이 모여 있는 지역이다. 집을 살짝 들여다보니 다른 사람이 살고 있었다. 눈이 마주치자 길을 잃었냐고 묻기에 고개를 저었다. 길에 난 풀이나 집들 사이로 보이는 하늘은 기억과 똑같았다. 술을 마신 남편과 싸웠던 일이나 우는 아이를 업고 달랬던 일이 생각났다. 길에 튀어나온 돌멩이. 이 돌멩이에 자주 발이 걸려 넘어질 뻔했다. 집들 사이에 자라난 나무. 아이들은 이 나무에 오르며 놀곤 했다. 스물일곱 살 때, 불길이 눈 깜짝할 새에 목조 가옥들을 집어삼켰다. 나는 이곳에서 죽었다.

서점에도 가 보았다. 가게 안 모습이나 진열되어 있는 책을 보니 그리웠다. 안쪽에 행수 어르신이 있었다. 낯익은 얼굴에 언제나 입고 있던 옷이었다. 이전 인생에서는 함께 보냈던 시간이 아버지보다 긴 사람이다. 린은 참지 못하고 외쳤다.

"오랜만이에요!"

행수 어르신은 깜짝 놀란 얼굴로 린을 쳐다보았다.

"우리가 어디서 만난 적이 있나?"

"예, 그렇습니다!"

거기까지 말했다가 린은 황급히 기억해 냈다. 이곳에서 일하면 언젠가 이즈미 로안을 만날 수 있을 것이다. 또 함께 여행할 수 있다면, 라피스 라줄리를 준 할머니가 사는 마을에 갈 수 있을지도 모른다. 린은 목에 걸고 있는 파란 돌멩이에 대해 더 자세히 알고 싶었다. 그 할머니라면 뭔가 알려 줄지도 모른다.

"어르신, 여기에서 일하게 해 주세요!"

린은 그렇게 부탁했지만 처음에는 거절당했다. 정체를 알 수 없는 사람을 쉽게 고용할 수는 없다고 했다. 린은 어떤 일을 하는지 대충 다 알고 있다고 설명했다. 제본부터 납품까지의 단계를 줄줄 말하자 행수 어르신은 눈을 휘둥그레 뜨며 깜짝 놀랐다.

자고로 책은 목판 인쇄가 최고다. 가게에 진열되어 있는 연애 소설을 보면서 그런 생각을 하고 있노라니 행수 어르신이 방에서 불렀다.

"린, 이리 좀 오너라."

"예."

장지문을 열고 방으로 들어갔다. 행수 어르신과 젊은 사내가 마주 앉아 있었다. 윤기가 흐르는 검은 머리카락이 허리까지 늘어져, 무릎을 꿇고 앉아 있으니 다다미에 터럭 끝이 닿을락 말락 했다. 『도중여경』의 작가, 이즈미 로안이었다. 린은 무릎을 꿇고 앉아 정중히 인사했다.

"처음 뵙겠습니다, 린입니다."

행수 어르신이 그를 소개해 준 날이었다. 벌써 오래전부터 린은 이날을 고대하고 있었다. 가슴이 설레 절로 웃음이 났다.

"뭐야, 너였어? 오랜만이구나."

이즈미 로안이 처음 만나는 사람 같지 않게 살갑게 말했다. 린은 깜짝 놀라 할 말을 잃었다.

"린을 아십니까?"

"그럼. 거리에서 지나칠 때마다 나를 물끄러미 봤으니까. 목숨이라도 노리는 줄 알았지. 뭐야, 여기 사람이었구나?"

이제야 알겠다는 듯이 이즈미 로안이 고개를 끄덕였다. 그는 여행 서적을 쓰려고 온천 마을로 여행을 떠난다고 했다. 린이 동행으로 따라나서게 되었다.

린은 여장을 꾸리며 라피스 라줄리가 든 주머니를 목에 걸었다. 서점 앞에서 이즈미 로안과 미미히코와 합류해, 친구들의 배웅을 받으며 출발했다.

"아무리 윗분 명령이라지만 딱하기도 하지."

산길을 걸어가며 미미히코가 말했다. 도읍을 떠난 지 닷새가 지났다. 미미히코는 여행에 필요한 모든 물품을 짊어지고 있다.

"여자는 샅샅이 검사를 받으니 관문을 통과할 때가 까다로워. '들어오는 철포에 나가는 여자'라는 말도 있잖아. 도읍에 들어오는 철포와 밖으로 나가는 여자는 꼼꼼히 살피라는 뜻이야."

"하지만 온천은 기대돼요."

"온천까지 무사히 도착한다면 말이지. 저 양반은 늘 길을 잃거든."

"아, 길을 잃는 것도 기대돼요."

"저 사람이 길치인 걸 알고 있어?"

"그야 물론."

"길을 잃기를 기대하는 녀석은 또 처음 보네."

린은 앞장서서 걸어가는 뒷모습을 바라보았다. 질끈 묶은 긴 머리가 말 꼬리처럼 살랑거렸다. 린에게는 길을 잃는 게 이번 여행의 목적이었다. 길을 잃으면 노파가 있는 마을에 도착할 것이다. 병든 아이를 살릴 수 있도록 약도 한 알 챙겨 왔다.

이윽고 린 일행은 산길에서 이상한 장소에 빠졌다. 곧은 외길인데도 나무에 표시를 새기고 조금 걷다 보면 똑같은 표시가 새겨진 나무가 앞에 보이는 것이었다.

"와아, 이건 말도 안 되는 일이네요!"

린이 깜짝 놀라는 척하자 미미히코는 눈썹을 찌푸리며 린에게 말했다.

"넌 참 속도 편하구나."

이전에 그랬던 것처럼 오른쪽 잡목림을 헤치고 들어가 길에서 벗어나기로 했다. 마을은 코앞이다. 코앞이야. 린은 흥분했다. 하지만 풍경이 점점 이상해졌다. 예전과 똑같다면 강이 나올 텐데, 그렇지 않았다. 잡목림이 사라지자 평야가 나왔다. 조금 걸어가니 길이 있었다. 통행인도 많고 말도 달린다. 이윽고 큰 마을이 보였다.

"운이 좋네. 아무래도 우리가 지름길로 온 모양이다. 저건 오늘 밤 도착할 예정이었던 여관 마을이잖아?"

앞장서서 걸어가던 이즈미 로안이 말했다.

그리고 이 주 정도 여정으로 목적했던 온천 마을에 도착했다. 그곳은 유명한 온천이라 요양하러 오는 손님도 많았다. 어째서 이렇게 되었는지는 모르겠지만 결국 노파가 있던 마을을 지나지 못했다.

허망한 마음으로 린은 온천에 몸을 담갔다. 탕은 뿌연 흰빛이었고 썩은 달걀 같은 냄새가 났다. 다리를 쭉 뻗자 여행의 피로가 뜨거운 물에 녹아 빠져나가는 것만 같았다. 나중에 온천에 들어간 감상을 이즈미 로안에게 말해 책을 쓸 때 써넣으라고 해야겠다.

탕에 들어갈 때도 목에 주머니를 걸고 있었다. 이따금 라피스 라줄리를 꺼내 바라보았다. 린과 함께 어머니의 배 속에서 나온 돌은 무서우리만치 푸른 빛을 띠었다. 이걸 준 노파도 몇 번 죽었다가 다시 태어났던 것이리라. 린에게 이것을 준 후에 노파는 죽어서, 갓난아이로 돌아가지 못한 게 아닐까? 비록 그 마을에 도착해 노파를 만난다 해도 라피스 라줄리를 가지고 있지 않을지도 모른다. 파란 돌이 뭔지도 모르는 인생을 살고 있지 않을까? 그렇지 않다면 이 세상에 신비한 라피스 라줄리가 두 개나 있는 셈이 된다.

뜨거운 물속에서 라피스 라줄리를 보니 세상에 있는 다른 모든 파란색이 가짜로 보였다. 노파가 이 돌에 대해 뭐라고 했더라. 기억해 내는 데 시간이 걸렸다.

자살해서는 안 된다.

자살하면 지옥에 간다.

분명 노파는 그렇게 말했다.

여행에서 돌아온 뒤로 도매 서점에서 일하는 나날이 이어졌다. 예전 인생과 달리 그 후에도 이즈미 로안이나 미미히코의 여행에 몇 번 따라나섰다. 길치인 이즈미 로안 때문에 험한 꼴을 당한 적도 많았다. 사흘 동안 산속에서 길을 잃은 끝에 이 세상 경치 같지 않은 풍경을 맞닥뜨린 적도 있다. 진귀한 선물을 가지고 고향의 아버지도 찾아뵈었다. 아버지가 나이를 먹어 노인이 되어 가는 모습은 이전 인생에서는 볼 수 없었던 광경이다.

이전에 남편이었던 남자와 거리에서 마주쳤다. 십 년이나 함께 살면서 세 아이를 두었던 남자가 생판 남이 되어 걸어갔다. 멀리서 보기만 했을 뿐 말은 걸지 않았다. 가만히 있어도 조만간 행수 어르신이 소개해 줄 터였다.

하지만 린은 다른 남자와 결혼하게 되었다. 밖에서 젊은 상인을 만나 청혼을 받은 것이다. 행색도 번듯했고 성격도 그리 나쁘지 않았다. 이런 것도 괜찮겠지. 게다가 상재가 있는 사람이었다. 첫 번째 인생에서 그 남자가 장사꾼으로 성공하는 모습을 봤다.

린은 상인의 아내로서 인생을 꾸려 나가기 시작했다. 이전 인생처럼 여럿이 다닥다닥 모여 살았던 목조 가옥이 아니라 훌륭한 집에서 아이를 낳았다. 첫 출산이지만 린이 당황하는 기색을 보이지 않자 주위 사람들이 더 놀랐다. 아이를 어르는 손길이 젊은 어머니치고는 너무 능숙해 시어머니가 잔소리를 할 구석이 없었다.

첫 번째 인생에서 첫아이는 아들이었는데 이번에는 처음에 딸이 태어났다. 아버지가 달라서 그렇겠지. 그렇다면 목조 가옥에서 등에 업고 젖을 먹여 길렀던 아이들은 어디로 가 버렸을까? 언젠가 또 만날 수 있지 않을까 기대했지만 아무래도 그 아이들은 이 세상에 태어나지 않은 듯했다. 아이들의 인생을 통째로 지운 것 같아 마음이 아팠다. 새로 낳은 아이를 키우는 사이 전에 낳은 아이들을 점차 잊어 갔다. 그것이 또 괜히 서러웠다.

아이들 중 한 명에게 이 라피스 라줄리를 줘야지. 린은 언제나 그렇게 생각했다. 나는 이제 충분히 살았다. 다음에는 아이에게 삶의 기회를 줘야지. 하지만 하룻밤이 지나면 무서워서 목에 건 주머니를 풀 수가 없었다. 그렇게 하루하루가 지났다.

라피스 라줄리를 노파에게 받은 게 머나먼 옛일이 되었다. 노파는 무슨 생각을 하면서 내게 라피스 라줄리를 건네주었을까? 파란 돌은 생명 그 자체였다. 이것을 남에게 맡길 때 그 마음은 어땠을까?

거기에 비해 자신의 마음은 얼마나 천박한지 경악스러웠다. 이만큼 살았으면 이제 족한데 라피스 라줄리를 떼어 놓기가 무서웠다. 지금까지 면제받았기 때문인지 죽음에 대한 공포가 전보다 더 커졌다. 적어도 죽음 저편에 죽은 이들이 행복하게 사는 다른 세계가 있다면 좋을 텐데. 린은 종교 서적을 읽어 보았다. 활판 인쇄로 찍은 이국의 책도 훑어보았다. 하지만 어느 것도 공포를 씻어 주지는 않았다.

언젠가 이 공포를 아무렇지도 않게 여기는 날이 올까? 그렇지 않으면 나는 영원히 살아가야 한다. 하다못해 좋아하는 사람을 위해서는 이 라피스 라줄리를 포기하기로 결심했다.

·· 4 ··

두 번째 인생에서도 수많은 기쁨과 고뇌가 있었다. 남편이 바람을 피워 죽이려고 한 적도 있고, 시어머니가 역성을 들어 주어 친어머니처럼 느낀 적도 있다. 둘째 아이가 병으로 죽을 뻔했을 때 마지막 약 한 알을 먹여 간신히 살려 냈다.

이윽고 린이 스물일곱 살 때 목조 가옥이 모여 있는 지역에

불이 났다. 린이 죽었어야 했던 화재다. 이번에는 사는 곳이 달라서 피해를 입지 않았다. 대신 첫 번째 인생에서 남편이었던 남자가 화재로 죽고 말았다.

린은 그때까지 경험한 적 없는 나이가 되었다. 삼십 대가 되자 아이들이 차례로 장성했다. 사십 대 때 아버지와 시어머니와 남편을 차례로 잃었다. 오십 대가 되자 아이들이 시집을 가고 장가를 갔다. 손자가 생기자 린은 가업을 아이들에게 전부맡기고 은거했다. 거울을 보니 주름이 가득한 얼굴이 비쳤다. 더 이상 달릴 수도 없고, 비가 오는 날에는 무릎 관절이 쑤셨다. 이럴 때 온천에 들어가면 참 좋겠다. 결혼한 후로 이즈미로안이나 미미히코와는 소원해졌다. 그들이 어떤 인생을 살았는지 모른다.

쉰다섯 살의 어느 날, 머리가 지끈거리더니 갑자기 의식을 잃었다. 다음에 눈을 떴을 때 린은 이불 위에 있었다. 손녀들이 곁에 있었다. 노래를 하며 손장난을 치는 손녀들의 옷소매가 바람에 나부끼는 꽃잎 같았다. 라피스 라줄리가 든 주머니는 목에 그대로 걸고 있었다. 린은 주머니를 움켜쥐고 눈을 감았다. 다음번에는 어머니의 얼굴을 볼 수 있을까? 통증이 다시 머리를 꿰뚫고 지나갔다.

끈 같은 것이 양수 속에 떠다니고 있다. 어머니의 배 속은 미지근한 온천 같았다. 산파가 어머니의 배를 가르고 린을 꺼냈다. 린은 눈을 뜨고 주위를 보았다. 양수와 피의 감촉. 공기가 온몸에 닿았다. 촛불 같은 빛이 보였다. 하지만 갓난아이의 눈은 금방 사물을 볼 수는 없는 모양이다. 모든 것이 어렴풋했다. 결국 어머니의 얼굴은 보지 못했다. 나중에 들은 이야기에 따르면 린은 자그마한 손가락으로 파란색이란 파란색은 모두 응축해 놓은 듯한 돌멩이를 움켜쥐고 있었다고 한다.

린의 세 번째 인생이 시작되었다. 아버지의 품에 안겨, 고향의 전원 풍경을 바라보았다. 뒤뜰 꽃밭에 나비가 날아다닌다. 또다시 여기로 돌아왔구나. 감회가 치밀었다. 신통력을 가지고 있다고 주위에서 꺼리지 않도록 이번에는 평범한 아이 행세를 했다. 말을 이해할 수 있었지만 누가 말을 걸어도 못 알아듣는 척했다. 저번에는 신동이라고 칭송받았던 대신 다가오는 사람이 없었다. 하지만 이번에는 같은 또래의 친구들이 많이 생기고 마을 사람들도 가볍게 말을 걸어 주었다.

그 대신 마을에 홍수가 나는 해에 조심하라고 외쳐도 린의 말을 들어 주는 사람이 없었다. 저번에는 마을 사람들이 린에게 신통력이 있다고 믿었기 때문에 그녀의 말을 들어 주었던 것이다. 피해 규모는 지난번과 비교할 수도 없었다.

아버지가 제와장의 집에서 당할 사고를 막으려고 아버지에게만은 린이 겪었던 지금까지의 인생을 설명했다. 노파에게 라피스 라줄리를 받아 벌써 두 번째 죽음을 체험했다고 설명했다. 아버지는 깜짝 놀랐지만 마을에 홍수가 날 일을 린이 사전에 알고 있었던 것도 사실이었다. 제와장의 헛간이 무너진 날 아버지는 린의 말을 따라 집에 있었다.

성장한 후에도 이번에는 이즈미 로안과 함께 여행을 떠나지 않았다. 같은 날에 산에서 길을 잃어도 그 마을에 다다르기 어려우니 노파를 만나기도 어려울 것 같았다.

이번에는 아버지 곁에서 평생을 보내야지. 린은 아버지의 농사를 도우면서 마을 사람들과 평온한 시간을 보냈다. 책 장수가 가져온 책에 질리면 도읍으로 나가 추억이 어린 곳을 바라보며 길을 걸었다. 도매 서점이나 이전 결혼 상대의 집을 멀리서 바라보았다. 이즈미 로안이나 미미히코의 모습을 찾으며 타인으로 친구들과 스쳐 지나갔다.

이전 인생에서는 오십 대까지 살아서 그런지 친구들의 앞날을 알 수 있었다. 강에 빠져 죽은 친구에게 점술가 행세를 하며 다가가 강가에 다가가지 말라고 충고했다. 지인에게 속아 빚을 진 친구에게는 사람을 너무 믿지 말라고 말해 주었다.

아버지의 친구가 린의 결혼 상대를 찾아 주었다. 용모가 뛰

어난 것도 재산이 있는 것도 아니었지만 마음씨는 착했다. 린은
그 남자와 행복한 생활을 보냈다. 화가 나서 싸우는 일도 적었
고, 남편이 바람을 피우지도 않았으며, 집 안에는 웃음이 끊이
지 않았다.

그 사람과 린 사이에는 아이가 생기지 않았다. 아버지가 병
으로 돌아가시자 남편과 단둘이 되었다. 뜰에 앉아 말라죽은
감나무를 바라보며 오랜 시간 부부끼리 대화를 나누었다. 저
녁노을에 구름이 발갛게 물들면 두 사람의 그림자가 길게 늘어
졌다. 아이나 손자가 있었던 나날들이 떠올랐다. 이런 저녁이
면 아이들이 뛰놀곤 했지. 넘어져서 무릎이 까져 울면서 돌아
왔었지.

죽어서 다시 태어나길 반복해, 여태 살아온 세월이 백 년을
넘었다. 그동안 만난 사람들은 헤아릴 수도 없다. 그래도 제 손
으로 키운 아이들의 얼굴과 이름은 기억했다. 어느 아이가 어
떤 성격이었는지도 잊지 않았다. 천 년이 넘게 산다 해도 품에
안았던 아이의 무게를 기억할 것이다.

린의 어머니는 그것을 느껴 보지 못하고 생을 마감했다. 다
시 태어나면 태어날수록 어머니를 생각하지 않을 수 없었다.
린이 갓난아이로 태어날 때마다 어머니는 피와 양수를 흘리며
죽는다. 마치 린이 되풀이해서 어머니를 죽이는 것만 같았다.

사십 대에 남편이 타계하고, 그 후 이십 년 뒤 린은 잠자듯 숨을 거두었다.

세 번째 인생이 끝나고, 린은 라피스 라줄리를 움켜쥐고 네 번째로 어머니의 배 속으로 돌아갔다. 린이 태어나는 동시에 어머니는 죽었다. 발달이 덜 된 눈으로는 그 얼굴을 볼 수가 없었다. 원한다면 영원히 생각할 수도 있다. 무한히 추억을 만들 수도 있다. 하지만 어머니의 얼굴만은 단 한 번도 볼 수 없었다.

린은 네 번째, 다섯 번째, 여섯 번째 인생을 공부에 쏟아부었다. 죽어서 갓난아이로 돌아갈 때, 남편과 아이들은 데려갈 수 없지만 보고 들은 것은 남는다. 그렇다면 많이 배우고, 지식을 쌓아 세상에 도움이 되고자 했다. 린은 이국의 언어를 배워 의학서를 머릿속에 담았다. 약에도 박식해져 약초나 독약에 대해 삽화가 든 책을 썼다. 튼튼한 다리나 화재에 강한 목조 가옥 설계도 해 보았다. 죽어서 또다시 갓난아이로 돌아가면, 린의 업적은 백지로 돌아갔다. 그래도 다시 처음부터 책을 썼다.

아버지의 죽음, 남편의 죽음, 그리고 아이의 죽음을 몇 번이나 체험했다. 눈물이 흘렀다. 익숙해질 수는 없었다. 어째서 이렇게 슬픈 것일까? 함께 있던 사람이, 어느 날을 경계로 사라진다. 그 사람과 보냈던 날들이 언제까지나 가슴에 남는다. 태어나지도 않은 아이들을, 지금은 남이 된 남편을, 계속 사랑하고 있다. 몸속에서 그 감정이 언제까지고 솟아나 마를 일이 없다. 눈물마저 소중했다. 이 사랑도, 슬픔도, 전부 어머니가 준 것이다.

여섯 번째 인생이 끝나 갈 때였다. 딸이 아이를 낳았을 때 갓난아이 목에 탯줄이 감겨 있었다. 탯줄이 목에 감기는 경우는 흔하다. 그 때문에 죽는 경우는 거의 없다. 하지만 탯줄이 몇 겹으로 감기면 위험하다.

그렇게 되면 사산하는 경우가 많다고 한다. 태아는 탯줄을 통해 어머니의 몸에서 여러 영양소를 얻는다. 린은 의학서를 읽어 그 사실을 알고 있었다. 아마도 몇 겹으로 감긴 탯줄이 눌리는 바람에 살아가는 데 필요한 양분을 얻지 못해 죽는 것이리라.

그 후로는 평온한 나날이 이어졌다. 추억이 어린 장소를 걸으며 저녁노을이 깔린 하늘과 비가 만드는 물웅덩이를 바라보았다. 이윽고 건강이 나빠져 산책을 할 수 없게 되었다. 이부자리에 누워 지내게 되자 친했던 사람들을 집으로 불러 담소를 나누었다. 개중에는 자기가 왜 불려 왔는지 모르는 사람도 있었다. 린에게는 예전 인생에서 교류가 있었던 사람이지만 상대방은 린을 처음 보는, 그런 사람들이다.

이즈미 로안은 린이 있는 방에 들어와 이부자리 옆에 단정한 자세로 앉았다. 린과 마찬가지로 그도 나이를 먹었다. 얼굴과 손에 주름이 졌고 머리카락도 희끗했다. 하지만 수련처럼 단아한 자태는 변함이 없었다.

"와 주셔서 고맙습니다, 로안 선생님."

린은 이부자리에서 윗몸을 일으키고 인사를 했다.

"당신이었군. 오랜만이네."

"처음 뵙는 건데요?"

"거리에서 지나칠 때, 날 봤잖나. 젊었을 때였지만."

딸이 차를 가지고 왔다.

"선생님이 쓰신 여행 안내서는 전부 읽었어요."

"만물박사가 내 책을 읽었을 줄이야."

"그러지 마세요. 만물박사는 아니니까."

마을에 그런 소문이 퍼진 모양이다. 린은 가급적 눈에 띄지 않게 행동했지만 재해 발생을 사전에 알리거나, 알 리 없는 사실을 입에 담은 탓에 어느새 그런 말을 듣게 되었다. 점술가로 착각해 큰돈을 내려는 사람도 있었다.

"이것도 인연이니 가르쳐 줄 수 없을까? 어떻게 하면 내 책이 잘 팔릴지."

"예전에는 당신이 참 어른으로 보였는데, 이런 나이가 되니 이제 누가 연상인지는 상관이 없네요."

"둘 다 주름투성이니까."

"선생님이 처음 내신 책을 책 장수가 고향 마을에 가져왔던 적이 있어요. 제가 아직 다섯 살 때쯤이었던가."

"소문에 당신은 그때부터 누구도 가르쳐 주지 않았는데 이국의 언어를 말할 수 있었다지."

린은 이즈미 로안에게 이런저런 여행 이야기를 물었다. 미미 히코가 몇 년 전에 어떻게 죽었는지도 들었다. 이즈미 로안은 지금도 여전히 여행을 떠나면 길을 잃는다고 한다. 그를 따르며 모여드는 젊은이들도 있는 모양이지만 길을 잃고 무서운 꼴을 당할 때마다 줄어든다고 했다.

린은 처음 그를 만났을 때를 떠올렸다. 이 사람에게 반했었다. 첫 번째 인생의, 처음으로 품었던 감정이다. 지금까지 몇 명의 상대와 결혼했지만 어째선지 이 사람하고는 인연이 닿지 않았다. 줄곧 마음속 어딘가에서 사모하고 있었을 텐데 아무 말도 못 했다.

저녁노을이 내려앉고, 이즈미 로안이 돌아갈 때가 되었다. 린은 아쉬운 마음으로 이별을 고했다.

"그러고 보니 목에 걸고 있는 그건 뭐지?"

마지막으로 그가 물었다. 린은 주머니에서 파란 돌을 꺼내 보여 주었다.

"오래전에 어떤 분이 준 부적이에요."

이즈미 로안은 돌에 얼굴을 바싹 들이댔다.

"유리로군. 이국 말로, 라피스 라줄리."

"예. 전에도 그렇게 가르쳐 주셨죠, 선생님."

"그랬던가?"

"착각했나 봐요."

"분명 꿈이라도 꾼 거겠지. 잠들었다가 깨어날 때마다 지금 이것이 꿈인지 생시인지 알 수가 없거든."

이즈미 로안은 그런 말을 남기고 돌아갔다. 린이 있는 방에서 탁 트인 툇마루가 보였다. 빛이 쏟아지는 뜰에서 나비가 하늘하늘 춤추고 있었다.

일주일 뒤, 이부자리 옆에서 손자와 놀아 주고 있을 때 발작이 찾아왔다. 쓰러진 린의 얼굴을 손자가 어리둥절하게 굽어보고 있었다.

죽을 때는 언제나 어두운 구멍에 떨어지는 감각을 느낀다.

미지근한 온천 같은 곳에 가라앉았다가, 곧이어 떠오르는 감각.

정신을 차리고 보니 린은 어머니의 자궁 속에 있었다. 주위

라피스 라줄리 환상 ··75

가 어두운 이유는 배 속에 있기 때문이거나 눈이 덜 발달된 탓이리라. 따뜻한 양수가 미숙한 몸을 감싸고 있었다.

제 의지로 손발을 움직일 수도 있었다. 하지만 손가락의 감각은 없다. 아직 손가락이 형성되지 않은 건지도 모른다.

보이지도 않고 느낄 수도 없지만 옆에 파란 돌이 떠다니고 있을 것이다. 팔 끝에 붙어 있을지도 모른다. 이대로 태어나면 일곱 번째 인생을 보내게 된다. 하지만 린은 그러길 바라지 않았다.

린의 배꼽에서 쭉 뻗어 나온 끈 같은 것이 태내의 벽으로 이어져 있었다. 린은 몸을 돌려 제 목에 그것을 몇 겹으로 감으려 했다. 몸의 감각이 전체적으로 불확실해 몇 번을 해도 실패했다.

몸이 자라기 전에 죽으면 된다. 그러면 어머니가 출산으로 죽을 일도 없다. 태아 단계에서 자살하면 어머니를 살릴 수 있다.

노파는 자살해서는 안 된다고 했다. 자살하면 지옥에 떨어진다고. 그곳은 어떤 곳일까? 라피스 라줄리 덕분에 남들보다 긴 인생을 살 수 있는데도 그 복을 스스로 포기하는 것이다. 그 죄는 헤아릴 수 없다. 지옥에서 겪을 고통은 얼마나 클까? 무섭지 않다고 하면 거짓말이다. 그래도 어머니를 살리고 싶었다. 언젠가 건강한 몸으로 린의 동생들을 낳아 기르며, 어머니가 살아가는 앞날에도 린이 느꼈던 행복이 깃들기를. 살아간다는 고귀함. 눈물의 의미에 감동하는 순간이 어머니의 생명에도 깃들기를.

린이라는 이름조차 붙어 있지 않은 태아는 양수 속에서 기도했다.

이윽고 발달이 덜 된 태아의 목에 탯줄이 세 겹으로 감겼다. 어둠 속에서 태아는 손발을 뻗어 제 목을 꼬옥 졸랐다. 탯줄이 죄여 어머니가 보내 주는 양분들이 차단되었다. 고통을 느낄 새도 없이 태아는 움직임을 멈추었다.

린은 지옥에 떨어졌다.

·· 5 ··

어느 날, 국숫집에서 이즈미 로안이 말했다.

"열흘 후에 서쪽 온천 마을에 가게 되었는데 다음에도 도와주지 않겠나?"

온천으로 가는 길이나 효능을 조사해 책에 담기 위한 여행이었다. 그것이 이즈미 로안의 생업이다. 그때까지 몇 번 짐꾼으로 여행에 동행한 적이 있다. 하지만 그는 신통할 정도로 길치였다. 단순히 동서남북을 모르는 것이 아니다. 길을 이상하게 잃는다. 그래서 미미히코는 거절하기로 했다.

"사내 둘이서 하는 여행만큼 시시한 건 없습니다."

"그러고 보니 그러네. 그럼 여자를 동료로 끼우지."

미미히코는 일이 이상하게 꼬였다 싶었지만 귀찮아서 입을
다물고 있었다. 국숫집에서 일하는 계집아이가 아까부터 유난
히 바지런하게 이즈미 로안에게 차를 날라 주고 있다. 로안은
젊고 얼굴도 반반했다. 어쩌면 이 사람 곁에 붙어 있으면 보통
때보다 추남으로 보이는 게 아닐까? 다음에는 가급적 거리를
두고 다녀야지. 미미히코는 그런 생각을 했다.

듣자 하니 이즈미 로안은 그 후 의뢰처인 도매 서점에 진짜
로 부탁했던 모양이다. 여행에 동행해 줄 여자를 소개해 달라
고 한 것이다. 책을 쓰기 위한 여행이다. 도매 서점 행수도 이
즈미 로안을 도와주고 싶었지만 고개를 절레절레 가로저었다
고 한다.

"우리 가게에 일하는 여자아이가 있다면 같이 보낼 텐데."

행수가 그런 말을 했다던가 안 했다던가.

결국 다음 여행도 이즈미 로안과 미미히코 둘이서 떠났다.
미미히코가 동행을 결심한 것은 생활비 때문이었다. 곤드레만
드레 취해 있는데 소매치기를 당해 빈털터리가 되었다. 짐을
짊어지고, 자기한테 붙은 가난뱅이 신을 저주하면서 미미히코

는 이즈미 로안의 뒤를 따라갔다.

벼 잎사귀가 눈앞을 가득 메운 농촌을 지났다. 하늘은 구름 한 점 없이 파랬다. 민가 뒤편에 꽃밭이 있었는데 색색의 나비들이 너울거리고 있었다. 이즈미 로안이 경치를 바라보며 말했다.

"나비를 보면 전부 꿈이 아닐까 싶을 때가 있어. 그러고 보니 이런 이야기를 아는가?"

십여 년 전의 일이다. 어느 마을에, 아이를 유산한 어머니가 있었다고 한다. 밖으로 빠져나온 태아의 목에는 탯줄이 세 겹이나 감겨 있었다고 한다.

"세 겹이나 감겨 있는 경우는 좀처럼 드문데. 불행한 아이야."

"어머니는 어찌 되었답니까?"

"물론 슬퍼했지만 그 후 여러 아이를 얻었다고 하는군. 그보다 이상한 일이 있는데 말이야."

유산했을 때 죽은 태아와 함께 어머니의 배 속에서 돌이 나왔다고 한다. 군청색 표면에 금색 가루를 흩뿌려 놓은 듯한 돌이었다고 한다. 그 파란 돌이 무엇이었는지 아무도 알지 못했다. 오랜 시간 소중히 보관했지만 아이들이 찾아내 갖고 노는 사이에 사라지고 말았다. 이즈미 로안은 말했다.

"지금쯤 어느 논밭 속에나 묻혀 있겠지."

수증기 사변

·· 1 ··

날이 밝기 전에 여관 마을을 떠나 고개를 넘었다. 주위가 밝아 오자 초롱불을 꺼서 양초를 아꼈다. 가도 주변에는 여행객이 많아 쓸쓸할 일이 없다. 등에 멘 가죽 보따리에는 여행을 위한 짐이 들어 있었다. 반짇고리, 빗, 부싯돌, 삼베망, 도장. 걸을 때마다 물건들이 주머니 속에서 달그락거렸다. 이즈미 로안이라는 사내의 짐꾼으로 여행에 따라나선 길이었다. 그때까지도 몇 번 그와 여러 지방의 온천 마을을 순례했다.

이즈미 로안은 여행 안내서를 출판해 생계를 꾸려 나가고 있다. 가도가 정비되어 여행이 쉬워졌다고는 하지만 나고 자란 곳에서 한 번도 떠나 본 적이 없는 사람은 여전히 많았다. 그들은 여행길에서 어떻게 행동해야 할지도 모르고, 온천에서 어떻게 입욕을 해야 하는지도 몰랐다. 그런 사람들에게 여행 안내서는 필수 불가결한 물건이다. 특히 온천에 대한 기사가 있는 책은 인기다. 좋은 온천은 병을 고친다. 고통을 지워 준다. 요양 목적으로 온천 마을에 오래 머무르는 사람도 드물지 않다.

의뢰처는 어느 안내서에도 적혀 있지 않은 온천에 대한 소문을 들으면 이즈미 로안에게 돈을 주어 온천 마을로 여행을 보낸다. 돌아오면 책을 쓰게 해서 출판한다. 나는 그런 로안의 여행을 돕고 거기에서 떨어지는 떡고물을 받아먹는 것이다.

이즈미 로안은 계집처럼 머리가 검고 길었다. 말 꼬리처럼 묶고 다닌다. 그리고 심각한 길치다. 여행 안내서 작가이고, 여행이라면 질릴 정도로 해 봤을 텐데도 어김없이 길을 잃는다. 도읍을 떠나 며칠이나 여행을 했는데도 어째선지 정신을 차리고 보면 도읍의 반대편에 도착해 처음으로 돌아간 경험도 있다. 그런 영양가 없는 반복에 질려 이제 그만 따라다니고 싶었지만 그만둘 수 없는 사정이 있다.

어째서 빚을 지고 말았을까?

나도 그 이유를 잘 모르겠다. 며칠 전에 한 노름이 잘못인지도 모르지만 과연 그럴까? 잠깐 주사위 노름을 했을 뿐인데 그렇게 큰 빚을 질 수 있나? 내 계산으로는 돈이 불어서 얼마간

일을 하지 않아도 되었어야 했는데 어째선지 반대로 돈이 사라졌다. 꿈이라도 꾸는 심경이다.

"세상은 저를 팔푼이로 알아요."

강을 건너는 나룻배 위에서 이즈미 로안에게 말해 보았다.

"팔푼이면 어떤가."

다가오는 건너편 강가를 보면서 이즈미 로안이 말했다. 나룻배 사공이 스쳐 지나가는 배에 뭐라고 외쳤다. 우렁찬 목소리가 파란 하늘에 울려 퍼졌다.

"어떻긴요. 여자한테 말을 걸어도 농담하는 거냐고 비웃는단 말입니다. 어떤 가게들은 얼씬도 못 하게 하고요. 더 이상 살아 봤자 부질없을지도⋯⋯."

"그럴 때는 어렸을 때의 즐거웠던 추억을 떠올려 보게. 자네한테도 좋은 추억 한두 개쯤은 있을 것 아닌가?"

잠시 생각해 보았다. 하나도 없었다.

돌아가신 부모님도 나를 딱히 귀여워하지 않았다.

어렸을 때 함께 놀았던 계집애 생각을 하려고 했지만 얼굴을 잊어버렸다. 그러는 사이 가슴이 울렁거리더니 아픔 같은 감정이 생겨났다.

"아무것도 없습니다. 아무것도 없어요, 로안 선생님."

그 소녀는 어떻게 생겼더라?

유노카. 분명 그런 이름이었다.

나와 이즈미 로안이 그 마을에 도착한 것은 우연이었다. 원래 예정했던 숙소는 다른 마을이었다. 예상치 못한 마을에 묵게 된 경위는 늘 그렇듯 그렇고 그런 사정이었다. 강을 건넌 우리는 첫발에 길을 잃고 말았던 것이다. 어느새 가도에서 벗어나, 지나가는 사람이라곤 코빼기도 보이지 않았다. 슬슬 여관 마을에 도착해야 하는데 집은 한 채도 보이지 않고 주변은 산과 들뿐이었다. 자, 또 영양가 없는 미아 놀이가 시작되었군요, 하고 나는 마음속으로 중얼거렸다. 바로 왔던 길로 되돌아갔지만 눈에 익은 경치는 나오질 않았다. 날이 저물어 초롱에 불을 붙이고 걸었지만 어느 방향으로 가고 있는지 모르겠다. 오늘 밤은 노숙이구나. 각오를 굳힐 즈음 밭이 보였다. 근처에 사람 사는 마을이 있다는 뜻이다. 그렇게 우리는 산기슭에 자리한 마을에 도착했다.

"전화위복인지도 모르지."

이즈미 로안이 말했다. 달빛에 떠오른 산 그림자를 바라보고 있었다.

"이 냄새. 온천이 가까이에 있군."

그 말을 듣고야 깨달았다. 마을에 들어온 후로 코를 찌르는

온천 냄새가 가득했다. 이 근처에 온천이 있다는 얘기는 금시
초문이다. 어느 여행 안내서에도 소개된 적이 없다. 정말 이 마
을에 온천이 있다면 의뢰처가 보수를 두둑이 얹어 줄지도 모른
다. 길치도 가끔은 쓸모가 있는 모양이다.

　민가를 몇 채 찾아가 마을 사람들에게 온천과 여관이 있는지
확인했다. 마을 사람들은 하나같이 음침했다. 마을을 찾는 여
행자가 드물지 않은 모양인지 탁하게 찌든 눈으로 우리를 바라
보더니 이야기가 끝나자마자 문을 쾅 닫았다. 그래도 산기슭에
여행객을 위한 여관이 있다는 얘기를 듣고 우리는 서둘러 그곳
으로 향했다.

　대숲 사이로 난 길을 지나 여관에 도착했다. 낡아 빠진 곳이
었다. 초롱불을 비추자 풀이 무성한 지붕이 보였다. 여관 주인
은 마을 사람처럼 음침한 초로의 사내였다. 계속 고개를 숙이
고 있어 어두운 그림자에 가려진 표정이 보이지 않았다. 나와
이즈미 로안은 비듬이 잔뜩 낀 그의 정수리만 보면서 이야기했
다. 목소리도 작아 주인이 무슨 말을 하는지 알아듣기 힘들 때
도 있었다. 이 지방 특유의 사투리를 쓰기에 그게 무슨 뜻이냐
고 물었지만 무시당했다. 안내받은 방에 들어가 썩어서 물렁
한 다다미에 놀라고 있을 때 이즈미 로안이 여관 주인에게 물
었다.

"그런데 이 마을에 온천이 있습니까?"

"뒷길로 올라가면 있습니다. 하지만 밤에는 안 가시는 게 나을 겁니다."

"어째서?"

"못 돌아오는 사람이 많으니까요."

"길을 잃는다는 뜻입니까?"

"아니요. 온천에서 나온 흔적이 없다는 겁니다. 다음 날, 벗어 놓은 옷만 온천 옆에서 나오죠. 다들 어디로 가 버린 건지……."

여관 주인은 그렇게 말하더니 우리를 방에 남겨 두고 나가려 했다. 불러 세웠지만 못 들은 척하는 건지 냉큼 나가 버렸다. 어둠 속으로 뒷모습이 사라지고 주인이 걸을 때 마룻바닥이 끼익끼익 삐걱거리는 소리만 잠시 동안 들려왔다.

나와 이즈미 로안은 발이 푹푹 꺼지는 축축한 다다미 위에 짐을 내려놓았다. 방의 장지문은 무참하게 뚫려 밖이 다 보였다.

달빛이 어둠 속에서 푸르른 대숲을 비추고 있었다. 온천으로 통하는 좁은 길이 대숲 안쪽으로 이어졌다. 뭔가가 썩은 듯한 온천 특유의 냄새가 풍겨 왔다.

"그럼, 주인도 저리 말하니……."

이즈미 로안도 내 옆의 찢어진 장지 구멍으로 밖을 바라보고 있었다.

"그러네요, 오늘은……."

그만 잡시다. 나는 그렇게 말하려 했지만 이즈미 로안은 다른 소리를 했다.

"자네가 얼른 온천에 들어가 봐야겠어."

·· 2 ··

이즈미 로안이 말하길, 온천에 어떤 위험이 있으면 책에 쓸수 없으니 내가 그것을 조사해 보라는 것이었다. 확실히 여관주인이 한 이야기는 신경 쓰였다. 하지만 그런 얘기를 듣고 냉큼 한밤중에 온천에 찾아갈 마음은 들지 않았다. 나는 이즈미로안의 제안을 못 들은 척하고 방구석에 개여 있던 이불을 뒤집어쓰고 얼른 자 버렸다.

이튿날 아침, 장딴지가 가려워 잠에서 깼다. 거기만 가려운게 아니라 팔과 목, 발등, 손끝까지 근질거렸다. 어스름한 아침햇살이 방에 비쳐 들어 그 빛 속에서 유심히 살펴보니 온몸에붉은 발진이 돋아 있었다. 내가 사용한 이불에 빈대가 수두룩했던 모양이다. 습기를 머금어 푹 눌린 해진 이불을 털자 빈대가 다다미에 우수수 떨어져 여기저기 툭툭 튀어 달아났다. 그 사이에도 근지러워서 미칠 것만 같았다. 손톱으로 온몸을 긁어 댔다.

이상하게도 이즈미 로안은 빈대의 피해를 입지 않았다. 내 비명을 듣고 깬 로안의 몸에 붉은 발진은 보이지 않았다. 이유를 묻자 그는 이불 속에서 풀을 꺼냈다. 산길에서 흔히 볼 수 있는 풀이었다.

"이건 고삼이라는 풀인데 혹시나 싶어 어제 캐 두었지. 이 풀에는 빈대를 쫓는 효과가 있거든. 내가 빈대에 물리지 않은 이유는 이 풀을 이부자리에 넣어 두고 잤기 때문이라네."

"그런 게 있으면 왜 빨리 안 내놓은 겁니까? 덕분에 이 꼴 좀 보세요."

팔뚝과 장딴지의 참상을 보여 주었다. 하지만 이즈미 로안은 개의치도 않는 표정이다.

"빈대를 조심하라고 충고도 하기 전에 자 버린 자네 탓이지."

분명히 일부러 입 다물고 있었던 거다. 하지만 항의하려고 해도 온몸이 가려워 머리가 제대로 돌아가지 않았다.

"그나저나 이 마을에 며칠 더 묵어야겠어. 온천이 신경 쓰여서 말이야."

이즈미 로안이 말했다.

"그럼 오늘 밤도 이 방에서? 빈대를 쫓는다는 풀 좀 나눠 주세요."

오른손, 왼손으로 다른 곳을 긁어 대며 부탁했다.

"못 나눠 줄 것도 없지. 하지만 그 대신……."

그는 오늘 밤 온천에 가서 위험 유무를 조사해 오라는 조건을 내세웠다.

그나저나 날이 밝아 새삼스럽게 주위를 둘러보니 정말 지독한 방이었다. 천장에는 거미집이 있고 작은 나방이 걸려 있다. 방구석에 둔 사방등은 먼지를 뒤집어썼으며, 접시의 기름은 검은색으로 진득하게 굳어 있었다.

나와 이즈미 로안은 방에서 나와 여관 주인에게 인사를 했다. 대숲에 둘러싸인 이 여관은 어젯밤 우리를 맞은 초로의 사내와 그 아내가 둘이서 운영하는 듯했다. 사내의 아내도 다른 마을 사람들과 똑같이 음침했고 두통이라도 앓고 있는지 늘 얼굴을 찌푸리고 있었다. 아침밥은 여주인이 지은 밥과 된장국이었다. 밥 속에는 모래나 여자의 것으로 보이는 흰머리가 섞여 있었고, 된장국은 흙탕물 냄새가 뚜렷했다. 덧붙여서 손님은 우리 말고는 아무도 없는 듯했다.

여관 주인에게 온천에 대해 물어보았다. 밤에 들어가면 못 돌아온다는 이야기가 사실인지. 과거에 그런 일이 정말 있었는지. 하지만 여관 주인은 제대로 대답하지 않았다.

"낮에 들어가면 괜찮습니다."

이 말뿐이다.

달리 할 일도 없어 나와 이즈미 로안은 온천에 들어가 보기로 했다. 주인 이야기야 그렇다 치고 일단 온천에 들어가 피로를 풀고 싶었다. 온천 냄새가 옆에서 솔솔 풍겨 오는데 들어가지 않고 마을을 나갈 수야 없지.

우리는 수건을 들고 여관 뒤편의 오솔길을 걸었다. 대나무들이 길 양옆에 빼곡하게 우거져 있었다. 길은 산비탈에 정면으로 도전할 기세로 깎아지른 오르막이었다. 한참 걸어가자 뒤에 보였던 여관이 대숲 너머로 사라지고, 그 대신 앞쪽에 김이 솟아오르는 벼랑이 보였다. 바위가 가득한 벼랑 앞에서 대숲은 끝났고 주변에는 김이 서려 하얀 안개가 자욱했다.

바위를 기어오르자 벼랑 중간에 선반처럼 튀어나온 자리가 있고 그곳에 뜨거운 물이 괴어 있었다. 누가 바위를 파내서 만든 게 아니라 오목한 바위 속에 뜨거운 물이 고인 자연 온천이다. 어른 다섯이 들어가면 꽉 찰 만한 크기였다. 물은 허여멀겋고 침전물이 뭉친 탕화湯花가 떠다니고 있었다. 발을 담가 보니 뜨뜻한 게 딱 좋은 온도였다.

이즈미 로안은 온천에 들어갈 때 자기만의 미의식에 따라 행동하는 듯했지만, 나는 개의치 않고 옷을 벗고 첨벙 뛰어들었다. 눈 밑에 펼쳐진 대숲이 절경이었다. 뒤에는 절벽이 솟아 있어 바위의 거친 느낌이 또한 일품이었다.

　우리는 아무 문제 없이 온천을 즐기고 여관으로 돌아갔다. 온몸의 가려움도 싹 가셨다. 방에 들어가자마자 이즈미 로안은 일기장을 펼치고 온천에 대해 기록했다. 온천물의 색과 냄새, 깊이와 면적, 여관에서 온천까지 걸리는 거리, 예상되는 효능 등을 술술 써 내려갔다. 여행 안내서를 쓸 때 필요하기 때문이다. 하지만 이즈미 로안은 도중에 붓을 멈추더니 뭐라 말하고 싶은 눈치로 나를 쳐다보았다.

　"알겠습니다. 가면 될 것 아닙니까, 밤에……."

　나는 심드렁하게 대답했다. 방금 실제로 들어가 보니 어디에나 있는 온천으로 보였으므로 딱히 별일은 없을 것 같았다.

　"그 대신 고삼을 주세요. 빈대는 이제 딱 질색입니다."

　저녁 식사는 밥과 된장국과 죽순조림이었다. 여관 주인의 아내가 마련해 준 식사다. 한 입 먹은 순간, 나와 이즈미 로안은 눈짓을 주고받고 더 이상 입에 대지 않았다.

　밤이 깊어 달이 떴다. 대나무가 어둠 속에 나란히 서 있다.

나는 초롱불로 발밑을 비추며 걸어갔다. 낮에 걸었던 그 길이다. 하지만 고작 해 하나 졌다고 인상이 꽤 달랐다. 온천까지 가는 길이 이렇게 멀었던가? 아무리 걸어도 대숲만 계속 이어지는 것 같았다. 이윽고 하얀 안개가 나오고 대숲이 끝났다. 이제 눈앞을 우뚝 가로막은 벼랑 중간에 암반이 튀어나올 터였다. 하지만 낮보다 수증기가 짙게 깔려 발밑을 거의 분간할 수 없었다. 넘어지지 않도록 조심조심 바위 사이를 올라 겨우 온천에 도착했다.

유난히 고요했다. 벌레 울음소리 하나 들리지 않았다. 옷을 벗고 탕에 발을 담갔다. 물이 찰랑거리는 소리조차 똑똑하게 들렸다. 수증기가 밤하늘까지 자욱하게 뒤덮고 있었다. 온천 바깥쪽의 산자락은 하얀 수증기 속에 녹아들어 눈 밑에 있어야 할 대숲도, 등 뒤의 절벽도 보이지 않았다. 달빛이 있어 그런지 초롱을 내려놓은 곳에서 멀리 떨어져 있는데도 수증기 전체가 아스라이 하얗게 빛나고 있었다.

처음에는 여관 주인의 말이 머리에서 떠나지 않았지만 탕에 몸을 담그고 있으니 아무럼 어떤가 싶었다. 온천물이 피부를 매끄럽게 보듬어 주는 게 기분 좋다. 발끝부터 목 뒷덜미까지 몸 안쪽부터 따끈따끈하게 데워 준다. 이걸 즐기지 않으면 손해지, 암. 한참 온천에 들어가 있었지만 아무 일도 없었다. 바위에 걸터앉아 몸을 식힌 뒤에 다시 들어가 보았다.

　여관 식사가 얼마나 맛없는지에 대해 생각하고 있을 무렵 인기척을 느꼈다. 온천에 혼자 몸을 담그고 있는 줄 알았는데, 귀를 기울이니 참방참방, 누가 온천 안을 걸어 다니는 소리가 들렸다.

　시선을 집중하자 하얀 수증기 너머로 어렴풋이 사람 그림자가 보였다. 모르는 사이에 나 말고 또 다른 사람이 대숲길을 빠져나온 걸까?

　"물 온도가 딱 좋네요."

　말을 걸어 보았다. 대답은 없다. 그림자는 미동도 하지 않았다. 가는귀가 먼 노인일지도 모른다. 가까이 다가가 인사를 해 볼까? 수증기에 묻혀 얼굴이나 모습이 어렴풋하게만 보이는 게 기분 나빴다. 일어나서 첨벙첨벙, 첨벙첨벙 하고 소리를 내며 그림자에게 다가가려 했다. 바닥이 미끌미끌 미끄러웠다.

　사람 그림자가 늘었다. 온천에 있는 것은 나와 다른 한 명뿐만이 아니었다. 자세히 보니 탕에 서너 명은 들어와 있었다. 가만히 탕에 몸을 담그고 있는 사람도 있거니와 일어서서 돌아다니는 사람도 있다. 다들 말이 없었다. 이따금 속닥거리는 소리가 들렸지만 무슨 소린지 알아들을 수 없었다.

　이상한 사실을 깨달았다. 가장 멀리 보이는 그림자는 분명

물에 몸을 담그고 있었는데, 내가 있는 곳에서 꽤 멀리 떨어진 곳이었다. 낮에 본 온천의 크기를 감안하면 그 그림자가 있는 자리는 절벽 바깥쪽이어야 했다. 하지만 내 몸이 일으킨 물결은 끝도 없이 퍼져 나갔다. 온천 가장자리가 수증기 속에 묻혀 보이지 않았다. 뒤를 돌아보았지만 옷을 벗어 둔 바위도 보이지 않았다. 초롱 불빛도 없다. 전후좌우 사방에 농밀한 하얀 수증기만 자욱하고, 발밑에는 뜨뜻한 온천물이 있을 뿐이다.

무섭다. 하지만 여전히 안락했다. 도망치고 싶은 마음도 있었지만 내가 일단 취한 행동은 어깨까지 물에 담그고 아아, 하고 한숨을 토하는 일이었다.

그림자 하나가 기침을 했다. 켁켁, 하고 구역질에 가까운 기침을 두 번, 잠시 후에 다시 한 번. 기침 소리가 귀에 익었다. 생전의 우리 아버지하고 똑같지 않은가?

혹시나 싶어 다른 그림자도 관찰해 보았다. 바로 알아본 것은 한쪽 팔이 없는 그림자였다. 수증기 때문에 몸의 윤곽이 어렴풋했지만 왼팔이 없다는 것쯤은 알 수 있었다. 그것은 재작년 겨울, 강도를 만나 살해당한 친구가 분명했다. 겨우 찾아낸 친구의 시신은 왼팔이 잘려 나간 상태였다. 가만히 쳐다보고 있으려니 그 그림자가 자리에서 일어나 탕 속을 돌아다니기 시작했다. 잘려 나간 팔을 다른 한쪽 팔로 소중히 끌어안고 있는 게 수증기 너머로 보였다.

콧노래가 들려왔다. 그림자 중 하나가 부르는 듯했다. 들릴락 말락 가냘픈 소리는 귀를 기울이지 않으면 들리지 않을 정도로 작았다. 아아, 어머니도 계시구나. 나는 탕에 몸을 담그며 생각했다. 저 콧노래는 오래전에 돌아가신 어머니가 즐겨 불렀던 곡이다.

그쯤 되니 공포나 불안은 말끔히 사라졌다.

그보다 그림자들에게 일일이 인사를 하고 싶다는 욕구가 치솟았다.

"여어, 다들 오랜만이야."

나는 말을 걸며 다가가려 했다. 그때 예상치 못한 목소리가 들려왔다.

"안 돼, 미미히코."

소녀의 목소리였다. 그림자 하나가 참방참방 물소리를 내며 내게 다가왔다. 키는 내 가슴께보다 낮았다. 아직 자그마한 어린아이였다.

"누구야?"

"벌써 잊었어?"

얼굴을 보려 했지만 수증기가 훼방을 놓았다. 어렴풋한 그림자밖에 보이지 않는다.

"유노카야."

그림자는 그렇게 말하더니 하얀 수증기 너머에서 어깨까지 탕에 몸을 담갔다.

"유노카? 네가, 그⋯⋯."

얼굴을 기억해 내려 했지만 생각나지 않았다.

"하지만 넌 너무 작은데⋯⋯."

유노카는 분명 나보다 한 살 많았다.

"당연하지. 어렸을 때 죽었으니까."

"죽었어?"

"그래."

나는 다른 그림자를 하나씩 돌아보았다. 듣고 보니 죽은 사람이 온천탕에 몸을 담그고 있다니 기묘한 일이다. 온천이 너무 기분 좋아 그런 문제는 전혀 생각도 못 했다. 유노카의 이야기를 듣고 나서야 갑자기 무서워졌다.

"여긴 어디야?"

나는 눈앞의 작은 그림자에게 한 걸음 다가섰다. 수증기가 아주 조금 걷혔다. 젖은 머리카락, 귓불, 유노카의 이목구비가 보이려는 찰나, 소녀의 그림자는 내게서 멀어져 다시 원래의 거리로 돌아갔다.

"이쪽으로 오면 안 돼. 그만 돌아가."

그때 등 뒤에서 귀에 익은 목소리가 들렸다. 내 이름을 부르고 있다. 이즈미 로안의 목소리였다.

나는 공포에 젖어 목소리가 들리는 쪽으로 달려갔다. 첨벙첨벙 뜨거운 물이 물결쳤다. 이윽고 절벽 안쪽에 다다랐다. 벗어두었던 옷과 초롱이 놓여 있었다. 초롱의 양초는 완전히 닳아버렸다. 이즈미 로안이 나를 발견하고 달려왔다. 늦도록 돌아오질 않아 나를 부르러 왔다는 것이었다.

날은 이미 밝았다. 바람이 불어 수증기가 걷히자 온천이 끝까지 보였다. 다섯 명이 들어가면 가득 차는 작은 온천으로 돌아와 있었다. 나와 이즈미 로안 말고 다른 사람은 보이지 않았다. 온천에 몸을 담그고 있던 그림자들도, 내게 말을 걸었던 소녀의 그림자도, 수증기와 함께 사라지고 없었다.

··3··

"그래서 유노카라는 사람은 대체 누구였나?"

대숲을 거닐며 이즈미 로안이 물었다.

"어렸을 때 함께 놀았던 계집아이입니다."

조릿대가 바람에 흔들려 듣기 좋은 소리를 냈다.

"좋은 이름이로군. 온천에서 나는 냄새도 '온천향湯香'이라고 쓰고 '유노카'라고 읽잖나?"

"아무거나 온천에 갖다 붙이지 마세요."

어젯밤 내가 온천에서 본 그림자는 이미 이 세상에 없는 사람들이었다. 부모님도 한 팔이 없는 친구도 저세상 사람이다. 그들의 얼굴을 자세히 보려고 그대로 다가갔다면 어찌 되었을까? 유노카가 불러 세우지 않았다면 나는 그들의 얼굴이 궁금해 수증기 너머로 갔을 것이다. 여관 주인이 말한 것처럼 다시 이쪽으로 돌아오지 못했을지도 모른다. 뒤늦게 한기가 들었다.

"그런데 유노카라는 자네 친구는 어쩌다 죽었나?"

이즈미 로안이 곧게 뻗은 대나무를 올려다보며 물었다.

"글쎄요. 잘 모르겠습니다."

"하지만 그 그림자가 어릴 때 죽었다고 했다면서?"

유노카는 죽었다.

역시, 죽었던 것이다.

"그때는 산신이 잡아갔다고들 했었죠."

어느 날 유노카는 홀연히 사라졌다.

내가 일곱 살 때쯤이었을까?

덴구*가 잡아갔다고 하는 사람도 있었고 발을 헛디뎌 강에 떠내려갔다고 하는 사람도 있었다. 며칠을 기다렸지만 유노카는 돌아오지 않았다. 동네 어른들이 유노카를 찾아 산속을 돌아다녔지만 결국 찾지 못했다. 유노카가 어디로 갔는지 아무도 모르는 채 세월은 흘러갔다.

이제는 기억을 더듬는 일도 드물었다. 유노카의 얼굴도 잊었다. 소녀가 어떤 눈매를 가지고 있었는지, 코는 어떻게 생겼는지, 입술은 어떤 색이었는지, 조금만 더하면 생각이 날 것 같은데 기억나지 않았다.

사라진 사람의 얼굴을 언제까지나 기억하는 게 가능할까? 하루하루 무언가를 새로이 보고 듣는 나날 속에서 옛날 일은 윤곽을 잃고 어렴풋해진다. 머릿속에 수증기가 끼는 것처럼 사라진 사람의 얼굴이 흐려진다.

유노카가 사라진 것은 아주 오래전이다. 내가 아는 사실은 슬펐다는 기억뿐이다. 불합리하다. 그 모습이나, 우리가 어떻게 밭이랑을 뛰놀았는지는 기억나지 않는데 울었던 기억만은 남아 있다.

"수증기가 조금만 더 옅었다면 부모님이나 친구 얼굴도, 유노카 얼굴도 보였을 텐데."

---

* 일본 전설에 등장하는 얼굴이 붉고 코가 긴 괴물로 주로 산에 살며 하늘을 날아다니는 신통력을 갖고 있다고 한다.

사라진 사람들의 얼굴을 다시 한번 이 눈으로 보고 싶었다.

"이국에서는 눈으로 본 것을 꼭 살아 있는 것처럼 종이에 찍어 낼 수 있는 기술을 발명했다더군. 그 기술이 더 간편해진다면 우리 모습도 우리가 죽은 뒤에 남을 거야."

"그림하고는 다른 건가요?"

"그게 말인데, 카메라 오브스쿠라하고 화학적 처리를 조합한 거라나."

"카메라 오브스쿠라……?"

"이국 말로 '어두운 방'이라는 뜻일세."

잘 상상이 되지 않았다. 이즈미 로안도 아직 그 발명품을 실제로 본 적은 없고 책에서만 보았다고 했다.

"하지만 이 온천을 여행 안내서에 싣는 건 포기하는 게 좋겠군."

이즈미 로안은 아쉬운 눈치였다.

"온천 수질은 좋아. 경치도 끝내주지. 하지만 죽은 사람이 탕에 들어온다는 말은 쓸 수 없잖나. 자네는 운 좋게 돌아왔지만 모두 그렇다고 할 수는 없으니까. 뭐, 괴담책을 쓸 일이 있으면 참고해야지."

하룻밤 더 묵고 이튿날 아침 마을을 떠나기로 했다. 여행 일정이 길어지면 그만큼 비용이 증가한다. 자금을 대는 의뢰처가 좋아할 리 없다. 이 마을에 볼일이 없다면 오래 묵을 이유가 없었다.

내일부터 다시 시작될 여행에 대비해 이즈미 로안은 낮에 온천에 몸을 담그러 갔다. 나는 동행할 생각이 없었다. 낮에는 안전하다고 해도 아직 어젯밤의 공포가 남아 있었다.

나는 혼자서 마을을 거닐어 보기로 했다. 산이 바로 지척에 있는 이 마을을 보면 내 고향 마을이 떠올랐다. 비탈에 계단식 논이 있고, 밭을 일구는 사람이 있다. 군데군데 우거진 대숲을 피해 비좁은 길이 구불구불 휘어 있었다. 하늘이 어두워지더니 구름이 끼기 시작했다.

나는 거닐면서 여행을 마치고 어떻게 처신할지 고민했다. 이대로는 안 된다, 이래서는 안 된다. 두 번 다시 노름은 안 할 테다. 주먹을 움켜쥐었다. 지난번 여행을 마친 뒤에도 똑같은 결심을 했었다. 그런데 나는 주사위의 유혹에 지고 말았다. 달그락달그락 주사위를 흔드는 소리를 들으면 겁이 사라지고 갑자기 강한 남자가 되었다는 착각이 든다. 그리고 결국 번 돈은 어디론가 사라지고 마는 것이다.

지쳐서 바위에 걸터앉아 쉬고 있으려니 길 저편에서 노인이 말을 끌고 다가왔다. 이 마을 사람은 여행자를 반기지 않는 모양이다. 눈앞을 지나갈 때 노인은 내 쪽을 재수 없다는 듯이 힐

곳 보고는 뭐라고 우물우물 중얼거렸다. 입 모양새로 보건대 차마 입에 담을 수 없는 고약한 욕설을 내뱉은 것 같았다.

머리가 아팠다. 그러고 보니 어젯밤은 이부자리에서 자지 않았다. 온천에서 아침을 맞았다. 머리가 멍했다.

여관으로 돌아오는 길에 이번에는 한 무리의 아이들을 만났다. 아이들은 나를 보자마자 수풀 속으로 뛰어들어 저희끼리 뭐라고 속닥거렸다. 수풀 사이로 내 쪽을 훔쳐보는 듯했다. 귀를 기울이자 저런 어른이 되면……이라느니, 어쩌다 이런 곳에……라느니 하는 연민 어린 속삭임이 들려왔다. 나는 괜히 분한 마음에 수풀을 헤치고 아이들을 야단치려 했다. 아이들이 도망치기를 기대했다. 하지만 내가 눈앞에 떡하니 버티고 서도 아이들은 바위처럼 무표정하게 눈도 하나 깜빡이지 않고 나를 되쏘아볼 뿐이었다.

숙소 앞에서 갓난아이를 품에 안은 여인을 만났다. 이제 이 마을 사람들하고는 엮이지 않으려고 고개를 푹 숙이고 말없이 지나치려 했는데 그 아기 엄마는 일부러 내 눈앞에 다가왔다. 걱정스러운 얼굴로 나를 보면서 당신 아버님도 어머님도 분명 아쉬웠을 거라고 말하는 것이었다. 내가 그냥 내버려 두라고 대답하자 여인은 갑자기 귀신 같은 형상으로 나를 노려보았다. 자세히 보니 여인이 품고 있던 갓난아이까지 화가 잔뜩 나서 새빨갛게 물든 얼굴을 찌푸리고 있었다. 너무 빨개서 사람의 아이라기보다 마치 내장 같았다. 그것이 꺄악꺄악 괴성을 지르며 울어 대기 시작했다.

숙소에 돌아와서도 재난은 이어졌다. 들개가 방에 들어와 있었던 것이다. 장지문을 열자 다다미 위에 시커먼 진흙투성이 개가 서 있는 것 아닌가? 거의 뼈와 가죽만 남아 굶어 죽기 일보 직전의 그 개는 코가 붙어 있는 게 유감스러울 만큼 지독한 악취를 풍기고 있었다. 개는 이부자리 위에 수많은 발자국을 남기며 짐을 뒤지고 있었다. 고함을 버럭 지르며 쫓아내자 개는 나를 보더니 눈물을 한 방울 뚝 흘리고 대숲으로 달려갔다.

이보다 더 재수 없는 마을이 있을까? 마음이 울적했다. 온천에서 돌아온 이즈미 로안도 방의 참상을 보고 깜짝 놀랐다. 썩은 냄새는 개 발자국에서도 나서 청소를 해도 사라지지 않았다.

여관 주인의 아내가 지어 준 저녁밥에는 여전히 자갈이 섞여 있어 어금니에 불쾌한 감촉이 남았다. 우리가 자갈을 뱉어 모아 보니 전부 합해 마흔 개가 넘었다. 죽순조림에는 정체를 알 수 없는 물체가 들어 있어 젓가락으로 찔러 보니 꿈틀거렸다. 소름이 끼쳐 오늘은 한 입도 먹지 않았다.

날이 저물어 어두워지자 이즈미 로안은 사방등 밑에서 일기를 쓰기 시작했다. 사방등은 바깥쪽 장지를 열어야만 겨우 글자가 보일 만한 빛이 나왔다. 촛불이 사방등보다 밝지만 값이 비싸 아껴 쓸 작정인 모양이다.

잠들기 직전 이즈미 로안은 내게 고삼을 나눠 주었다.

"오늘은 고생이 많았네. 이거면 푹 잘 수 있을 거야."

이것으로 빈대 걱정은 이제 끝이다. 이즈미 로안은 고삼을 들고 이부자리에 들어가 새근새근 숨소리를 내며 잠들었다. 나도 잠시 이불 속에서 눈을 감고 있었지만 좀처럼 잠이 오질 않았다.

그러다가 눈을 감고 있기도 지겨워 방 천장을 멍하니 바라보고 있었다.

천장의 거미집이 방에 들어오는 바람에 살랑살랑 흔들리고 있었다.

카메라 오브스쿠라.

이국 말로 '어두운 방'.

그것이 어떤 것인지 결국 알 수는 없었지만 지금 이 방 역시 어두웠다.

나룻배 위에서 들었던 이즈미 로안의 말이 갑자기 떠올랐다.

'그럴 때는 어렸을 때의 즐거웠던 추억을 떠올려 보게. 자네한테도 좋은 추억 한두 가지쯤은 있을 것 아닌가?'

유노카의 얼굴을 떠올려 보려 했지만 여전히 어렴풋하니 흐

리멍덩했다.

차라리 저 수증기 건너편으로 넘어가 볼까? 그러면 이렇게 짜증스러운 장소와 헤어질 수 있다. 건너편에서는 옛날에 알고 지냈던 사람들과, 부모님과, 유노카가 나를 반겨 주겠지. 이즈미 로안을 깨우지 않도록 이부자리에서 빠져나와 초롱도 들지 않고 온천으로 향했다.

‥4‥

넘어지지 않도록 조심조심 대숲 속 오솔길을 지났다. 대나무가 감옥 창살처럼 빽빽했다. 나를 이곳에 가둘 셈인가? 온천 냄새가 짙어지면서 이윽고 수증기가 주위를 하얗게 덮었다. 바위를 넘어 온천물이 고여 있는 곳에 도착했다.

옷을 벗고 탕에 발끝부터 담갔다. 미끌미끌한 감촉이 기분 좋았다. 주위는 어젯밤과 마찬가지로 수증기 때문에 아무것도 보이지 않았다. 눈 밑에 있어야 할 대숲도, 뒤편의 절벽도, 하얀 수증기 저편으로 사라졌다. 온천에 몸을 쏙 담그니 눈에 보이는 것은 내 몸뚱이와 탕의 수면뿐이다.

언제부터인지 어둠이 느껴지지 않았다. 달빛이 수증기를 비추고 있다기보다 수증기 자체가 하얗게 빛나는 것처럼 밝았다. 온몸이 따스해지더니 머릿속이 마비된 것처럼 행복한 기분에 감싸였다.

기침 소리가 들려 고개를 돌리자 멀리 떨어진 곳에 그림자가 있었다. 저 기침 소리는 아버지가 틀림없다. 그 외에도 드문드문 그림자가 있었다. 다들 말없이 온천에 몸을 담그고 있었다. 이제는 무섭지 않다. 다 아는 사람들이다. 그리운 사람들뿐이다. 나는 그들에게 다가가려 했다.

"왜 돌아온 거야?"

소녀의 목소리가 들렸다. 언제부터 거기에 있었는지, 내게서 약간 떨어진 자리에 아이만 한 크기의 그림자가 있다. 수증기가 가로막아 얼굴은 보이지 않았지만 분명 그곳에 있었다. 그 아이의 그림자가 움직이면 수증기 너머에서 일렁거리는 탕의 물결이 내가 있는 곳까지 퍼져 왔다.

"나도 너희가 있는 곳으로 가려고."

내가 소녀의 그림자에 다가가자 그림자는 한 걸음 뒤로 물러섰다. 나와 소녀 사이에 있는 수증기는 여전히 짙었다.

"안 돼. 미미히코는 아직 이쪽에 오면 안 돼."

"하지만 난 너희를 만나고 싶어. 그리운 얼굴을 보고 싶단 말이야."

"이쪽에 오면 다시는 원래 세상으로 못 돌아가."

"상관없어."

다른 그림자들은 우리의 대화가 들리지 않는지 그저 가만히 있었다. 허리가 휜 그림자가 보였다. 느릿한 그 움직임은 오래 전에 돌아가신 할머니였다. 흐느껴 우는 여자 목소리가 멀리서 들려왔다. 그러고 보니 죽어 버린 친구 중에 분명 저렇게 흐느껴 우는 여자가 있었다.

그림자의 윤곽으로 짐작하건대 유노카는 어깨까지 물에 잠겨 있었다. 나도 탕에 들어가 다리를 뻗었다. 극락이 따로 없다.

"그나저나 유노카 넌 어쩌다 죽은 거야?"

"산나물을 캐러 갔다가 발을 헛디뎠어. 산에 딱 한 그루, 삼 나무가 있잖아? 그 낭떠러지에서 떨어졌어. 낭떠러지 밑 바위 에 부딪혀서 목이 부러졌지."

"어른들이 찾아봤지만 못 찾아냈는데."

"분명 낭떠러지 밑까지 내려가서 찾을 생각은 안 했겠지. 내 몸은 수풀에 가려 위에서는 보이지 않았을 거야."

유노카의 그림자가 움직여 물이 참방거렸다. 목 주변을 어루 만지고 있는 것 같았다.

"아직도 아파?"

"이젠 괜찮아."

"그럼 다행이고."

유노카가 후후 웃더니 잠시 짬을 두고 이번에는 조용히 물었다.

"왜 여기에 오고 싶었어?"

"좋은 일이 하나도 없으니까."

"앞으로 생길지도 모르잖아."

"그걸 누가 알아? 게다가 다른 이유도 있어."

"뭔데?"

"너희 얼굴이 생각이 안 나서."

"뭐야, 그런 이유 때문에?"

"다들 죽어서 사라지면 더 이상 얼굴을 볼 수가 없잖아. 몇 달 몇 년 살다 보면 너희 얼굴을 잊어버려. 유노카 너도 어떻게 생겼는지 지금은 생각이 안 나. 새로운 추억이 쌓여서 유노카네 기억을 밀어내는 거야."

"어쩔 수 없는 일이야. 미미히코는 살아 있는걸. 매일 새로운 추억이 늘어나니까. 앞으로도 분명 여러 풍경을 보고 여러 사람들을 만나겠지. 죽은 사람 일은 잊어버려도 돼."

"싫어. 나는 그걸 참을 수가 없어. 유노카 너한테 미안한 마음이 든단 말이야."

"미미히코는 여전하네."

"어렸을 때 널 좋아했던 것 같아. 그래서 언제나 붙어 다녔지."

"그래. 우리는 언제나 함께 있었어."

"그런데 잊어버렸어. 이런 황당한 일이 또 있을까?"

나는 두 손으로 얼굴을 가렸다. 안개가 머릿속에 자욱했다. 나와 유노카는 누나와 동생 같은 관계였을까? 아니면 오빠와 동생 같은 관계였을까? 누가 앞장서서 다른 한쪽의 손을 붙잡아 주었지?

"고마워. 난 외롭지 않아."

"정말이야?"

"응. 외롭지 않아. 그러니까 날 잊어도 돼. 자, 그만 돌아가. 아침이 와."

소녀가 말했다. 주변에 있던 그림자가 일어서는 바람에 온천물이 일렁거렸다. 아버지와 어머니, 친구들의 그림자가 온천 속에서 멀어져 갔다.

"나도 그쪽으로……."

"안 돼."

유노카의 그림자가 손으로 물을 후려쳤다. 온천의 물방울이 수증기를 뚫고 내 얼굴에 튀었다.

"미미히코를 기다리는 사람이 있어. 그러니까 이쪽으로 오지 마."

"기다리는 사람?"

"그 사람은 아까부터 미미히코가 돌아오길 바라고 있어."

유노카도 내게 등을 돌리고 멀어져 갔다. 수증기 너머로 그림자가 사라져 간다. 쫓아갈 수도 있었다. 하지만 다리가 움직이지 않았다. 망설이는 마음이 싹텄다.

"유노카. 그쪽에도 노름이 있어?"

소녀의 그림자가 기가 막힌다는 듯이 대답했다.

"그런 건 없어."

"그럼 아직 그쪽으로는 못 가겠다. 조금만 더 이쪽에서 놀다가 그쪽으로 갈게."

유노카가 수증기 너머에서 살포시 웃는 것 같았다.

"적당히 놀아."

그 말을 끝으로 유노카의 그림자는 곧 완전히 수증기 너머로 사라졌다.

나는 그녀와 반대 방향으로 걸어갔다. 온천 가장자리가 보일 때쯤, 아침 해와 함께 바람이 불어와 수증기를 날려 보냈다. 온천은 이미 평소의 크기로 돌아왔다. 그림자도 사라졌다. 눈 밑에는 대숲이 펼쳐져 있고 등 뒤에는 절벽이 있다. 내가 벗어 던진 옷 옆에 이즈미 로안이 앉아 있었다. 그는 나를 보더니 하품

섞인 목소리로 말했다.

"돌아왔는가?"

"저쪽에는 노름이 없다더라고요."

"그래? 그럼 억지로라도 끌고 가라고 할걸 그랬네."

옷을 걸치고 여관으로 돌아갔다. 이즈미 로안은 아침 목욕을 즐기겠다며 온천에 남았다. 아침 식사는 부엌을 빌려 우리가 지어 먹었다.

마을을 떠나 열흘쯤 여행하니 원래 찾아가려던 온천에 다다랐다. 소문대로 경치도 좋고 온천 수질도 좋았다. 몇 채 있는 여관들은 어디나 친절하고 식사도 맛있었다. 그곳에서는 괴이한 일도 일어나지 않아 느긋하게 쉴 수 있었다. 이즈미 로안은 온천의 효능을 조사하거나 인근에 볼만한 명소가 없는지 살피러 돌아다녔다.

돌아가는 길에는 처음에 길을 헤매다 찾아갔던 이상한 온천이 있는 마을에 들르기로 했다. 보살은 급할 때만 찾는다고 하지 않던가. 마을 사람들에게 지독한 소리를 듣고 맛없는 밥을 얻어먹었는데도 그 대숲이 그리웠다. 다만 이번에는 그냥 지나기만 하고 절대 여관에는 묵지 않을 작정이었다.

하지만 마을은 찾을 수 없었다. 길은 분명히 맞다. 산과 대숲도 있다. 하지만 집은 사라졌고, 마을 안에 자욱했던 온천 냄새도 없었다. 고개를 갸웃거리고 있자 이즈미 로안이 논밭을 일군 흔적을 바라보고 있었다. 황폐하긴 했지만 밭이랑에 북을 준 흔적이 있다.

지나가는 행상인에게 이 부근에 마을이 없는지 물어보았다.

"오래전에는 있었던 모양입니다. 할머니한테 그런 이야기를 들은 적이 있어요. 산사태가 나서 집들이 전부 묻혀 버렸다던데."

그 말을 듣고 산을 바라보니 기억에 있는 윤곽과 달랐다. 산사태 때문에 온천도 파묻힌 모양이다. 하지만 그건 한참 옛날에 있었던 이야기다. 우리가 그 마을에서 여관에 묵은 것은 바로 며칠 전이었다. 이래서야 말이 안 맞는다. 우리가 꿈이라도 꾼 것일까? 하지만 이런 괴이한 경우는 늘 있는 일이라 그리 마음에 두지 않았다.

무사히 도읍에 도착해 의뢰처에 인사를 하러 갔다. 차를 마시고, 잡담을 하고, 삯을 받았다. 두둑해진 주머니에 마음이 들떠 냉큼 노름으로 한밑천 잡을 생각을 했다. 하지만 그 전에 처리할 일이 있어 하룻밤 쉬고 나서 고향 마을로 향했다.

그 온천에서 보고 들은 게 정말 있었던 일인지 그 무렵에는 이미 가물가물했다. 하지만 꿈이 아니었다면 소녀는 지금도 여전히 같은 장소에 있을 터였다.

어렸을 때 살던 마을은 산기슭에 있었다. 계단식 논이 펼쳐져 있고 논물에 하늘의 구름이 고스란히 비쳤다. 아이들이 개울에서 물고기를 잡으며 놀고 있었다. 재잘거리는 소리가 멀리까지 들려왔다. 부모님이 돌아가신 뒤로 오랫동안 돌아오지 않았다. 이렇게 길이 좁았던가? 오래된 신사의 입구나 이끼가 낀 바위의 모양이 눈에 익었다. 나는 유노카와 함께 이 근방에서 뛰놀곤 했다.

산으로 향했다. 길이 차츰 험해졌다. 이윽고 산에 딱 한 그루뿐인 삼나무가 보였다. 다행히도 잘려 나가거나 말라 죽지도 않고 옛날 그대로 남아 있었다. 낭떠러지 밑을 살펴보았다. 발을 헛디디면 살 길이 없다. 목뼈 정도는 쉽게 부러질지도 모른다. 길을 찾아 낭떠러지 밑으로 내려갔다. 풀을 헤치며 외그루 삼나무가 머리 위에 보이는 곳으로 갔다. 수풀의 싱그러운 냄새에 숨을 헐떡이며 흙바닥을 찾았다. 손으로 풀을 움켜쥐고, 쥐어뜯고, 진흙을 파냈다.

그때로부터 오랜 시간이 흘렀다. 이제 와서 찾을 수 있다는 보장은 없었다. 이윽고 하늘이 붉게 물들고 금세 어두워지기 시작했다. 나는 땀과 진흙과 풀물에 젖어 꼬락서니가 말도 아니었다. 손톱 밑에 진흙이 잔뜩 꼈다. 포기하려 할 때쯤 진흙 사이로 하얀 조각이 보였다. 분명히 사람 뼈로 보이는 조각들이 차례로 나오더니 마침내 두개골이 드러났다. 유노카는 이곳에서 죽은 것이다. 뼈를 찾아 그녀의 어머니에게 가져갈 생각이었다. 유노카의 어머니는 아직 이 마을에서 혼자 살고 계신다.

두개골은 부서지지 않고 형태를 그대로 간직하고 있었다. 눈 구멍에 낀 진흙을 파내고 옷으로 표면을 깨끗이 닦았다.

두 손으로 고이 감싸 정면에서 바라보았다. 밤하늘에 떠 있는 달에 비쳐 뼈가 하얗게 빛나는 것처럼 보였다. 내 두 손에 쏙 들어올 만큼 작았다. 분명 아이의 머리였다.

손바닥으로 그 형태를 느끼고 있으려니 불현듯 유노카의 얼굴이 떠올랐다.

당찬 눈동자.

완고해 보이는 입술.

윤기 흐르는 검은 머리카락.

매끈하니 보기 좋은 뺨.

입고 있던 헌 옷의 무늬.

유노카의 집 뒤편에서 싸운 적이 있었다. 울고 있는 내 손을 붙잡고 잠자리가 날아다니는 길을 함께 걸어 주었다. 그것 말고도 작은 조각처럼, 지금까지 잊고 있었어도 어쩔 수 없는 자잘한 일들까지 되살아났다.

나는 잠시 유노카와 그곳에 있었다.

풀잎 위에 앉아 벌레 울음소리와 나무가 수런거리는 소리를 함께 들었다.

이윽고 일어나 소녀를 옷으로 감싸고 그곳을 뒤로했다.

【 끝맺음 】

·· 1 ··

나는 끈으로 엮은 책자를 짐 보따리에서 꺼내 쳐다보고 있는 여행자가 있으면 그만 뚫어지게 바라보고 만다. 친구인 이즈미 로안이 쓴 여행 안내서가 아닐까 궁금한 것이다.

여행의 동반자로 짐을 짊어지고 온천 마을을 순례해도 나는 좀처럼 여행에 익숙해질 수 없었다. 벌레에 쏘여 가려운 것도 영 참을 수 없었고, 먹을 수 있는 풀의 모양과 이름도 외우지 못했으며, 사투리는 아무리 들어도 알아먹을 수가 없었다. 나는 본디 언제 어떠한 상황에서도 방에 드러누워 술이나 마시고 싶은 나태한 남자다. 불이야, 하고 누가 외쳐도 열기를 느끼기 전까지는 귀찮아서 그 자리에서 움직이기 싫은 남자다. 그런데도 이즈미 로안을 따라 여행을 하는 이유는 그것이 내 일이기 때문이다. 며칠 전, 주사위 노름으로 진 빚을 로안이 대신 갚아 주었기 때문에 어쩔 수 없이 심부름꾼 노릇을 하고 있다.

여행을 오래 하다 보면 별 사람을 다 만난다. 주막에서 쉬고 있을 때 만난 부자와 의기투합해 한동안 함께 다닌 적도 있다. 착한 사람의 표본처럼 순박한 부자였다. 하지만 헤어진 뒤에 짐 보따리를 살펴보니 내 소중한 물건이 몇 개 사라지고 없었다. 아무래도 그 부자가 훔쳐 간 것 같았다.

가도를 지나다가 난처한 얼굴로 주저앉아 있는 두 사람을 만났다. 그들은 대참으로 여행을 나선 사람들이었다. 대참이란 한 동네에 사는 사람들이 돈을 모아 제비뽑기로 대표를 뽑아 순례 여행을 보내 주는 방식이다. 하지만 그 두 사람은 여행길에서 노름으로 자금을 몽땅 날리고 오도 가도 못하고 있었다. 내가 "노름도 적당히 해야지" 하고 충고하자 그들은 "그러게요", "백 번 천 번 맞는 말씀입니다" 하고 반성하는 눈치였다. 이즈미 로안이 어디서 돗자리와 표주박을 구해 와 그들에게 내밀었다.

"이거면 알거지도 여행할 수 있네."

둘둘 만 돗자리는 노숙을 한다는 의미로, 여관 신세를 질 필요가 없다는 뜻이다. 표주박은 물을 마실 때나 돈이나 음식을 얻을 때 쓴다. 돗자리를 짊어지고 표주박을 든 사람은 돈이 없는 여행자다. 그런 차림으로 순례길에 오른 사람은 수행자로 여겨 세상 사람들이 의외로 다정하게 보살펴 준다.

"반성하고 고생을 이겨 낼 마음이 있다면 다리 밑이나 사원 툇마루 밑에서 자고, 구걸하면서 계속 여행하도록 하게."

이즈미 로안이 그렇게 말하자 두 사람은 고개를 깊이 떨구었다.

또 그렇게 만나는 상대에는 사람만 있는 게 아니었다.

여행 안내서를 집필하기 위해 온천 마을을 찾아가던 어느 날이었다. 나와 이즈미 로안은 여관 마을 부근의 주막에서 한숨 돌리며 식사를 하기로 했다. 주막에서는 경단만 파는 게 아니라 가게에 따라서는 나물밥, 우동, 국수, 꼬치를 내는 곳도 있다. 향토 음식을 그런 곳에서 발견할 때도 있어, 주막에 진귀한 음식이 있으면 이즈미 로안은 반드시 그것을 주문한다. 일기에 기록해 두었다가 나중에 여행 안내서를 집필할 때 써먹는 것이다.

그날도 이즈미 로안은 들도 보도 못한 음식을 차림표에서 찾아 주문했다. 나는 무난하게 찻밥을 시켰다. 찻물로 지은 밥을

국에 말아 먹는 음식이다. 의자에 앉아 찻밥을 먹고 있는데 언제 왔는지 발밑에 하얀 닭 한 마리가 있었다. 닭은 내가 먹는 찻밥을 물끄러미 바라보며 꼼짝도 하지 않았다.

"이게 먹고 싶어?"

내가 그리 묻자 닭은 희미하게 한 번 울었다. 피리 소리처럼 아름다운 울음소리였다. 나는 찻밥을 조금 남겨 닭의 눈앞에 그릇을 내려놓았다. 보통 닭보다 목이 조금 가늘었다. 처음 봤을 때부터 암탉인 걸 알았다. 닭은 인사라도 하듯이 고개를 숙이더니 그릇 속의 찻밥을 쪼아 먹기 시작했다. 이웃에서 키우는 닭인가 싶어 주막 주인에게 물어보았더니 주인은 고개를 가로저으며 처음 본다고 했다. 며칠 전 강풍이 불던 날 어디 멀리서 날려 온 것 아니겠느냐는 말도 했다.

우리는 주막에서 나와 다시 가도를 걷기 시작했다. 한참 지나 뒤에서 어떤 기척을 느끼고 돌아보니 방금 전 그 닭이 우리를 따라오고 있었다. 나와 이즈미 로안은 얼굴을 마주 보고 어쩔까 고민했지만 결국 내버려 두기로 했다. 그 녀석은 자꾸만 우리 뒤를 쫓아왔다. 여관에 들어가 날이 밝으면 사라지고 없겠거니 했지만 우리는 닭 울음소리에 깼다. 닭은 여관 마당에서 하룻밤을 보냈는지 우리가 밖으로 나오기만 하염없이 기다리고 있었던 것이다.

닭은 우리 옆에 나란히 서서 함께 여행을 했다. 인파가 많은 곳을 가로지를 땐 사람들 발에 밟힐 뻔하기도 했다. 나는 어쩔 수 없이 하얀 날개에 감싸인 그 몸을 들어 올려 품에 안고 걸었다.

나는 닭에게 아즈키(팥)라는 이름을 붙였다. 두 가지 이유였다. 하나는 내가 환장하는 음식인 양갱의 재료가 단팥이기 때문이다. 또 하나는 그 닭이 농민이 운반하는 짐수레에서 떨어진 팥을 보더니 쪼아 댔기 때문이다. 그때 닭은 팥을 부리로 쪼면서 따라오고 있었는데, 그러는 사이 우리하고는 다른 모퉁이를 돌았는지 어느새 눈앞에서 사라졌다. 우리가 허망한 이별이었구나 하고 웃고 있었더니 뒤에서 당황스러운 울음소리가 들려왔다. 어쩔 수 없이 길을 되돌아가니 모퉁이에서 닭이 뱅글뱅글 맴을 돌고 있었다. 우리 모습을 보더니 날개를 열심히 퍼덕거리며 달려왔다. 얼룩 한 점 없는 하얀 날개, 외견은 우아하고 기품마저 느껴지는데도 그 닭은 어딘가 좀 모자랐다.

아즈키와 함께 걷는 우리의 여행은 어느 때보다 순조로웠다. 이즈미 로안이 길치라 낯선 곳이 나올 때도 있었지만 다치는 일도 병에 걸리는 일도 없었다. 하지만 여행에 고생은 필수 항목이다. 폭우가 쏟아지던 어느 날, 우리는 기묘한 어촌에 도착해 그곳에 며칠 발이 묶였다.

‥2‥

산길을 오르는데 비가 내려 기름종이를 바른 도롱이를 짐에서 꺼내 어깨에 걸쳤다. 어지간한 비는 그걸로 피할 수 있지만 바닥을 걷는 아즈키는 불쌍하게도 우리가 튀기는 흙탕물을 뒤집어써서 날개가 갈색으로 얼룩졌다. 나는 보다 못해 다리를 바삐 움직이는 아즈키의 몸을 훌쩍 들어 올려 보따리 속에 넣어 데리고 가기로 했다. 아즈키는 보따리 밖으로 고개를 쏙 내밀고 까만 눈동자로 나를 올려다보았다.

"바다가 가까운 것 같군."

이즈미 로안이 빗소리에 지지 않게 큰 소리로 외쳤다. 빗방울이 몸을 때려 눈앞에는 물안개밖에 보이지 않았다. 좁다란 길 양쪽에는 나무들이 빽빽해 대낮인데도 밤처럼 어두웠다. 귀를 기울이자 땅울림처럼 우르릉거리는 소리가 들렸다. 파도 소리가 분명했다.

우리는 빗속을 뚫고 산길을 계속 올랐다. 그러자 길이 끊기고 갑자기 모래밭이 나왔다. 잿빛 바다에 사나운 파도가 밀어닥치고 있었다.

"어째서 바다가?!"

우리는 분명 산길을 올라갔다. 산기슭에서 비탈을 오르며 걸었고, 내리막길은 한 번도 없었다. 그런데 오르막 끝에 바다가 있다니 이상하지 않은가? 이래서야 산 위에 바다가 있는 셈이다. 바닷물이 비탈을 타고 흘러내려 산기슭이 물에 잠기는 것 아닌가? 참으로 이상한 일이었지만 이런 건 늘 있는 일이다.

"내가 길치인 탓이야. 미안하네."

이즈미 로안은 변명할 길이 없다는 듯이 말했다.

"전 이제 이런 괴이한 일에는 익숙해졌습니다."

"그래, 포기할 줄도 알아야지."

"너무 깊이 고민하면 안 된다는 걸 배웠거든요."

"그보다 오늘 밤 묵을 곳을 찾아야지. 이 빗속에 노숙하긴 힘들어."

아즈키가 들어가 있는 짐 보따리를 끌어안고 이즈미 로안의 뒤를 따라갔다. 빗방울을 잔뜩 머금어 사납게 날뛰는 바다는 마음이 서늘해질 정도로 무서웠다. 몸이 점점 차갑게 식었고 머릿속도 웅웅거리는 파도 소리로 가득 찼다. 여행에 익숙한 이즈미 로안은 연약해 보이지만 의외로 튼튼하다. 나는 로안보다 힘은 세 보이지만 사실 그보다 빨리 지친다. 추위와 피로 때문에 울상을 지으며 걷다 보니 품속의 보따리가 차츰 따뜻하게 느껴졌다. 날개로 뒤덮인 아즈키의 온기가 보따리 너머로 느껴지는 것이다. 그 온기가 나에게 큰 도움이 되었다.

바다를 옆에 끼고 걸어가다 보니 모래밭에 박아 놓은 말뚝과, 거기에 묶어 놓은 작은 배들이 보였다. 계속 걸어가자 민가가 모여 있는 촌락이 나왔다. 어두침침한 하늘 아래 스무 채 정도 되는 작은 집들이 흩어져 있었다. 어느 집이나 고기잡이용 어망이 바람에 날아가지 않도록 대문 옆에 꽁꽁 묶어 놓았다.

우리는 가까운 집의 문을 두드렸다. 얼굴을 내민 마을 사람에게 묵을 만한 곳이 있는지 물어보았다. 여관은 없소만 빈집이 마을 변두리에 있으니 그곳에 묵으시게나. 마을 사람이 그렇게 말했다는 얘기를 나중에 이즈미 로안에게 들었다. 사투리가 너무 심해 나는 마을 사람이 뭐라고 하는 건지 한마디도 못 알아들었다.

우리는 마을 사람의 안내로 마을 변두리에 있다는 집으로 향했다. 도중에 촌장에게 인사를 하고 집을 빌려 쓰겠다는 허락을 받은 뒤 절대로 문제를 일으키지 않겠다는 약속을 했다.

집이 작고 몇 군데 비가 새기는 했지만 노숙에 비하면 몇 배나 나은 조건이었다. 휑하고 가구라고 할 만한 가구가 없었으며, 천장 구석에는 거미집이 있고 연기에 그은 것처럼 어둠이 배어 있었다. 봉당 주변은 흙마루였고 방 안은 한 단 높은 판자마루였다. 마루 위는 흙먼지가 가득 쌓여 있어 까끌까끌했다. 마을 사람의 말에 따르면 몇 년 전까지 노부부가 살았지만 두 사람이 죽은 뒤로는 아무도 사용하지 않았다고 한다. 이것도 나중에 이즈미 로안이 가르쳐 준 사실이다.

짐을 내려놓자 흙탕물 때문에 날개가 갈색으로 물든 아즈키가 튀어나와 피리 소리를 냈다. 추운지 바들바들 떨고 있었다. 이즈미 로안은 흙마루에 있는 부뚜막과 그 옆에 굴러다니는 장작더미를 보고 냉큼 불을 지피기 시작했다.

"솥도 있고 그릇도 있군. 물을 끓여 차나 한잔 하지."

이즈미 로안이 말했다. 나는 지쳐서 흙마루와 널마루의 경계에 걸터앉았다. 그때 묘한 기분이 들어 뒤를 돌아보았다.

고요했다. 지붕에서 새는 빗방울이 바닥에 똑, 소리를 내며 떨어졌다. 그 부근의 마루 판자는 썩어서 녹색으로 변해 있었다. 우리와 아즈키 외에 집 안에는 아무도 없고, 숨을 곳도 없다. 그런데 누군가가 이쪽을 쳐다보는 것만 같았다.

집의 벽은 나무판자로만 만들어진 허술한 구조라 여기저기 틈새가 있었다. 거기로 누가 들여다보고 있는 걸까? 피곤했지만 일어서서 바깥을 한 바퀴 돌아보았는데 아무도 없었다. 하지만 누가 이쪽을 보는 느낌은 사라지지 않았다. 느낌은 오히려 더 강해졌다. 시선이 하나가 아니었다. 이 집 안에서 스물, 서른은 되는 사람들이 일제히 내 쪽을 보는 것만 같았다.

"뭔가 이상한 걸 못 느끼겠습니까?"

이즈미 로안에게 물어보았다.

"가령?"

"많은 사람들에게 감시당하는 듯한……."

"지나친 망상이야."

그는 집주인이 사용했던 솥으로 차를 끓여 잔에 따랐다.

"자, 이걸 좀 마시면 나아질 거야."

이즈미 로안이 건네준 찻잔의 열기가 손바닥에 퍼지자 불안도 조금 사라졌다. 입술을 잔 가장자리에 대고 차의 향기를 가슴속 깊이 들이마시면서 한 입 들이켜려고 했을 때였다. 찻물의 표면에 사람 그림자가 비쳤다. 마치 목각상처럼 멍한 표정이었다. 나는 화들짝 놀라 잔을 놓쳤다. 쏟아진 차가 흙마루에 번져 내 발밑에 있던 아즈키가 깜짝 놀란 듯이 날개를 퍼드덕거렸다.

"지금, 얼굴이!"

그렇게 외쳤지만 이즈미 로안은 냉정했다.

"혹시 찻잔 속에 사람 얼굴이 비쳤다고 말하고 싶은 겐가?"

"맞아요. 제 얼굴도, 로안 선생님 얼굴도 아니었습니다."

"흐음. 그럼 자네가 본 게 혹시 저런 얼굴이었나?"

이즈미 로안은 그렇게 말하더니 천장을 가리켰다. 나는 그제야 겨우 방금 전에 느낀 기척의 정체를 깨달았다.

천장 역시 벽과 마찬가지로 나무판자만 덜렁 얹어 놓은 간단한 구조였다. 판자의 결이 복잡한 모양으로 휘어 있었는데 그 속에 사람 얼굴처럼 생긴 부분이 있었다. 바로 지금 찻물에 비친 사람 얼굴이었다.

주위를 더 자세히 살펴보니 집 안의 모든 벽과 바닥, 천장의 나뭇결에 사람 얼굴처럼 보이는 무늬가 가득했다. 나뭇결의 농담, 나이테의 무늬가 우연히 만나 사람 얼굴로 보이는 것이다. 그것도 노인 얼굴, 아이 얼굴, 젊은 여인의 얼굴에 화난 도깨비 형상의 얼굴까지 별별 종류가 다 있었다. 누가 쳐다보는 듯한 느낌은 이것 때문이었던 모양이다.

"난 알고 있었다네. 하지만 그냥 나뭇결이야."

이즈미 로안은 그렇게 말하며 차를 홀짝였다.

"미미히코, 그런 걸 두고 이국에서는 패리돌리아라고 해. 즉 착각의 일종이라네. 구름 모양이나 벗어 던진 옷의 주름이나 바위 표면의 그림자가 사람 얼굴로 보일 때가 있지."

하지만 이 집은 그런 게 아닌 것 같았다. 나뭇결이 사람 얼굴로 보이는 게 아니라 확실히 사람 얼굴이었다. 시선을 살짝 뗀 틈에 눈을 깜박거리진 않을까? 표정을 바꾸진 않을까? 그런 생각이 들 정도로 선이 뚜렷한 얼굴이었다. 애초에 사람 얼굴로 보이는 나뭇결이 작은 집 한 채 안에 열이고 스물이고 모일 수 있을까? 그런 우연이 있을까? 이즈미 로안에게 그렇게 말했지만 그는 지나친 망상이라며 상대도 해 주지 않고 구석에 굴러다니는 이불을 뒤집어쓰고 잠들어 버렸다. 아즈키도 불씨가 남아 있는 부뚜막 옆에서 몸을 말고 긴 목을 깃털 사이에 조용히 파묻었다. 그날 밤 나는 좀처럼 잠이 오지 않았다. 부뚜막의 불씨에 비쳐 그림자가 일렁거리는 벽과 천장의 얼굴을 밤늦게까지 바라보고 있었다. 하지만 문제는 집의 나뭇결로 그치지 않았다.

··3··

똑같은 채소라도 지방에 따라 맛과 모양이 다른 법이다. 파를 예로 들어 보자. 어느 지방에서 파라고 하면 파란 잎사귀를 요리에 쓰는 채소이다. 하지만 또 다른 지방에서는 똑같은 파를 키우려 해도 파란 잎사귀 부분은 서리에 얼어 버린다. 대신 그 지방에서 나는 파는 하얀 뿌리 부분이 길다. 그 지방에서는 파라고 하면 하얀 뿌리 부분을 먹는 채소인 것이다.

식재료의 모양이 평소와 다르다고 해서 여행지에서 나오는 밥상을 거절해서는 안 된다. 상대에게도 실례고 그런 태도로는 견문을 넓힐 수 없다. 머리로는 그렇다는 걸 알고 있었다.

이 어촌에서는 이런 생선을 요리해 먹고 있으니 나도 똑같은 음식을 먹어야 한다. 마을 사람들이 호의로 가져온 말린 생선을 앞에 두고 나는 당황했다.

날이 밝자 비는 그쳤지만 구름은 남아 있었다. 바다는 여전히 어두침침한 잿빛으로 파도치고 있었고, 어촌은 전체적으로 적적한 인상이었다. 출발 준비를 하는데 마을 사람들이 찾아왔다. 바다에서 잡아 말린 생선으로 아침상을 차려 주기에 고맙다고 인사를 했는데, 생선의 생김새가 문제였다.

햇볕에 잘 말린 생선은 짭조름하니 고소한 냄새가 났다. 그 생선의 머리가 어딘지 모르게 사람 얼굴처럼 보이는 것이었다. 이마에서 코에 걸친 모양이나, 눈꺼풀, 입술처럼 보이는 부분, 뼈의 형태도 사람하고 똑같았다. 자세히 보니 머리에는 말라붙은 머리카락 같은 털까지 붙어 있었다. 두 마리를 받았다. 한 마리는 아무리 봐도 남자 얼굴이고 또 한 마리는 여자 얼굴이었다. 바짝 말라 있어 둘 다 노인 얼굴로 보였다. 그렇게 큰 생선이 아니라 얼굴은 손바닥만큼 작았는데 그게 또 기이했다.

마을 사람들이 사양 말고 들라고 했지만 나는 그 생선을 본 순간 소름이 끼쳐 토할 뻔했다. 이즈미 로안이 마을 사람들에게 들은 이야기에 의하면 이 부근에서 잡히는 생선은 다 이렇게 생겼다고 한다. 하지만 맛은 좋아 다들 평범하게 먹는다. 마을 사람들이 돌아간 뒤에 나는 생선을 건드리지도 않았지만 이즈미 로안은 조심스레 등 부분을 떼어 먹었다.

"과연, 맛은 기가 막히군."

이즈미 로안은 바짝 마른 여자 얼굴을 왼손으로 붙잡고 오른손으로 꼬리 쪽을 들어 앞니로 생선 살을 갉아 먹었다.

"그런 걸 먹어도 괜찮겠습니까?"

"걱정도 팔자네. 그저 사람 얼굴을 닮았다 뿐이지 그냥 생선이야."

"배탈 날 겁니다."

"이 마을 사람들은 다들 먹는 생선이야."

식사를 마친 이즈미 로안은 생선 뼈를 부뚜막 불 속에 집어던졌다. 뼈만 남은 생선 대가리는 몸이 사라진 만큼 더더욱 사람 머리처럼 보였기 때문에 그것을 아무렇지도 않게 부뚜막에 버린다는 게 무서운 실수로 느껴졌다. 여기서는 구덩이를 파서 사람처럼 공양해 줘야 하는 것 아닐까?

"저런 생선을 태연히 먹다니 믿을 수가 없습니다."

또 한 마리의 생선은 내가 먹기를 거부했기 때문에 이즈미 로안이 종이에 싸 짐 보따리에 넣었다.

"사람을 먹는 것도 아닌데 뭐가 어때서 그러나?"

"그 물고기는 사람이 환생한 거라 그렇게 생긴 건지도 모릅니다. 당신은 그걸 먹은 거라고요."

"오호라, 자네는 죽은 사람이 다시 태어나 이 세상에 나타난다는 이야기를 믿는단 말이렷다?"

"그런 소문을 들은 적이 있단 말이에요."

"하지만 저건 사람 얼굴을 닮았을 뿐이지 그냥 생선이야."

여행 준비를 마친 우리는 출발했다. 도중에 촌장의 집에 들러 하룻밤 신세를 진 인사를 했다. 어제는 비 때문에 몰랐지만 그 어촌에는 이상한 기운이 감돌고 있었다. 그것은 집 안에서 느꼈던 무수한 시선과 똑같은 것이었다. 사방팔방에서 감시당하는 듯한 불쾌한 감각. 혹시나 싶어 멈춰 서서 주위를 자세히 살펴보니 바로 옆에 뻗어 있는 나무 표면에 사람 얼굴이 있었다. 진짜 얼굴은 아니다. 나무 표면의 껍질이 그렇게 보일 뿐이었다. 하나가 아니었다. 구멍이 눈처럼 보이는 무표정한 얼굴이나, 빗물 자국 때문에 우는 것처럼 보이는 얼굴까지 종류도 다양했다. 또한 나무 표면에서만 얼굴이 보이는 것도 아니었다. 땅바닥에 고인 물웅덩이나, 꽃이 모인 장소, 더 자세히 보면 꽃잎의 농담이나 벌레 몸통의 무늬, 떨어져 있는 나무 열매의 모양까지, 온갖 사물이 어딘지 모르게 사람 얼굴을 이루고 있었다.

"아무래도 이 마을은 그런 마을이었나 보네."

이즈미 로안은 태평하게 그런 말을 했다. 하지만 나는 태연하게 있을 수 없었다. 오래전 옛날, 이곳은 전쟁터였을 것이다. 사람들이 너무 많이 죽는 바람에 이 마을은 저주받고 말았다. 내가 그렇게 주장하자 이즈미 로안은 껄껄 웃었다. 아즈키역시 사람 얼굴이 있든 말든 개의치 않는지 두 다리를 바삐 움직여 우리 사이를 걸어 다녔다. 이따금 벌레를 발견하면 등짝에 사람 얼굴 무늬가 있어도 눈 하나 깜짝 않고 가차 없이 부리로 쪼아 댔다.

이웃 마을로 가려면 산비탈에 난 길을 따라가야 했다. 이윽고 비가 내리기 시작해 우리는 또 도롱이를 썼다. 오늘 안에 옆마을에 도착하면 좋겠다는 이야기를 하면서 걷고 있었는데 어느새 길이 끊겼다.

주위에 짙은 흙냄새가 감돌았다. 어제 내린 비 때문에 산비탈이 무너져 길을 뭉개 놓은 것이다. 경사를 타고 흘러내린 엄청난 토사에는 뿌리를 드러내고 거꾸로 처박힌 나무와 사람 힘으로는 치울 수 없는 거석이 섞여 있었다. 우리는 의논한 끝에 왔던 길을 되돌아가기로 했다. 그 어촌으로 되돌아가는 건 내키지 않았지만 달리 길이 없으니 별수 없었다.

마을로 돌아가는 길에 빗줄기가 강해져 몸이 차갑게 식었다.

아즈키를 보따리에 넣고 어제하고 똑같이 바다 쪽으로 나갔다. 모래밭이 끊긴 근처에 절벽이 있고, 날카롭게 깎인 기암괴석들이 한데 모여 있었다. 파도가 그곳에 밀려들어 하얀 거품이 섞인 물보라가 치솟았다. 이즈미 로안이 그 부근을 가리켰다.

"보게. 물고기가 걸렸어."

거친 파도에 떠밀려 온 물고기가 다섯 마리쯤 바위에 걸려 빠져나가지 못하고 있었다. 해수는 바위 틈새로 흘러나가는데, 물고기는 커서 틈새에 걸려 빠져나가지 못하는 듯했다. 햇볕에 말리지 않은 물고기는 얼굴 쪽 껍질이 매끈해서 나이와 성별까지 똑똑히 알아볼 수 있었다. 어느 물고기나 눈알이 튀어나올 정도로 눈을 부릅뜨고 아가리를 뻐끔거리며 괴로운 듯 헐떡이고 있었다. 바위를 뛰어넘어 다시 바다로 돌아가려는 것이다. 아직 어린아이처럼 생긴 물고기가 눈물을 흘리며 열심히 움직여 몇 번 펄떡이다가 날카로운 바위 표면에 부딪혀 피를 흘리고 있었다. 여자처럼 생긴 물고기도 애절한 눈빛으로 온몸에 피를 뒤집어쓰고 바위를 뛰어넘으려 애쓰고 있었다. 귀를 기울이자 물보라를 일으키며 부서지는 파도 소리에 섞여 물고기들의 목소리가 희미하게 들려왔다. 미처 말이 되지 못한, 고통스러운 신음 소리가 물고기들의 쩍 벌린 입속에서 튀어나왔다. 말하는 물고기라니 들어 본 적도 없다. 이곳은 마치 지옥 같았다. 지옥에서 펄펄 끓는 가마 속에 사람을 산 채로 집어넣으면 분명 이런 광경이 나오리라. 그렇게 생각하자 물고기들이 애처로워 견딜 수 없었다.

·· **4** ··

어촌으로 돌아간 우리는 촌장에게 산사태로 길이 막혔다고 설명하고 어젯밤처럼 민가에 묵어도 된다는 허락을 받았다. 그 후 우리는 감기에 걸려 며칠 동안 어촌에서 나가지 못했다. 비 때문에 체온이 떨어진 게 문제였다. 우리는 일어나지도 못하고 이부자리 안에서 천장의 나뭇결이 그리는 얼굴을 쳐다볼 수밖에 없었다.

친절한 마을 사람 하나가 우리를 간병해 주었지만 나는 그가 준비해 준 식사를 입에 대지 않았다. 이 어촌에서 먹는 대부분의 음식이 해산물이라 쌀이나 채소는 얼마 없었는데, 문제는 어느 식재료에나 사람 얼굴이 박혀 있다는 것이었다. 김이 솔솔 나는 밥알을 유심히 들여다보면 하얀 표면의 요철이 사람의 눈 코 입으로 보였다. 꼼꼼하게도 귀처럼 튀어나온 부분까지 있었고, 머리카락처럼 털이 난 밥알도 있었다. 한 번 눈에 들어

오니 그릇에 담긴 하얀 쌀밥이 작은 머리를 잔뜩 쌓아 놓은 덩어리로만 보였다. 배추나, 해변에서 캔 조개도 꼼꼼히 찾아보면 어딘가에 사람 얼굴이 있었다. 삶은 토란은 마치 눈을 감고 잠든 갓난아이의 머리 같았다.

결정타는 마을 사람이 집에서 살아 있는 물고기를 손질한 것이었다. 이즈미 로안은 자고 있어 보지 못했지만 나는 이불 속에서 고열 때문에 몽롱한 정신으로 눈을 뜨고 있었다. 도마에 놓인 물고기는 삼십 대쯤 된 여성의 얼굴이었다. 목 부근에 칼이 닿자 얼굴 가득 공포가 번지면서 어떻게든 달아나려 몸부림쳤다. 하지만 마을 사람은 무정하게 식칼을 내리쳐 물고기가 잠잠해지자 재빨리 배를 갈랐다. 마을 사람이 손끝을 붉게 물들이며 내장을 끄집어내 통 안에 버렸다. 그 속에서 순간 묘한 것을 발견한 나는 조심스럽게 마을 사람에게 물어보았다.

"저, 그건……?"

나는 팔을 뻗어 통을 가리켰다. 마을 사람은 통에서 생선 내장을 꺼내 이게 뭐 어쩐 이유로 그러느냐는 듯이 나를 쳐다보았다. 마을 사람이 집어 올린 내장 속에 탯줄로 이어진 태아 같은 게 매달려 있었다. 오래전에 사람의 태아를 본 적이 있기 때문에 잘못 볼 리가 없었다. 치어처럼 하얗고 말랑한 물체였지만, 물고기의 배에 들어 있던 것은 사람 모양을 닮은 게 아니라 틀림없이 태아였다. 이게 물고기라니 말도 안 된다. 물고기는 알에서 태어난다. 내장에 탯줄로 연결되어 있을 리가 없다.

내가 무서워하는 줄은 꿈에도 모르고 마을 사람은 반으로 가른 생선 살을 펄펄 끓는 냄비 속에 넣었다. 최후에 지은 표정으로 굳어 버린 여성의 머리도 함께 냄비 속에 던져 넣고 뚜껑을 덮어 한참 끓이자 좋은 냄새가 풍겼다.

"그쯤 했으면 됐잖나. 이것들은 사람이 아니다, 그렇게 생각해."

계속 신경 쓰고 있는 내게 이즈미 로안은 그렇게 말하고는 차려 준 밥상을 싹 비웠다. 나는 젓가락으로 쌀밥을 몇 번 떠서 먹으려 했지만 결국 먹지 못했다. 배가 고파 현기증이 나기 시작했지만 차마 음식을 넘길 수가 없어 체력이 계속 돌아오지 않았다. 한편으로 이즈미 로안은 영양을 잘 섭취해서 그런지 감기도 빨리 나아, 자리에서 일어날 정도로 회복하자 어촌을 산책하며 시간을 때웠다.

"아즈키, 너도 놀다 오려무나."

나는 흙마루를 오가는 아즈키에게 이불 속에서 말했다. 아즈키도 이즈미 로안처럼 밥알에 사람 얼굴이 붙어 있든 말든 태연히 먹은 덕에 기운이 넘쳤다. 아즈키가 집에서 나가자 밖에서 아이들이 왁자지껄 떠드는 소리가 들렸다. 이 어촌에도 아이들이 살고 있었는데, 그 아이들은 아즈키가 신기해서 껌뻑 죽었다. 아즈키를 구경하려고 집 근처에서 버티고 있다가 감기가 옮는다고 어른들에게 야단을 맞곤 했다. 이 어촌에는 닭이나 돼지, 소, 말 같은 동물이 없었다. 아이들은 닭이라는 동물을 난생 처음 보는 것이다.

이 어촌에서 사는 아이들은 내내 먹어 온 생선이 이상하게 생긴 줄도 모를 것이다. 나는 이불 속에서 그런 생각을 했다. 이 마을에서는 저게 생선이다. 먹는 데 죄책감은 느끼지 않으리라. 죽이는 것을 죄라고 생각하지도 않으리라. 나는 도저히 그 생선을 먹을 수가 없었다. 이즈미 로안처럼 저건 그냥 생선이라고 간단히 생각할 수가 없었다. 그냥 채소다, 그냥 곡식이다, 그렇게 생각할 수가 없었다. 이 어촌에서는 모든 사물에 뭔가가 깃들어 있는 것만 같았다. 그것을 입에 넣어서는 안 될 것 같았다.

이 마을에 있는 물고기와 쌀은, 사람이 환생한 것이거나 사람으로 태어나야 했던 것이 분명했다. 그것들을 죽여서 먹는 행위는 사람을 먹는 짓이나 다름없다. 내가 마음속 깊이 그렇게 믿고 있기 때문에 죄의식을 느끼는 것이리라.

이즈미 로안은 나의 그런 생각을 어떠한 종교의 영향 때문이라고 생각하는 듯했다. 한편 그는 지방마다 채소 모양이 다른 것처럼 저건 사람이 아니라 그냥 식재료라고 주장했다. 나는 누구 말이 옳은지 판단할 수 없었다.

감기에 걸린 지 닷새가 지났지만 여전히 나는 자리에서 일어나지 못했다. 이런 허기는 난생 처음 겪어 본다. 손끝까지 저렸다. 날이 갈수록 몸은 나빠지기만 했다. 이즈미 로안이 아무것도 먹지 않는 나를 꾸짖었다. 하지만 몽롱한 머리로 들은 말이라 정말 나를 야단치는 것인지, 아니면 꿈속에서 있었던 일인지 알 수가 없었다. 어쨌든 눈을 뜨고 있기도 버거운 상태였다.

잠든 사이에 누가 입속에 죽을 넣어 주었다. 마을 사람이 내머리를 받치고 이즈미 로안이 죽 그릇을 기울이고 있었다. 나는 남은 기력을 쥐어짜 그들의 손을 뿌리쳤다. 입속에 손을 집어넣어 삼킨 것까지 죄다 토해 냈다. 이즈미 로안이 걱정스러운 목소리로 내게 뭐라고 중얼거렸다. 아마도 얼굴이 반쪽이라느니, 뭘 좀 먹어야 한다는 소리일 것이다. 하지만 나는 귓속, 머릿속까지 다 마비되어 그가 무슨 말을 하는지 몰랐다. 이즈미 로안마저 이 어촌의 사람이 되어 내가 못 알아듣는 말을 하고 있는 것만 같았다.

이불 속에서 천장과 벽을 바라보니 허기 때문인지 나뭇결의 무늬가 일렁거렸다. 나뭇결 속의 얼굴과 몇 번 눈이 마주쳤다. 그리고 보니 꽤 오랫동안 눈을 깜빡이지 않았다. 이대로 죽는

걸까? 멍하니 그런 생각을 하니 무서웠다. 그때, 내 허기를 달
랠 음식이 있다는 사실을 깨달았다. 요컨대 먹을 수 있는 음식
이 바로 내 곁에 있다는 사실을 기억해 낸 것이다.

이불에서 일어난 나는 마당에서 노는 하얀 닭을 불렀다. 아
즈키, 아즈키, 이리 오렴. 피리처럼 가냘프게 울며 아름다운 닭
이 다가왔다. 이불에서 일어난 나를 걱정이 가득한 검은 눈동
자로 바라보았다. 내 상태가 나쁜 것을 이 닭도 어렴풋이 느끼
고 있는 것이리라.

하얀 날개에 뒤덮인 몸을 두 손으로 가만히 들어 올려 품에
안았다. 아즈키는 내가 왜 그러는지도 모르고 당혹스러운 듯
고개를 갸웃거렸다. 방금 전까지 밖에서 놀고 있어서 그런지
하얀 날개에서 햇살 냄새가 났다.

나는 왼손으로 아즈키의 발목을 그러쥐어 달아나지 못하게
붙잡은 다음, 오른손으로 목을 졸랐다. 걸레를 짜듯 힘을 꽉 주
자 아즈키의 목이 놀랄 정도로 가늘어졌다. 손바닥에 뼈의 감
촉이 선명하게 느껴졌다.

아즈키가 날개를 퍼드덕거리며 날뛰었다. 어째서 이런 짓을
하냐고 묻고 싶은 눈치다. 아즈키의 목뼈가 손안에서 삐걱거렸
다. 싫어, 싫단 말이야! 저항하며 도망치려 한다. 죽고 싶지 않
아. 죽고 싶지 않아. 죽고 싶지 않아. 그런 의지가 느껴졌다.

이윽고 손안에서 뼈가 부러지는 느낌이 났다. 아즈키의 몸은 축 늘어졌다.

깃털을 쥐어뜯고 도마에 얹어 칼로 목을 쳐 냈다. 머리는 통에 버렸다. 피를 빼고 배를 갈라 내장을 꺼내고 토막을 내 냄비에 끓였다. 아즈키의 고기를 입에 머금고 씹으니 그윽한 맛이 혓바닥 위에 퍼져 나가면서 몸속에서 기운이 솟았다. 다 먹어 치우고 아즈키가 뼈만 남았을 때, 이즈미 로안이 밖에서 돌아왔다. 사방에 흩어진 아즈키의 뼈와 통에 버린 내장을 본 그는 내 소행을 알아차리고 경멸 어린 시선으로 나를 쳐다보았다.

체력이 돌아와 어촌에서 나갈 수 있을 때까지 그 후로 이틀이 더 걸렸다. 만약 그 닭을 먹지 않았다면 나는 굶어 죽었을 것이다. 마을에서 나올 때까지 이즈미 로안과는 거의 말을 나누지 않았다. 그는 내 소행을 괘씸하게 여기고 있는 듯했다. 이제 우리의 관계는 끝장난 건지도 모른다. 하지만 어촌에서 나와 왔던 길을 다시 걸어가는 사이에 또 한두 마디 주고받게 되었다. 산길에서 나뭇가지에 매달린 감을 발견하고, 어디에도 사람 얼굴이 없는 것을 확인하니 마음이 놓이고 기뻤다.

그리고 이 역시 또 늘 있는 일이지만, 마을에 도착해 사람들에게 그 어촌에 대한 이야기를 해도 아무도 그런 마을은 모른다고 했다. 그 마을은 이즈미 로안이 길을 잃은 끝에 다다른 곳으로, 길을 잃지 않으면 분명 찾을 수 없는 곳이리라.

그 후로도 우리의 여행은 계속되었다. 시간이 흐르자 우리는 완전히 예전처럼 이야기를 나누게 되었다. 그런 어느 날이었다.

여관 마을에서 숙소를 잡고 짐을 정리하고 있는데 보따리 속에서 하얀 깃털이 나왔다. 보따리를 뒤집어 보니 다다미 위에 무수히 많은 깃털이 팔락팔락 떨어졌다. 나는 깃털 하나를 주워 거기 묻은 진흙을 털어 냈다. 빗속에서 보따리에 넣어 데리고 다닐 때 빠진 깃털이리라. 떨어진 깃털을 그러모으는 사이, 손가락이 덜덜 떨리기 시작하더니 갑자기 두려운 마음이 들고 눈물이 솟구쳤다. 오열하면서 울고 있노라니 이즈미 로안이 작은 주머니를 내밀었다. 안에는 그가 주워 담은 아즈키의 뼈가 들어 있었다. 주머니를 받아 가슴에 꼭 품었다. 내가 저지른 짓에 대한 공포는 한없이 커져만 갔다.

있을 수 없는 다리

·· 1 ··

나뭇가지에 걸려 옷이 찢어졌다. 초롱불을 들어 확인해 보니 움직이기 편하게 걷어서 묶어 놓았던 소매가 너덜너덜했다. 주위는 캄캄했다. 해가 진데다 주위에 나무가 너무 많아 달빛마저 가리고 있었다. 아까부터 안개까지 피어오르고 있다. 우리는 땅 위로 튀어나온 나무뿌리에 걸려 넘어지지 않도록 조심하면서 험한 산길을 걸었다. 이윽고 앞쪽의 시야가 트이나 했더니 눈앞에 낭떠러지가 나왔다.

갑자기 땅이 훌렁 사라진 듯한 풍경이었다. 낭떠러지 밑은 어둠과 안개 때문에 보이지 않았다. 길은 낭떠러지의 가장자리를 따라 나 있었다. 위태로운 길이다. 낭떠러지 쪽은 아무것도 없어 발을 헛디디면 목숨을 부지하지 못할 정도로 높고, 반대쪽은 숲의 나무들이 뻗어 나와 가지를 드리우고 있었다. 한참 가다가 이즈미 로안이 앞쪽을 가리키며 말했다.

"다리가 있군. 저건 구름다리네."

안개 속에 다리가 떠 있었다. 낭떠러지의 한 점에서 수평으로 곧게, 안개 속으로 뻗어 있었다.

"구름다리가 뭡니까?"

나는 이즈미 로안에게 물어보았다.

"저렇게 만든 다리를 말하는 거야."

낭떠러지에 잔뜩 박힌 나무 기둥이 다리를 지탱하는 듯했다. 교각이 보이지 않았다. 여기가 평범한 강이었다면 강에 기둥을 세우고 다리를 얹으면 되겠지만, 이곳은 바닥이 보이지 않는 낭떠러지 위다. 교각으로 쓸 만한 높은 나무 기둥을 세울 수가 없는 것이다. 그래서 낭떠러지에 박힌 기둥들이 교각의 역할을 대신하는 것이다.

"낭떠러지에 박은 저 나무가 침목일세. 공중에 떠 있는 이런 다리를 구름다리라고 부르는 거야."

이즈미 로안이 설명해 주었다. 침목은 낭떠러지에 구멍을 뚫고 비스듬히 박은 것이었다. 아래쪽 침목이 위쪽 침목을 받치고, 위쪽 침목은 또 그 위의 침목을 받치고 있다. 그것이 몇 번 반복되고 맨 위에 다리가 놓여 있었다.

"위에 올리는 침목은 아래쪽 침목보다 조금 길지. 밑에서 받쳐 주니까 그만큼 멀리 뻗을 수 있는 거야. 밑에서부터 차곡차곡 반복하면 보다 멀리 침목을 깔 수 있지. 그나저나 이렇게 훌륭한 구름다리는 처음 보는군. 보통은 침목이라고 해도 몇 개가 고작이거든. 그런데 이 다리는 쉰 개도 넘어."

이즈미 로안은 낭떠러지를 들여다보며 감탄했다. 저 밑까지 침목이 박혀 있었다. 다리 폭도 넓다. 나는 이렇게 큰 다리는 지금까지 본 적이 없었다.

"가끔은 길을 잃는 것도 좋군. 책에 쓸 일이 생겼어."

이즈미 로안이라는 사내는 여행 안내서를 써서 입에 풀칠을 한다. 여행 안내서란 앞으로 여행을 떠날 사람들을 위해 길과 온천, 관문의 위치, 여관에는 어떻게 묵고 명승고적은 어떤 것들이 있는지 소개한 책이다. 길이 정비되어 여행을 떠나기 쉬운 세상이 되었다지만 아직은 여행이 낯선 사람이 많다. 난생처음 여행을 떠나는 사람들에게 여행 안내서는 큰 도움이 된다. 이렇게 훌륭한 다리는 명소로 기록할 가치가 있다. 다른 여행 안내서에 소개되지 않은 명소가 적혀 있다면 책이 더 많이 팔릴지도 모른다.

"하지만 로안 선생님, 이 다리를 책에 쓰려면 먼저 여기가 어딘지를 알아야죠."

훌륭한 다리가 있다. 하지만 그 위치는 모른다. 그래서야 여행 안내서를 읽은 사람들에게 역정만 사리라. 우리는 지금, 우리가 어디에 있는지를 모른다. 예정대로라면 벌써 여관 마을에 도착했을 터인데 여관 불빛은 어디에도 보이지 않는다. 이곳에 온 것은 우연이었다.

이즈미 로안은 길을 잃는 고약한 버릇이 있었다. 산을 오르는가 하면 어느새 바다가 나오고, 마을에서 계단을 내려가면 어째선지 섬이 나온다. 목적지에 좀처럼 도착하지 못하고 엉뚱한 길만 돈다. 이 낭떠러지를 만나기 전에도 우리는 지도를 보며 평야를 걷고 있었다. 지도에는 낭떠러지 표시 같은 건 없었는데. 애초에 우리가 언제 이렇게 높은 곳까지 기어 올라왔지?

"너무 고민하지 말게."

이즈미 로안은 짐 보따리를 고쳐 멨다.

"일단 마을을 찾아야지. 노숙은 질색이야. 구름다리는 또 내일 해가 뜨면 보러 오세."

그렇게 말하고 낭떠러지를 따라 걸음을 뗐다. 나도 그 뒤를 따라갔다. 따를 수밖에 없다. 나는 그저 짐꾼이고, 노름빚을 대신 갚아 준 로안에게 은혜를 갚아야 하는 처지다.

마을은 금방 찾았다. 다리가 있으니 당연히 주변에 사람도 있는 것이다. 그곳은 작은 산간 마을이었다. 초롱불로 발밑을 비추며 계단식 밭 옆을 걸었다. 가까운 집의 문을 두드려 촌장 댁이 어딘지 물었다. 훌륭한 외양간이 있는 저택이 촌장의 집이었다.

"어디 저희가 하룻밤 묵을 만한 곳이 없겠습니까?"

이즈미 로안이 촌장에게 물었다. 마침 며칠 전 지나친 온천마을에서 산 토산품이 있어 그것을 건네자 촌장은 흔쾌히 우리를 하룻밤 재워 주겠다고 했다.

"여기 묵으시구려."

나와 이즈미 로안은 노파의 안내로 저택 안쪽의 넓은 방으로 갔다. 사방등을 켜고 짐을 내려놓고 다리를 주무르고 있으려니 노파가 밥상을 차리기 시작했다. 얼굴도, 손도 온통 주름투성이였다. 허리도 잔뜩 굽었고, 다리가 불편한지 느릿하게 걸었다.

"이부자리를 펴 드릴까요?"

"아니, 괜찮습니다."

내가 대답했다.

"그럼 용건이 있으면 부르시구려. 저는 저쪽 집에 있으니까."

노파는 촌장의 저택에서도 보이는 작고 낡은 집을 가리켰다. 촌장의 어머니라도 되나 싶었는데 보아하니 그냥 들락날락하는 고용인인 모양이다.

"그래, 궁금한 게 있는데."

이즈미 로안이 노파를 불렀다.

"뭡니까?"

"아까 훌륭한 구름다리를 보았는데, 그 다리 이름이 뭔가?"

노파는 이즈미 로안의 얼굴을 빤히 쳐다보았다. 못 들은 건
가 했는데 그건 아닌 모양이다. 노파가 주름진 얼굴을 꿈틀거
리더니 눈을 부릅떴다.

"구름다리라고 하셨습니까?"

"그래, 맞아. 구름다리였어."

"그거 이상하구려."

"뭐가 이상하단 말인가?"

"있을 수 없는 다리니까요."

나와 이즈미 로안은 곤혹스러워 얼굴을 마주 보았다. 있을 수
없는 다리라고 해도 방금 전에 우리는 두 눈으로 똑똑히 봤다.

"가끔 여행자들이 밤에 본다고 하지요. 모르고 건너가는 분
도 많답디다. 하지만 모르고 건너간 사람은 두 번 다시 돌아오
지 않아요."

사방등의 불빛은 초롱불에 쓰는 양초만큼 밝지 않았다. 침침
한 어둠 속에서 노파는 거칠게 깎아 만든 목상처럼 굳은 표정

으로 말했다. 기름 타는 냄새가 주위에 넘실거렸다.

"무슨 말을 하는지 모르겠네요. 그 구름다리는 대체 어떤 다리입니까?"

내가 물어보았다. 노파는 이렇게 말했다.

"그 구름다리는 벌써 사십 년도 전에 무너진 다리입니다. 그런데 밤이 되면 낭떠러지 위에 나타날 때가 있습죠."

이즈미 로안이 사방등 바로 옆에서 바늘과 실을 사용해서 찢어진 내 옷을 기워 주려 했다. 하지만 도저히 바느질이 능숙한 사람의 손놀림으로는 보이지 않았다. 끝을 묶지도 않고 깁고 있으니 결국 전부 풀릴 것이다. 그것도 모르고 계속 기워 나가던 그는 어느새 자기가 입고 있는 옷에 바늘을 꽂고 있었다. 아무래도 바느질을 할 때도 바늘이 길을 잃는 모양이다.

"그런 건 그냥 내버려 두세요, 로안 선생님."

"하지만 아깝잖나."

"어차피 싸구려인데요, 뭐."

이즈미 로안은 바늘과 실을 다다미 위에 내려놓았다.

"사방등 불빛이 어두워서 그런 거야. 바늘이 잘 안 보여."

"로안 선생님은 낮에도 길을 잃지 않습니까. 그러니 밝기는 상관없을 것 같은데요. 그보다 그 다리, 어떻게 생각하세요?"

"어떻게 생각하고 자시고 할 게 있나. 노파의 이야기가 사실이라면 여행 안내서에 쓸 수는 없지. 거참, 괜히 기뻐했네."

불을 끄고 자기로 했다. 깜깜한 방에 밖에서 나무들이 흔들리는 소리가 들려왔다.

"다리 유령이라도 되는 걸까요?"

나는 이즈미 로안에게 물어보았다. 이미 무너진 다리가 밤이 되면 낭떠러지에 나타난다. 그것은 유령 같은 존재 아닐까? 사람 유령을 봤다는 이야기는 가끔 들어 봤지만 다리 유령은 금시초문이다.

지금 내가 사는 마을에도 큰 다리가 몇 개 있다. 평야라 교각이 되는 기둥을 강에 세우는 방식으로 평범하게 만든 다리다. 물에 떠내려온 물체가 교각에 부딪혀 망가지는 경우가 가끔 있었다. 무너진 다리의 잔해가 강을 타고 떠내려가 하류의 다리 교각을 부수는 경우도 있다고 한다. 너무 자주 부서져서 유지비가 많이 들어 결국 통행료를 받기 시작한 다리도 있다. 무너진 다리가 일일이 유령이 된다면 유령 다리를 본 사람이 더 많아야 했다.

이즈미 로안의 이부자리에서 곤한 숨소리가 들려왔다. 질문에는 대답도 하지 않았다. 나도 자야지. 눈을 감고 안개 속에 떠 있던 구름다리를 그리며 그게 정말 있었던 것인지, 없었던 것인지 고민했다. 만약 그 다리를 건넜다면 어디에 도착했을까?

눈을 떴다. 밖에서 무슨 소리가 들렸다. 누가 모래를 밟는 소리였다. 자리에서 일어나 장지문을 열고 툇마루로 나가 보았다. 밖에 아까 그 노파가 서 있었다.

·· 2 ··

밤바람이 쌀쌀하다. 등에 업은 노파가 콜록거리자 진동이 등을 타고 느껴졌다. 노파가 너무 가벼워서 도저히 사람 같지 않았다. 마치 인형을 업고 있는 것 같았다. 이따금 노인 특유의 냄새가 풍겨 왔다. 밭에서 산길로 들어가자 달이 나뭇가지에 가려 주위는 한층 더 어두워졌다. 초롱불만 믿고 걸어갔다. 오른손으로 초롱불을, 왼손으로 노파의 몸을 붙들고 있는 꼴이다. 산비탈에 우거진 깊은 산속에서 짐승이 울부짖는 소리가 들려왔다. 어둠 속에서 가지가 바스락거렸다. 원숭이가 있는 모양이다. 나는 개의치 않고 걸었다. 이즈미 로안은 지금쯤 촌장의 집에서 자고 있을 터였다.

"구름다리까지 데려다 주지 않겠습니까?"

방금 전, 촌장 댁 마당에서 노파가 땅바닥에 다소곳이 무릎을 꿇고 앉아 말했다.

"있을 수 없다는 다리까지 말입니까?"

"그렇습니다."

"왜요?"

"전에 선생님처럼 있을 수 없는 다리를 본 여행자가 다리 위에서 사람 그림자를 봤다고 했거든요."

"사람 그림자?"

노파는 땅에 이마가 닿을 정도로 머리를 깊이 숙였다.

"다리가 무너졌을 때 많은 사람들이 죽었습죠."

"사람이 건너고 있을 때 무너졌어요?"

"비 때문에 침목이 썩었던 거겠지요. 다리 위의 사람 그림자는 그때 죽은 사람들이 틀림없습니다."

"설마요."

"증거가 있습니다."

"어떤?"

"여행자 한 분이 말씀하셨습니다. 다리 위에 있던 그림자 중에 자그마한 아이 그림자가 있었다고요. 그 아이가 왼팔을 자꾸 문질렀다고 하더군요."

노파의 갈라진 목소리에 울음이 묻어났다.

"왼팔을 문지르는 아이 그림자가 어떻다는 겁니까?"

"전 그 아이를 알아요. 사십 년 전에 제가 야단을 치느라 왼팔을 때린, 제 아이가 분명합니다."

길이 낭떠러지 가장자리를 따라 나 있다. 발을 헛디디지 않도록 조심조심 걸었다. 여전히 안개가 자욱해 반대편 낭떠러지는 보이지 않았다. 등에 업은 노파는 아까부터 한마디도 하지 않는다. 가벼운 몸에서 온기만이 등을 타고 전해 온다. 지금은 어둠밖에 보이지 않지만 낭떠러지 밑에는 강이 흐르고 있는 듯했다. 나는 잠옷을 벗고 평상복으로 갈아입은 상태였다. 찢어진 구멍에서 바람이 솔솔 들어와 시원했다.

"제가 그 아이를 야단치지만 않았어도⋯⋯. 놀 생각밖에 안 하는 데 그만 화가 치밀어 아이의 왼팔을 냅다 후려치고 말았습죠. 그리고 싫다는 아이를 심부름 보냈어요. 다리를 건너 이웃 마을에 가서 아는 분 댁에서 보따리를 하나 받아 오라고 했지요. 그 애가 구름다리를 건너고 있을 때 일이 터지고 말았어요. 저는 집에 있느라 보지 못했지만 엄청난 소리만은 들었습죠. 그 아이가 구름다리와 함께 낭떠러지 아래로 떨어진 건 전부 제 잘못입니다."

"하지만 이제 와서 있을 수 없는 다리에 가서, 거기에서 죽은 아들을 만나서 대체 뭘 하려고 그러십니까?"

"아이에게 용서를 빌고 싶습니다. 남편은 오래전에 죽었어요. 제가 죽을 날도 머지않았겠지요. 그 아이가 유일한 미련입니다. 그 애가 죽은 건 제 잘못입니다. 그 애에게 용서받지 못하면 저는 죽어서도 분명 지옥에 떨어질 거예요."

"지옥이라."

죽은 뒤에 생전의 행실이 나쁘면 그런 곳에 끌려간다는 소문이 돌고 있었다. 그것이 사실인지 아닌지는 잘 모른다. 하지만 노파는 지옥이라는 걸 믿는 모양이다. 눈물에 젖은 쪼글쪼글한 얼굴에 두려운 기색이 감돌았다. 이상한 일이다. 지금은 만나지 못해도 죽으면 아들을 만날 수 있지 않나? 죽어서 지옥에 끌려가면 저세상에서 아들을 만나지 못한다고 생각하는 걸까?

"하지만 할머니도 구름다리가 어디 있었는지 아직 기억할 것 아닙니까? 혼자 가면 되잖아요."

"지금 제 다리로는 산길을 다니기 힘들어요. 마을 사람에게 업어 달라고 부탁해 보았지만 이 마을 사람들은 모두 있을 수 없는 다리를 두려워합니다. 저를 데려가 줄 사람이 아무도 없습니다."

"저도 거절하겠습니다. 할머니라고 해도 사람 하나를 업고 밤중에 산길을 가는 게 얼마나 귀찮은 일인데요."

"물론 공짜로 해 달란 말은 아닙니다. 구름다리까지 데려다 주시면 사례를 하겠습니다."

"뭐라고요? 제가 돈으로 움직이는 사내로 보입니까?"

노파가 죄송하다는 듯이 땅바닥에 이마를 문질렀다.

"그래서 그 사례라는 게 얼만데요?"

하지만 결코 돈 때문에 노인을 업고 있는 건 아니다. 나는 모자의 정을 확인하고 싶었다. 내 등에 딱 달라붙어 있는 이 주름투성이 노파가 오래전에 죽어 버린 아들을 다시 만났을 때 어떤 표정을 지을지, 그것을 보고 싶었다. 사람을 돕고 있는 것이다. 이런 일을 해 두면 나도 지옥에 갈 일은 없겠지.

이윽고 앞쪽 안개 너머로 다리 그림자가 보였다. 낭떠러지의 한 지점에서 허공을 향해 수평으로 뻗어 있는 다리의 끝은 안개 속에 묻혀 있었다.

"옛날에 있었다는 다리가 저거죠?"

달빛에 비쳐 다리 구조가 눈에 들어왔다. 낭떠러지에 비스듬히 박혀 있는 무수한 나무 기둥. 침목이다. 아래쪽의 침목이 위쪽의 침목을 받치고 있다. 위쪽의 침목은 또 그 위에 있는 침목을 받친다. 그것이 몇 겹을 이루고 있다. 위쪽의 침목은 아래쪽 침목의 힘으로 조금 더 멀리 뻗어 나간다. 그 구조가 몇 번 반복되는 사이 나무는 낭떠러지 멀리 뻗어 마침내 다리가 완성된다. 누구 생각인지는 몰라도 참 용하다.

"아아……!"

겁에 질린 듯한 노파의 목소리. 다리 옆에 멈춰 서서 노파를 내려 주었다. 허공에 뻗어 있는 거대한 다리의 위용은 장엄했다. 그 크기에 비하면 나와 노파의 몸집은 처마 밑을 기어 다니는 초라한 개미 한 마리나 다름없었다. 노파는 내 옷을 붙잡은 채로 떨어지려 하지 않았다. 혼자 서 있지도 못하는 눈치였다. 다리가 불편해서 그런 게 아니라 눈앞의 구름다리 때문인 듯했다.

"맞아요. 이게 있을 수 없는 다리입니다. 오래전에 무너진, 있을 수 없는 다리예요."

"훌륭한 다리네요. 누가 만들었죠?"

"오래전에 이웃 마을 사람들과 힘을 합쳐 만들었다고 들었습니다."

노파가 겨우 내 옷에서 손을 뗐다. 나는 다리로 다가가 난간을 만져 보았다. 낡아서 회색으로 변한 나무는 돌처럼 단단하고 차가웠다. 꿈이나 환상처럼 애매한 것이 아니라 확실하게 여기에 존재했다.

"어—이!"

초롱불을 다리 위로 비추며 불러 보았다. 대답은 없었다. 여전히 안개가 자욱해 다리 위에 누가 있는지 없는지도 모르겠다. 하지만 들은 대로 인기척은 느껴졌다. 어두운 낭떠러지 사이를 빠져나가는 쌀쌀한 바람 속에 이따금 사람이 속삭이는 듯한 소리가 들렸다. 어쩌면 그것도 착각일지 모른다.

노파는 두려운 듯 다리에서 몇 걸음 떨어진 곳에 우뚝 서 있었다. 이대로 아들을 만나지 못하면 여기까지 온 의미가 없다. 내 주머니에 들어올 사례금도 줄어들지 모른다. 아니, 여기까지 왔으면 이제 돈 문제는 아무래도 좋다. 나는 이 노파가 아들을 만나지 못하고 이러고 있는 게 안타까웠다.

다리 위로 올라가 팔짝 뛰어 봤지만 꿈쩍도 안 하거니와 무너질 기미도 없었다. 견고함 그 자체다. 이 정도면 괜찮겠지.

"할머니는 거기서 기다려요. 모처럼 왔으니, 살짝 건너가서 할머니 아들을 불러올게요."

나는 그렇게 말하고 노파를 그 자리에 남겨 둔 채 다리 위로 걸어갔다.

··3··

우리 어머니는 오래전에 돌아가셨다. 나이 들어 주름이 생기기 전에 감기로 세상을 떠났다. 나는 아직 어렸기 때문에 어머니를 등에 업어 본 적도 없었다. 어머니가 흥얼거렸던 콧노래만 유난히 똑똑하게 기억난다.

구름다리 위를 걸었다. 주위는 안개가 자욱해 마치 구름 속을 걷는 느낌이었다. 초롱불이 내 주변만 밝히고 있다. 다리 폭은 넓었다. 세 명이 두 팔을 쫙 벌려도 좌우 난간에 닿지 않을 정도다. 난간 너머에 땅은 없었다. 아득한 밑바닥까지 안개가 자욱 낀 어둠만 존재했다.

전통극 중에 〈돌다리〉라는 작품이 있다. 분명 가늘고 긴 돌다리를 건너려는 승려의 이야기였다. 다리는 극락정토로 이어지지만 수행을 쌓아야만 건널 수 있다. 사자가 등장해 용맹한 춤을 보여 주는 것도 분명 그 작품이었다. 설마 이 다리가 그 작품에 등장하는 돌다리는 아니겠지. 목제지만 단단함이 마치 돌덩어리 같아 점점 그런 생각이 강하게 들었다. 사자만 안 나오면 다행인데.

걸음을 멈췄다. 앞쪽 안개 속에 사람 그림자가 있었다. 하지만 한눈에 보기에도 노파의 아들은 아니었다. 그림자의 덩치는 어디로 보나 어른이었다.

"어이, 거기 누구 있소?"

한번 불러보았지만 대답은 없었다. 다가가 보기로 했다. 그곳에 있던 것은 차려입은 초로의 사내였다. 등이 굽은 사내는 행색이 초라한 게 농민 같은 차림새였다. 멍한 표정으로 서 있다. 기묘하게도 온몸이 물에 젖어 물방울이 턱을 타고 뚝뚝 흘러내렸다. 다리 위에 생긴 물웅덩이가 점점 커졌다. 축 늘어뜨린 팔과 손가락, 옷소매에서 물방울이 떨어졌다.

"당신 꼴이 왜 그래요, 비라도 맞았소?"

내가 물어보자 사내는 천천히 고개를 돌렸다. 하지만 눈은 아득히 먼 곳을 쳐다보고 있었다.

"그날, 강에 빠져서……."

사내가 서글픈 목소리로 중얼거렸다. 울고 있는 건지도 모르겠지만 얼굴이 원래 홀딱 젖어 있어서 흐르는 게 물인지 눈물인지 모르겠다.

"빠졌다고?"

"아아, 그래. 밑으로 떨어졌어. 떨어져서, 강에 휩쓸렸지."

뚝뚝, 물방울이 떨어지는 소리.

"그거 큰 변을 당했군."

"추워, 여긴 추워."

등이 굽은 초라한 사내는 계속 중얼거리면서 두 손으로 얼굴을 덮었다.

"그나저나 당신 혹시 남자아이 하나 못 봤소?"

나는 그렇게 물어보았지만 사내는 춥다는 말뿐, 제대로 된 대답을 해 주지 않았다. 사내는 내버려 두기로 하고 다리를 조금 더 걸어가 보았다.

다리는 허공 속에 끝없이 뻗어 있었다. 안개가 껴 있어서 반대편 낭떠러지도 보이지 않고, 다리 끝도 보이지 않았다. 이젠 반대편에 도착해도 되지 않나 싶을 정도로 한참 걸었을 때 또 앞쪽에 사람 그림자가 보였다. 이번에는 나하고 비슷한 또래의 비쩍 마른 여자였다. 난간에 두 손을 짚고 다리 밑을 굽어보고 있었다. 다리 밖으로 긴 머리를 축 늘어뜨리고 방금 전 그 사내처럼 온몸에서 물을 뚝뚝 떨어뜨리고 있다. 한쪽 다리에는 짚신을 신고 있었지만 다른 한쪽은 맨발이었다.

"이보쇼, 당신, 이 부근에서 남자아이 하나 못 봤소?"

다가가서 물어보자 여자는 천천히 머리카락을 쓸어 올리며 내 쪽을 돌아보았다. 쓸어 올린 머리에 맺혀 있던 물이 흘러넘쳐 발밑에 웅덩이를 만들었다.

"남자아이 말인가요?"

"그래, 아마 왼팔을 문지르고 있는 아이일 거요."

"그 아이라면 그날, 제 옆을 지나갔어요. 그리고 바로 떨어졌죠."

"떨어졌다고?"

"네. 그날, 엄청나게 큰 소리가 났고, 저희는 밑으로 떨어졌어요."

아무래도 이 여자는 구름다리가 무너진 날에 대해 말하는 듯했다. 여기에서 만나는 사람들은 하나같이 이상한 소리만 한다.

"저…… 여쭙고 싶은 게 있는데…….."

비쩍 마른 여자가 창백한 입술을 깨물며 다리 밑을 굽어보았다.

"저는 죽은 건가요?"

난간을 붙잡고 있는 여자의 손이 바들바들 떨렸다.

"아니, 나는 잘 모르겠는데…….."

여자는 겁에 질려 있었다. 사실을 말해 주기가 거북했다. 여자는 입을 다물더니 고개를 푹 숙였다. 긴 머리카락이 얼굴을 가렸다. 그대로 한마디도 하지 않기에 나는 앞으로 나아가기로 했다.

어쩌면 이 구름다리는 어디로도 이어지지 않았는지도 모른다. 차츰 그런 생각이 들기 시작했다. 다리가 안개 너머로 똑바로 뻗어 있는 것 말고는 주위에 아무것도 없었다. 반대편 낭떠러지도 여전히 보이지 않았다. 애초에 사람이 이렇게 긴 다리를 만들 수 있을까? 낭떠러지 위에서 본 쉰 개쯤 되는 침목 구조물은 확실히 장관이었다. 하지만 그것만으로 지탱할 만한 길이는 이미 오래전에 지나지 않았던가?

어쩌면 무너지기 전에는 보통 다리였지만 지금은 다른 상태로 존재하는 건지도 모른다. 안개 속으로 길게 뻗어 있을 뿐, 한쪽 낭떠러지에만 붙어 있고 반대편 끝은 어디와도 연결되지 않은 기묘한 모양일지도 모른다.

그때, 발소리가 들렸다. 아이가 달음박질치는 소리였다. 걸음을 멈추고 초롱불을 들자 앞쪽에서 작은 그림자가 다가왔다. 숨을 삼키고 다가오는 그림자를 기다렸다. 이윽고 내 앞에 나타난 것은 열 살쯤 되는 소년이었다.

"안녕?"

소년은 그렇게 내게 인사를 하더니 옆으로 지나가려 했다.

"잠깐 기다려."

내가 불러 세우자 그 아이는 멈춰 섰다.

"왜?"

소년은 왼팔을 문지르고 있었다. 살갗이 발갛게 부어 있었다.

"그 팔, 엄마한테 맞은 거 아니니?"

그 아이의 몸도 흠뻑 젖어 물이 뚝뚝 떨어지고 있었다. 소년은 내 말을 듣고 조금 놀란 표정으로 고개를 끄덕였다.

"그래, 맞아. 그런데 그걸 어떻게 알았어?"

"애야, 넌 놀 생각만 하다가 엄마한테 혼나서 왼팔을 맞았지? 그리고 이웃 마을로 심부름을 가려고 이 다리를 건넜어. 맞지?"

"응. 하지만 도중에 죽어 버리는 바람에 심부름을 아직 못 마쳤어."

소년이 하도 천진난만한 얼굴로 말해서 기가 막혔다.

"네가 죽었다는 걸 알고 있니?"

"당연하지. 이렇게 높은 데서 떨어졌는데 어떻게 살아남아? 난 부러진 침목하고 같이 강에 떨어졌어. 엄청 큰 소리가 났어! 빠직빠직, 하고 모조리 부러지는 소리가 말이야. 그리고 다른 사람들하고 같이 강바닥에 가라앉고 말았어. 아이, 추워."

소년은 몸을 덜덜 떨었다.

"너무 추워서 이렇게 달리면서 몸을 덥히고 있는 거야. 그렇지만 내가 너무 오래 안 돌아가니까 엄마는 화가 나셨을 거야."

"아니, 화 안 나셨어."

"모르는 일이야. 우리 엄마는 화를 잘 내거든. 죽은 뒤에도 여기가 계속 아파."

어머니에게 맞았다는 왼팔을 문지르면서 소년이 토라진 얼굴로 말했다. 그렇게 화낼 필요는 없지 않겠냐는 표정이다. 창백한 얼굴과 홀딱 젖은 몸만 아니라면 이 소년이 죽었다는 사실을 잊어버렸을 것이다.

"네 엄마가 다리 옆에서 기다리고 있어. 지금이라면 만날 수 있을지도 몰라."

소년은 내 얼굴을 올려다보았다. 믿을 수 없다는 듯이 눈을 번쩍 떴다.

"어때, 엄마를 만나고 싶지 않니? 널 데려가겠다고 약속했거든."

"형을 따라갈래. 엄마를 다시 만나고 싶어."

소년은 기쁜 듯 몇 번이나 깡충깡충 뛰었다. 뛸 때마다 물방울이 사방에 튀었다.

소년과 나란히 왔던 길을 되돌아갔다. 도중에 방금 전에 만났던 여자 옆을 지나가는데 소년이 내게 귀띔해 주었다.

"저 사람, 마을에 좋아하는 사람이 있었어. 하지만 이렇게 돼서 불쌍하다, 그치?"

소년은 그 밖에 이 다리에 길을 잘못 든 여행자들에 대해서도 기억하고 있었다.

"이렇게 밤에만 다리가 나타나니까 여러 사람이 길을 잘못 들었어. 지금은 없는 다리인 줄도 모르고 건너려고 하거든. 그런데 다들 어디로 갔을까?"

소년의 말에 따르면 그런 여행자들은 앞으로 계속 걸어가서는 돌아오지 않았다고 했다.

"넌 이 다리가 어디로 이어지는지 아니?"

"글쎄. 항상 중간에 걸음을 돌려 낭떠러지 쪽으로 돌아가거든. 하지만 딱 한 번, 어디까지 이어지는지 꽤 멀리까지 가본 적이 있어. 무서워서 도중에 되돌아왔지만."

"무서워서?"

"응. 왠지 저 건너편은 어둡고 쓸쓸해 보여서."

처음에 말을 나누었던 등이 굽은 사내 옆을 지나 다리 초입에 다가갔다. 이윽고 새소리가 들렸다. 숲에서 새들이 지저귀고 있는 것이다. 바람이 팔에 닿았다. 그제야 방금 전까지 다리 위에는 바람 한 점 없었다는 사실을 깨달았다. 아침의 기운이 바람 속에 묻어 있었다. 소년은 언제부터인가 말수가 줄어들었다. 말없이 왼팔을 문지르고 있다. 이윽고 안개 속에 거대한 낭떠러지가 모습을 드러냈다.

··4··

노파는 낭떠러지 옆에 솟아 있는 소나무 밑동에 앉아 있었다. 눈을 감고 염불을 외우고 있다. "이봐요" 하고 부르자 "히익!" 하고 숨을 삼키며 내 쪽을 돌아보더니 비틀거리며 일어났다. 내 얼굴을 먼저 보고 겁에 질린 표정을 지었다가 나를 따라온 소년을 쳐다보았다.

소년은 다리 위에서 나오지 않았다. 마치 땅 위에 발을 디뎌서는 안 된다는 듯이, 다리와 땅의 경계 바로 앞에 멈춰 서서 제 어머니를 바라보았다. 소년은 내가 기대했던 표정이 아니었다. 내심 눈물을 흘리며 어머니에게 매달리지 않을까 상상했는데 소년은 고개를 갸웃거리며 노파를 물끄러미 바라만 볼 뿐이다. 그러고 보니 소년이 죽었을 때 어머니는 아직 젊었을 터였다.

"기억하고 다를지 모르지만 이 사람이……."

그렇게 말했을 때, 노파가 내 옆을 지나 소년의 발밑에 무릎을 꿇었다.

"아아, 애야……."

노파는 훌쩍거리면서 소년의 손을 부둥켜 잡았다. 얼굴이 온통 눈물범벅이었다.

"손이 왜 이렇게 차갑니?"

"응. 그래. 하지만 어쩔 수 없어, 엄마."

소년은 노파를 향해 고개를 끄덕이더니 나를 바라보며 다시 한번 고개를 끄덕였다.

"엄마. 그래, 왠지 기억하고 있는 모습이랑 많이 다르지만, 그래도 엄마라는 걸 알겠어."

소년은 노파에게 손을 내맡긴 채로 말했다.

"많이 늙었네."

소년이 흰머리로 뒤덮인 어머니의 머리에 손을 얹었다.

"나는 한 번도 잊은 적이 없었어. 이렇게 다시 만날 수 있을 줄이야."

노파는 두 손을 모으고 아들을 우러러보았다.

"너는 그때 그대로구나."

"응, 맞아. 죽었을 때 그대로야."

"온몸이 흠뻑 젖었구나."

"강에 빠져 죽어서 그래. 그때부터 쭉 젖어 있어."

"외로웠니?"

"하지만 이젠 괜찮아."

"그만 성불해 다오."

"성불? 그게 어떤 건지 난 잘 모르겠지만 엄마가 그러길 바라면 그렇게 할게."

노파는 조심스레 소년을 끌어안았다.

"내가 심부름만 안 보냈어도."

"엄마는 내가 죽은 게 엄마 잘못이라고 생각해?"

"아아, 그래. 용서해 다오."

소년은 대답하지 않고 어머니의 등을 쓸어 주었다.

그때, 소년의 뒤쪽, 안개 속으로 이어져 흐릿하니 보이지 않았던 다리 끝에서 사람 그림자가 다가오는 기척이 났다. 하나, 둘, 그림자가 늘어나더니 줄줄이 다리 초입으로 다가왔다. 제일 앞에 보이는 그림자는 방금 전 다리 위에서 만났던 등이 굽은 사내였다. 그 뒤에는 머리가 긴 여자. 그 외에도 여러 사람이 있었다. 모두가 흠뻑 젖은 꼬락서니였다.

"어, 어이……."

나는 다리와 땅의 경계에서 끌어안고 있는 모자를 불렀다. 하지만 두 사람 다 내 말은 들리지 않는 모양이다. 소년은 아까부터 말없이 어머니의 등을 쓸어 주고 있었는데, 기묘하게도 얼굴에서 표정이 모조리 사라지고 없었다. 가면 같은 얼굴, 그 눈은 칠흙같이 검었다.

"용서해 다오."

노파가 애원했다. 하지만 소년은 더 이상 아까처럼 아이의 목소리로 말하지 않았다. 다리 끝에서 건너온 사람들이 소년

뒤에 모여들었다.

"용서해 다오."

노파가 소년의 몸에서 떨어지려 했다. 그때, 등을 쓸어 주던 소년이 노파의 등에 팔을 찰싹 둘렀다. 상태가 이상하다. 나는 당혹스러운 마음으로 모자에게 다가갔다. 노파가 비명을 질렀다. 소년의 얼굴이 어느새 귀신 같은 형상으로 변해 있었다. 눈은 도끼눈에, 이를 악물고 있다. 소년 뒤에 있던 사람들 역시 귀신 같은 형상이었다.

"놔, 놓아라!"

땅에 무릎을 꿇고 있던 노파의 몸을 소년과 다른 귀신들이 다리 위로 끌고 가려고 잡아당기기 시작했다. 노파는 어디에 그런 힘이 있었는지 팔을 휘두르며 저항했다. 나는 노파를 도와주려고 그 팔을 붙잡았다. 노파도 내 팔에 매달렸다. 소년이 노파의 허리에 팔을 둘렀다. 등이 굽은 남자가 노파의 한쪽 다리를, 머리 긴 여자가 노파의 목을 잡아당겼다.

"싫어, 가기 싫어! 아직 가고 싶지 않아!"

노파가 끌려갔다. 팔을 붙잡힌 나도 마찬가지였다. 이대로는 안 되겠다. 나는 노파의 팔을 뿌리쳤다. 하지만 노파는 주름진 얼굴을 일그러뜨리며 내 옷에 매달렸다.

"놔!"

나는 고함을 질렀다. 노파에게 화가 났다.

"놔! 이 망할 할망구!"

다리 위로 끌려가다니 상상만 해도 끔찍했다. 나는 다리 초입에 엎드려 단단한 나무판자에 손톱을 박았다. 노파가 옷을 붙잡고 있는 탓에 다리 쪽으로 질질 끌려갔다.

"그만해! 나까지 끌고 가지 마!"

저항하며 바닥을 기어가니 손끝이 낭떠러지에 닿았다.

머리 위에서 새가 지저귀고 산 능선에서 빛이 흘러넘쳤다. 어느새 하늘은 밝아졌고 안개도 걷혀 가고 있었다. 아무래도 아침이 된 모양이다. 산 너머에서 비치는 아침 햇살이 다리 위로 쏟아진 순간 땅이 울리는 소리가 들렸다. 배 속까지 부르르 떨릴 만큼 거대한 소리였다. 다리가 흔들렸다. 낭떠러지에 박혀 있던 침목들이 차례로 부러져 갔다. 그렇게 단단하고 튼튼했던 다리가 지금은 이미 비를 맞아 썩은 것처럼 무르게 휘어 비스듬히 기울었다.

다리가 무너지기 시작했다. 처음에는 다리 중간부터 무너져 내렸다. 우리가 있는 초입 쪽은 침목이 있어 아직 간신히 형태를 유지하고 있었다. 하지만 그것도 위태로웠다. 또 몇 개, 엎드린 배 밑에 기둥이 부러지는 진동이 느껴졌다. 나는 손가락을 낭떠러지 가장자리에 박았다. 내 몸뚱이 하나라면 버틸 수 있다. 하지만 노파가 아직 내 옷에 매달려 있었다. 노파의 몸 하나뿐이라면 가볍지만 거기에 매달려 있는 사람들의 무게도 있다. 저 사람들이 다 매달리면 도저히 버티지 못할 것 같았다.

마침내 다리 초입까지 기울기 시작했다.

"놓으라니까! 할망구야!"

나는 노파를 걷어찼다. 뒤꿈치가 노파의 턱에 명중해 물컹한 느낌이 났다. 하지만 노파 역시 안간힘을 다해 내 옷을 붙잡고 있었다. 차곡차곡 쌓여 있던 침목이 우르르 무너지면서 낭떠러지에 부딪혀 덜컹덜컹 소리를 내며 밑으로 떨어졌다.

마지막 순간은 갑자기 찾아왔다. 한층 요란하게 기둥이 부러지는 소리가 나는가 싶더니 낭떠러지의 지면과 다리의 판자 경계가 갈라졌다. 우리의 몸이 한순간 허공에 뜬 느낌이었다. 다리 초입까지 와르르 무너지기 시작했다. 그때, 내 옷자락이 북 찢어졌다. 어젯밤 나뭇가지에 걸려 찢어진 자리가, 이즈미 로안이 바느질한 보람도 없이 매달려 있는 사람들의 무게 때문에 마침내 두 쪽으로 갈라지고 말았다. 노파가 비명을 질렀다. 찢어진 내 옷자락을 움켜쥐고, 수많은 침목과, 수많은 귀신과 함께 떨어져 낭떠러지 밑으로 사라졌다.

"미미히코!"

낭떠러지 끝에 혼자 매달려 있는 내 귀에 반가운 목소리가 들렸다. 고개를 들어 보니 이즈미 로안의 얼굴이 보였다.

"손 내밀게!"

그는 내게 팔을 뻗었다.

이즈미 로안은 한밤중에 잠이 깼는데 내가 자리에도 없고 아무리 기다려도 돌아오지 않기에 직접 찾아 나섰다고 했다. 자기 전에 다리를 신경 쓰는 눈치여서 혹시 낭떠러지에 있을지도 모른다고 생각하고 와 보았더니 마침 다리가 무너지는 찰나였다고 한다.

나는 이즈미 로안의 손을 빌려 평지로 돌아와, 땅바닥의 감촉을 확인했다. 잠시 벌러덩 드러누워 숨을 가다듬었다. 머리 위로 새벽녘의 하늘이 펼쳐졌다. 다리가 떨어지는 소리가 사라질 즈음 나는 일어서서 낭떠러지 밑을 살펴보았다. 아침 해가 높이 떴고 안개도 싹 사라졌다. 반대편 낭떠러지도 보이고 낭떠러지 밑에 흐르는 강도 보였다. 하지만 다리의 잔해는 없었다. 떨어진 침목이 쌓여 강의 물살을 막은 기미도 없다. 반대편 낭떠러지까지 그리 멀지도 않았다. 낭떠러지는 처음부터 이랬던 것처럼 정적에 싸여 있었다.

고래고래 노파를 불러 보았지만 대답은 없었다. 시선을 집중해 보았지만 시체 같은 것도 낭떠러지 밑에는 보이지 않았다.

있는 것이라곤 그저 바위에 점점이 뚫려 있는, 과거에 침목이 박혀 있던 구멍뿐이다.

촌장에게 사정을 설명해 마을 사람들 모두가 노파의 일을 알게 되었다. 하지만 나를 탓하는 일은 없었다. 그들은 나 역시 괴이한 현상의 불행한 피해자로 여겼다.

마을을 떠나 다시 여행길에 올랐다.

소년이 보여 준 귀신 같은 형상. 그것은 살아 있는 사람에 대한 증오였다. 모자의 애정까지도 지워 버릴 만한 분노였다. 살아 있는 사람이 부러워서 얄밉다는 표정. 혼자만 죽는 게 외롭고 무섭다는 표정. 과거에 가지고 있었던 모든 감정과 사랑은 죽음과 함께 사라졌다. 그리고 노파도 다리 위로 끌려가는 게 싫어 내게 매달렸고, 나 역시 노파에게 욕설을 퍼부으며 차 내려 했다. 모든 것이 역겨웠다. 나라는 존재 또한 역겨웠다.

"잊어버려."

이즈미 로안이 걸어가면서 말했다.

"이 세상엔 잊어버리는 게 좋은 일도 있는 법이라네."

뒤꿈치에, 물컹한 살의 감촉이 남아 있었다.

노파를 걷어찼을 때 느낀 감촉이다.

나 혼자만이라도 살아남고 싶었다.

남을 밀어내서라도.

"전 그저, 어머니와 아들이 다시 만나 부둥켜안는 모습을 보고 싶었을 뿐인데."

"그래, 알아."

"전, 그저……."

걸음을 떼면서도 같은 말을 하염없이 중얼거렸다.

얼굴 없는 산마루

··1··

가도가 정비되어 유람이 성행하면서 사람들은 진기한 풍경이나 음식, 공예품을 찾아 여행을 떠나게 되었다. 여행 목적은 사람마다 달랐지만 특히 인기 높은 것이 온천 여행이었다.

온천에는 다양한 효능이 있어, 관절통을 완화시켜 주는 온천이나 딱딱하게 굳어 버린 근육을 풀어 주는 온천, 더 나아가 과거에는 탕에 들어가면 회춘하는 온천도 있었다고 한다. 피부가 탱탱해지는 정도가 아니라 몇 번 들어가다 보면 빠졌던 치아나 머리카락이 다시 난다는 것이다.

"딱 한 번, 산속에서 그런 온천 여관을 발견한 적이 있어. 어떤 여자가 태어난 지 얼마 안 되는 갓난아이하고 함께 온천에 들어갔는데 탕에 담근 아이가 점점 작아지더니 결국에는 사라졌다지 뭔가."

친구이자 여행 안내서 작가이기도 한 이즈미 로안이 그런 말을 했다.

"온천이 있는 곳을 기록해 놨는데, 똑같은 길을 가도 다시는 찾아갈 수 없었어. 경치는 똑같은데 온천이 있던 여관만 보이질 않는 거야. 어찌나 아깝던지. 여행 안내서에 소개할 수 있다면 명소가 되었을 텐데. 내 책도 날개 돋친 듯 팔렸을 테고."

나는 이즈미 로안에게 돈을 받고 몇 번 여행을 따라다녔다. 그와 함께 하는 여행은 가혹하기 짝이 없다. 사실 여행 같은 건 관두고 마을에서 아무 일이나 하고 싶었다. 목수 일을 해 본 적도 있다. 하지만 나란 인간은 못 하나도 박을 줄 모른다. 실수로 망치로 손가락을 때릴까 무서워 일을 나가지 않고 집에서 술만 마시는 사이 잘리고 말았다. 국숫집에 제자로 들어간 적도 있다. 하지만 반죽을 해서 면을 뽑는 게 꽤나 고된데다가 야단도 많이 맞는 일이라, 역시 국수는 만드는 게 아니라 먹는 게 좋다는 생각을 하며 집에서 술만 마시는 사이 잘리고 말았다. 언제나 그런 식이라 마을에서 여자한테 말을 걸어도 아무도 나를 상대해 주지 않는다. 심할 때는 돌멩이를 집어 던지며 쫓아낼 때도 있다. 목구멍이 포도청이라 동네 아이들을 모아 놓고 풀피리 만드는 법을 가르쳐 주기도 했지만 이 역시 금세 아이들이 나보다 훨씬 잘 만들고 잘 불게 되니 나설 자리가 없었다. 그러는 사이 돈이 바닥나고, 어떻게든 술값은 벌어야 하니 남은 길은 노름뿐이다. 오래전에 노름으로 험한 꼴을 당했지만 인간이라는 건 그리 간단히 성장하는 생물이 아니다. 그 결과 빚을 지고 이제 꼼짝 없이 죽었구나 싶을 때 도와준 사람이 친구인 이즈미 로안이었다.

"그래, 도와준 건 고맙다고요. 하지만 이건 너무하잖습니까. 어차피 죽을 거라면 이런 산속이 아니라 다다미 위에서 죽고 싶단 말입니다. 이번 여행만 끝나면 정말 그만둘 거예요."

우리는 다리를 질질 끌며 산속의 험한 길을 걷고 있었다. 몇 번째인지 모를 여행길이었다. 울창한 나무가 험한 길 양쪽에서 가지를 뻗어 천장처럼 덮고 있었다. 태양은 가려졌지만 더위는 조금도 가시지 않는다. 온몸에서 땀이 흘러 이마를 닦아도 소용이 없었다. 각다귀 무리가 눈과 코, 입 속에 잔뜩 날아들었다. 초목의 싱그러운 향기가 주위에 가득했다. 대나무 물통은 바닥을 드러낸 지 오래다.

"자네는 꽤나 비관적이군. 나는 조금도 불안하지 않아. 그냥 산에서 길을 잃은 것뿐이잖나."

이즈미 로안이 앞장서서 걸으며 말했다.

"로안 선생님은 조금만 더 비관적으로 생각하세요!"

"유난스럽긴. 가다 보면 어디든 마을이 나오겠지."

"마을이 안 나오면 저승이 나오겠지요."

길치인 이즈미 로안과 함께 다니면 평범한 여행은 꿈도 못 꾼다. 길을 잃을 리가 없는 외길에서 미아가 된다. 혹은 한 달은 걸릴 곳에 반나절 만에 도착할 때도 있다.

"에이, 때려치우자! 때려치울 테다! 이게 마지막입니다. 전 평온하게 살고 싶다고요!"

"그렇게 소리 지르면 기운만 빠져. 저승을 빨리 보고 싶다면 또 별개지만."

녹초가 된 우리는 그 후 입을 꾹 다물고 산길을 걸었다. 더위와 갈증과 싸우며 다리를 움직였다. 우리 사이에는 험악한 분위기가 감돌았다. 하지만 함께 여행을 하다 보면 싸움은 일상다반사다. 제일 심하게 싸운 건 버섯 사건 때였다. 이즈미 로안이 길가에 난 붉은 버섯을 따서 내게 건네며 먹어 보라고 했다. 한 입 먹어 봤다가 며칠 동안 자리에서 일어나지도 못했다. 이즈미 로안 왈, "아무래도 독버섯이었나 보군. 미미히코가 멀쩡하면 나도 먹어 보려고 했는데." 즉 나는 실험 대상이었던 것이다. 그 후 로안이 집필한 여행 안내서에는 독버섯에 관한 정보가 실렸다는 후문이다.

앞장서서 걷던 이즈미 로안이 멈춰 섰다.

"어이!"

이즈미 로안이 팔을 휘두르며 저 먼 곳을 향해 외쳤다. 초록색 나무들로 뒤덮인 앞쪽의 산자락에 자그마한 남색 그림자가 보였다. 남색 옷을 입고 바구니를 등에 진 초로의 남자였다.

"도, 도와주세요!"

나도 이즈미 로안을 따라 팔을 휘둘렀다. 사내도 우리를 향해 손을 흔들었다.

"무슨 일이오!"

그가 물었다.

"길을 잃었습니다!"

우리의 대화는 메아리를 남기며 허공 속으로 사라졌다. 어쩌면 근처 마을에 사는 남자라 마을까지 안내해 줄지도 모른다. 나는 마음이 놓여 주저앉을 뻔했다. 남자가 우리 쪽으로 다가왔다. 도중에 울창한 나무에 가려 잠깐 보이지 않았지만 기다리면 곧 이쪽으로 오겠지.

"저 사람 있는 쪽으로 가세."

이즈미 로안이 그렇게 말하며 걸음을 떼려 하기에 그가 메고 있는 가죽 보따리를 붙들었다.

"안 됩니다. 로안 선생님은 움직이면 큰일 납니다."

"왜?"

"길을 잃을 테니까요."

지척을 이동할 때조차도 이즈미 로안은 길을 잃어 도저히 이해할 수 없는 곳에 갈 때가 있다. 남자에게 똑바로 다가가려다가 엉뚱한 방향으로 갈지도 모른다. 겨우 도움의 손길을 만났는데 절대 그렇게 되게 내버려 둘 수는 없다.

"날 그렇게 못 믿나……."

이즈미 로안은 상처 입은 표정을 지었다.

남색 옷을 입은 남자가 우리 앞에 있는 수풀을 헤치고 나타났다. 처음에 남자는 우리를 안심시키려는 듯한 표정으로 손을 흔들며 다가왔는데 곧 걸음이 느려지더니 마침내 조금 떨어진 곳에서 멈춰 버렸다. 눈을 휘둥그레 뜬 얼굴이 창백했다.

"모, 모키치 아닌가!"

그렇게 외치더니 땅바닥에 무릎을 꿇고 두 손을 모았다. 나와 이즈미 로안은 남자의 상태가 이상한 것을 깨닫고 서로 마주 보았다.

"왜 그러십니까?"

이즈미 로안이 물었다. 남자는 두려운 표정으로 나를 쳐다보았다.

"모키치! 성불하게! 나무아미타불! 나무아미타불!"

아무래도 사내는 나를 다른 사람과 착각하고 있는 듯했다.

남자는 여관에서 내놓을 요리에 쓸 산나물을 캐러 산에 들어왔다고 했다. 셋이서 산기슭에 있는 마을로 향하는 동안에도 남자는 내 얼굴을 뚫어져라 쳐다보았다. 물 좀 없냐고 묻자 남자는 덜덜 떨리는 손으로 물통을 꺼내 내밀며 "모, 모키치, 자, 이걸 마시게"라고 말했다. 나는 모키치가 아니지만 물통의 마개를 열고 물을 벌컥벌컥 마시고 나니 남을 닮았든 말든 아무렴 어떤가 싶었다.

남자를 따라서 논밭 옆을 지나 산기슭 마을로 갔다. 부락이라고 부르기에는 제법 번화하고 마을이라고 부르기에는 작았다. 가도가 마을을 가로지르고 있었다. 커다란 여관이 가도변에 있었는데 남자는 그곳에서 심부름꾼으로 일한다고 했다. 마침 잘됐다. 오늘 밤에는 거기에 묵기로 했다.

강가에 빨래를 하는 아낙네들이 있었다. 우리 모습을 보더니 한 여인이 벌떡 일어났다. 눈을 휘둥그레 뜨고 내 얼굴을 뚫어지게 쳐다보았다. 짐수레를 끌고 가던 젊은 사내 역시 내 얼굴을 보고는 깜짝 놀라 그 자리에 얼어붙었다. 경단 가게 의자에 앉아 젊은 아가씨와 노닥거리고 있던 할아버지는 나를 보자마자 경단이 목에 걸려 괴로운 듯 컥컥거리는 바람에 말 상대를 해 주던 젊은 아가씨가 등을 두드리며 도움을 청했다. 모두가 그런 건 아니었지만 열 명 가운데 세 명 정도는 내 얼굴을 보고 이상한 태도를 보였다.

"모키치라는 남자 말인데, 혹시 죽었나?"

나는 걸어가면서 산나물을 캐러 나왔던 남자에게 물었다.

"일 년 전, 얼굴 없는 산마루에서 낙석에 맞아 계류에 떨어져 떠내려갔습죠. 강바닥을 다 뒤져서 일주일 후에야 찾아냈어요."

"그 남자하고 이 녀석 얼굴이 판박이다 이건가?"

이즈미 로안의 말에 남자가 고분고분한 표정으로 고개를 끄덕였다. 그러는 동안에도 지나가던 여자가 내 얼굴을 보고 비명을 꺅 질렀다. 놀고 있던 아이 하나가 나를 보더니 겁이 났는지 훌쩍거리기 시작했다. 저 사람들은 죽은 모키치라는 남자가 성불하지 못하고 이 세상에 돌아왔다고 생각하는 것이리라.

이즈미 로안은 걸어가면서 남자에게 목적지의 방향을 물었다. 우리는 어떤 온천 마을을 찾아가던 도중에 길을 잃었던 것이다. 산나물을 캐러 왔던 남자는 서쪽을 가리키며 "거기라면 얼굴 없는 산마루를 지나야만 합니다"라고 말했다. 남자가 가리키는 방향에는 야트막한 산이 있었다. 초록이 우거진 이 계절에 어째선지 그 산만은 한겨울처럼 썰렁한 색이었다. 나무들이 자라지 않는 민둥산이다. 그것이 얼굴 없는 산마루라는 명칭의 유래이리라.

여관은 훌륭한 이 층짜리 건물이었다. 여관 조합의 표찰이 입구에 걸려 있다. 표찰 덕분에 억지스러운 호객 행위나 매춘부가 없는 모범 여관이라는 것을 알 수 있었다. 입구 미닫이문을 열자 서늘한 나무 향기가 났다.

풍채가 듬직한 중년 사내가 복도 안쪽에서 나왔다. 보아하니 여관 주인인 모양이다.

"아이구야, 손님 오셨습니까."

손을 비비며 우리를 차례로 쳐다보았다. 이즈미 로안을 보고, 그다음으로 나를 보더니 털썩 엉덩방아를 찧었다.

"야에! 야에! 큰일 났다!"

주인이 안쪽을 향해 외치자 이번에는 젊은 여자가 나왔다. 아무래도 이곳에서 일하는 하녀 같았다.

"왜 그러세요?"

야에라고 불린 여자가 여관 주인에게 물었다. 주인은 벌벌 떨면서 나를 가리켰다. 여자가 나를 보더니 숨을 집어삼켰다.

"모키치 씨?"

나는 당혹스러워 이즈미 로안을 돌아보았지만 그는 어깨만 으쓱 움츠릴 뿐이었다. 여자의 눈가에 어느새 눈물이 고였다.

오해다. 그렇게 설명하기도 전에 여자는 내 품에 뛰어들었다. 나는 아마도 사정을 알고 있을 산나물 남자를 노려보았다. 남자는 면목 없다는 듯이 말했다.

"아까 말씀드렸어야 했는데. 여기에 당신…… 아니, 모키치의 아내가 있다는 얘기를."

‥ 2 ‥

야에는 아까부터 코를 훌쩍거리며 내 오른팔을 꽉 붙들고 있었다. 매달려 있는 게 남자였다면 "야, 이놈아, 냉큼 떨어져!" 하고 멀리 걷어차 버렸으리라. 하지만 야에는 묘령의 여인이었다. 품에 찰싹 달라붙어 있는 것이 싫지는 않았지만 이대로 내버려 둘 수도 없었다.

"사람을 잘못 봤다고 몇 번을 말해야 알아듣겠소?"

"아뇨, 당신은 모키치 씨가 맞아요!"

"모키치란 남자는 모른다니까!"

"어딜 봐도 당신이 모키치 씨라니까요!"

야에라는 여자는 울면서 그 말만 되풀이했다.

우리는 여관방으로 들어가 짐을 내려놓았다. 산길을 한없이 걸은 끝에 겨우 다다미 위에 앉나 했는데, 바로 옆에 모르는 여자가 있으니 편치 않았다. 이즈미 로안이 여관 주인에게 지금까지의 경위를 설명했다.

"모키치 씨, 당신 알기나 해요? 당신이 사라진 뒤로 나하고 하나타로가 얼마나 외로웠는지!"

"하나타로? 그건 또 누구야?"

"기가 막혀! 아들 이름도 잊었어요?!"

"아들?!"

모키치와 야에 사이에는 아들이 있었던 모양이다. 하지만 그 아이와 나 사이에는 아무 혈연도 없다.

"남의 자식이잖아! 알지도 못하는 애 이름을 잊고 자시고 할 게 뭐 있어!"

생각보다 큰 소리가 튀어나와 이야기를 나누고 있던 이즈미 로안과 여관 주인이 우리를 돌아보았다. 야에는 얼굴을 일그러뜨리며 울기 시작했지만 내게서 떨어질 기색은 없다. 그 자리에 산나물을 캐러 왔던 심부름꾼이 차를 가지고 와서 우리 앞에 찻잔을 하나씩 내려놓았다.

"거참, 아무리 그래도 당신 정말 모키치를 쏙 빼닮았구려."

여관 주인이 차를 홀짝거리며 나를 보았다. 놀랍다는 듯이 몇 번이나 한숨을 내쉬었다.

"아무리 닮았어도 한도라는 게 있는 법이니, 모키치라는 남자하고 어디 다른 부분이 있겠지요?"

이즈미 로안이 찻잔에 입을 대며 물었다. 여관 주인은 고개를 가로저었다.

"콧대, 눈, 이마 선, 전부 모키치하고 똑같아요. 남이라고 생각하는 게 더 이상하겠소. 사실은 당신 둘이서 우리를 속이고 있는 것 아니야? 사실은 그런 거지, 모키치?"

나는 부정했다.

"속이고 있는 건 그쪽 아닙니까? 사실 모키치라는 남자가 없는 것 아니에요? 지나가는 사람들 가운데 적당한 놈을 하나 골라 모키치를 닮았다고 억지를 부리는 것 아니냐 이 말입니다."

"우리가? 왜 그런 짓을?"

여관 주인은 곤혹스러운 눈치였다.

"소위 말하는 호객 행위 아닙니까? 여행자를 붙잡아 얼굴이 닮았다고 하면서 이 여관으로 끌고 와서는, 어차피 여기까지 왔으니 묵고 가라고 하는 거죠. 그런 계획이죠?"

"천만에요! 그런 짓은 절대 안 합니다. 손님은 정말로 모키치라는 남자하고 닮았다니까요!"

"알겠습니다. 그럼 그렇다고 합시다. 그렇다고 할 테니까 이 여자 좀 어떻게 해 줘요. 이 여자는 제가 모키치 본인이라고 믿는 눈치인데요."

나는 야에를 떼어 내려 했지만 그녀는 저항하며 오른팔에서 떨어지지 않았다. 점점 화가 치밀었다. 자유롭게 움직이는 왼쪽 손바닥으로 야에의 얼굴을 밀어내려고 힘을 주었다. 야에의 얼굴이 우스꽝스럽게 찌그러졌다.

"이 손톱 모양! 납작하고 도토리 같은 이 모양! 역시 당신은 모키치 씨가 맞아요! 나하고 하나타로가 생각나서 돌아온 거죠?"

"생각도 안 나고, 애초에 당신들이 누군지도 모른다니까!"

"그렇게 자꾸 시치미 뗄 거예요? 작작 좀 해요!"

"그쪽이야말로 작작 좀 해. 모키치라는 남자는 죽었다면서? 죽은 사람이 돌아오는 일이 이 마을에서는 흔한 일인가?"

"그런 일이 있을 리 없잖아요?"

"그럼 모키치도 못 돌아오겠지."

"분명 다른 사람을 묻었던 거예요. 강바닥에서 찾아낸 시체는 퉁퉁 불어 있었는걸요. 물고기가 뜯어 먹어서 사실 전혀 모키치 씨로 보이지 않았어요."

"그 녀석이 바로 모키치였을 거라니까."

"그만 포기하고 사실을 말해요. 강에 빠져 저 하류 쪽 마을에서 지금까지 앓아누워 있었던 거죠?"

"아니, 전혀 아니야. 로안 선생님도 뭐라고 말 좀 해 봐요."

차를 홀짝거리며 이야기를 듣고 있던 이즈미 로안은 미안한 목소리로 야에게 말했다.

"이 남자는 미미히코라는 이름의 시시한 사내라오."

"시시하다는 말은 안 해도 됩니다."

나는 반박했다.

"모키치 씨도 시시한 남자였어요."

야에가 그렇게 대답하자 이즈미 로안이 손으로 턱을 괴고 눈썹을 찌푸렸다.

"그렇다면 두 사람이 동일 인물일 가능성도……."

"그럴 리 없잖아요. 정신 좀 바짝 차려요."

나는 이즈미 로안을 노려보았다.

"듣자 하니 모키치 씨가 죽은 게 일 년 전이라고 했지? 그 무렵엔 우리가 서로 왕래하며 여행을 다녔을 때야. 그러니 자네하고 모키치 씨가 동일 인물일 수는 없지."

"바로 그겁니다."

나는 야에게 왼팔의 상처를 보여 주었다.

"이것 좀 봐, 이건 내가 어렸을 때 입은 상처야. 모키치라는 남자한테는 이런 흉터가 없었겠지?"

강가에서 놀다가 발을 헛디뎌 날카로운 돌에 찢긴 흉터였다.

야에는 왼팔의 상처를 손가락으로 가만히 어루만졌다. 그녀의 손가락은 차가워서 기분이 좋았다. 이것으로 내가 모키치가 아니라는 사실을 알았으리라. 야에는 내 눈을 가만히 들여다보더니 새삼스럽게 눈물을 글썽거렸다.

"아아, 역시."

야에가 말했다.

"역시라니 뭐가?"

"모키치 씨 왼팔에도 똑같은 자리에 흉터가 있어요."

"말도 안 되는 소리!"

야에가 엉터리 거짓말을 하는 게 틀림없다.

"당신이 나한테 전부 얘기해 줬잖아요. 어렸을 때 강가에서 놀다가 다친 거죠?"

툇마루에서 잘 다듬은 소나무와 잉어가 노니는 연못이 보였다.

구름이 태양을 가렸는지 갑자기 주위가 어둑해졌다. 기분 탓인지 한기마저 들었다.

주위가 어두워져도 야에의 눈동자에는 빛이 감돌았다.

"그 흉터, 발을 헛디뎌서 날카로운 돌에 찢긴 거죠? 전 당신이 했던 말을 전부 기억한다고요."

이즈미 로안과 여관 주인이 내 쪽을 쳐다보았다.

어째서 이 여자가 내 과거를 알고 있지?

흉터가 생긴 이유를 나는 아무에게도 말한 적이 없었다.

야에는 기도하는 사람처럼 필사적인 눈동자로 나를 바라보고 있었다.

"……우연이에요. 저하고 모키치라는 남자는 우연히 똑같은 자리에 흉터가 있었던 거라고요."

나는 이즈미 로안에게 말했다. 그는 찻잔을 내려놓고 가죽 보따리 안에서 일기장과 붓을 꺼냈다.

"그럼 이리하세. 야에 씨, 당신은 모키치 씨의 몸에 있었던 점과 멍, 흉터를 다 기억합니까?"

"예, 대충은."

야에는 고개를 끄덕였다. 이즈미 로안은 일기장의 빈 부분에 사람의 등을 간략하게 슥슥 그렸다.

"여기에 모키치 씨의 등에 있었던 특징을 그려 주시겠소? 그런 뒤에 거기 있는 남자의 등하고 비교해 봅시다."

"알겠습니다."

야에는 주춤거리지도 않고 바로 수락했다. 내 몸에서 떨어지더니 붓을 빌려 기억을 더듬는 기색도 없이 붓끝을 종이 위에 콕콕 찍었다. 오른쪽 견갑골 밑에 작은 점 세 개. 허리 위에 타

원형의 멍.

"다 그렸어요."

이즈미 로안은 그 그림을 바라보며 내게 물었다.

"자네는 이 여관에 도착해 야에 씨에게 등을 보여 준 적이 있나?"

"아니요. 옷도 벗지 않았습니다."

"그럼 대조해 볼까?"

야에가 그린 등의 특징을 보아도 별생각이 없었다. 그러고 보니 지금까지 내 등은 한 번도 본 적이 없다. 하지만 이것으로 야에의 오해도 깨끗이 풀리겠지. 소매에서 팔을 빼서 웃통만 벗고 그 자리에 있는 세 사람 쪽으로 등을 돌렸다.

"어때? 이제 내게 모키치가 아니라는 걸 알겠지?"

세 사람은 말이 없었다. 기척이 이상해 뒤를 돌아보니 눈썹을 찌푸리고 있는 이즈미 로안의 얼굴이 보였다. 여관 주인의 얼굴은 창백하게 질려 있었다. 야에는 코끝을 발갛게 물들이고 훌쩍거리다가 나와 눈이 마주치자 다가와서 등에 매달렸다. 야에의 젖은 뺨이 등에 닿았다.

"두 손 두 발 다 들었네."

이즈미 로안이 곤혹스러운 목소리로 말했다.

··3··

"아빠!"

하나타로라는 이름의 소년이 내게 뛰어들었다. 키가 내 허리춤만큼도 안 되는 아이였다. 누가 말하지 않아도 알 수 있었지만 얼굴이 나를 쏙 빼닮았다. 목말이라도 태우고 있으면 아무도 남이라고 생각하지 않을 것이다.

"난 네 아빠가 아니야."

내가 그렇게 말하자 소년은 콧물을 훌쩍거리며 고개를 갸웃거렸다.

이즈미 로안을 여관에 남겨 두고 나 혼자 야에의 집에서 묵게 되었다. 왜 그래야 하냐고 따졌더니 야에는 "그야 당신 집이니까"라면서 나를 여기로 끌고 왔다. 문을 열자 집을 지키고 있던 하나타로가 나를 보고 당장이라도 울 듯한 얼굴로 내게 매달렸던 것이다.

모키치와 야에와 하나타로의 집은 마을 변두리에 있었다. 오두막이나 다름없는 간소한 구조였지만 아늑했다. 벽에 기대어 쉴 만한 귀퉁이가 있어 그쪽에 책상다리를 하고 앉았다. 하나타로가 나를 보더니 실실 웃으며 다가왔다.

"역시 아빠 맞잖아. 아빠는 항상 거기에 앉았잖아? 여기 앉는 게 제일 편하다면서."

바로 옆에 낡은 나무 상자가 있었다. 안에는 망치와 톱, 대패
와 못 같은 목공 도구들이 들어 있었다.

"누가 목수 일이라도 하나?"

"당신이잖아요, 모키치 씨."

"모키치란 남자가 목수였어? 이것 봐, 난 모키치가 아니라
는 걸 이걸로 잘 알겠어. 나는 목수 일은 요만큼도 못 해. 배운
적은 있지만 못 하나 제대로 박을 줄 몰라서 그만뒀지."

"저하고 부부가 되기 전에는 그랬죠. 당신은 일도 제대로 하
지 않고 노름에 술밖에 몰랐어요. 덕분에 빚더미에 앉아 얼마
나 고생했는지. 동네 아이들을 모아 풀피리를 가르쳐 준 적도
있었죠? 제가 처음 당신한테 말을 걸었을 때 아이들한테 둘러
싸여 풀피리를 불고 있었잖아요."

"모르는 일이야."

"시치미 그만 떼요."

야에는 그렇게 말하더니 저녁상을 차리면서 모키치와의 추
억담을 늘어놓기 시작했다. 야에가 기억하는 모키치라는 남자
는 참으로 시시한 남자였다. 누굴 닮은 것 같다 했더니 바로 나
를 쏙 닮은 것 아닌가? 모키치가 저지른 실수들, 끈기가 없어
금세 포기하는 근성 없는 성격. "몰라! 그 녀석은 내가 아니

야!" 하고 부정해 보았지만 점점 자신이 없어졌다. 야에가 한 이야기 중에 절반은 찔리는 구석이 있는 이야기였다. 완전히 일치하지는 않지만 어딘가 비슷했다. 그 상황에 처하면 나도 그랬을 행동과 언동을 모키치라는 남자도 그대로 택하고 있었다. 야에의 추억 속에 있는 남자가 나일지도 모른다는 생각이 점점 고개를 들었다.

"그러고 보니 국숫집에 제자로 들어가려고 한 적도 있었죠. 그때 국수 반죽은 고되고 야단만 맞아서 그만뒀다고 했는데."

그러는 사이 내가 아니라고 부정하는 것조차 귀찮아졌다. 나는 한숨을 쉬면서 야에의 이야기에 맞장구를 치기 시작했다.

"아아, 맞아. 역시 국수는 만드는 게 아니라 먹는 게 좋지."

내가 그렇게 투덜거렸더니 야에가 뒤를 돌아보며 웃었다.

모키치는 나하고 똑같이 시시한 남자였지만 야에를 만나 아이를 얻은 후로는 목수 일을 계속했다고 한다. 못을 박으려고 하면 망치로 손가락을 때린다. 톱질을 하려고 하면 톱이 나무에 걸려 꼼짝도 못 한다. 동료들에게 얼간이 취급을 받아 울면서 집에 돌아온다. 노름과 술로 달아나려 한 적도 있다. 그래도 모키치라는 남자는 야에와 하나타로를 먹여 살리기 위해 목수 일을 그만두지 않았다고 한다.

하나타로가 내 무릎을 베고 잠들었다. 윗입술에 콧물이 뭉쳐 있어 엄청 더러웠다. 머리를 쓰다듬어 주고 있으니 야에가 환하게 웃었다. 나는 모키치가 아닌데 어째선지 몸속 깊이 마음이 놓였다. 하나타로를 이불에 누이고 밥을 먹었다. 야에가 만든 절임은 내 입맛에 딱 맞았다. 어차피 모키치와 나는 입맛도 똑같을 것이다.

밤이 되자 이웃 사람들이 내 소문을 듣고 찾아왔다. 노인들은 내 얼굴을 보더니 손을 모으며 나무아미타불을 읊어 댔다. 조금 더 젊은 사람들은 "정말 모키치가 맞아?" 하고 물었다. "아니, 모키치가 아니야. 생판 남이야"라고 대답하면 다들 난처한 표정을 지었다.

"그럼 어째서 그렇게 모키치하고 똑같이 생겼어?"

나는 잠깐 고민하다가 대답했다.

"누구한테나 자기하고 닮은 사람이 하나둘쯤 있어서, 어딘지 모르는 곳에서 살고 있는 것 아닐까? 모습도, 성격도 완전히 똑같은 사람 말이야. 모키치가 내게 그런 남자였던 모양이야. 그런 내가 모키치가 살았던 이 마을을 우연히 지나게 된 거지."

밤이 깊어 손님들이 떠나자 조용해진 마당에서 밤하늘을 올려다보았다. 바람도 없고, 달도 없다. 주위의 잡목림은 새카만 그림자에 덮여 있었다. 팔짱을 끼고 일어서자 어디에서 들개가 다가와 내 발에 대고 냄새를 맡았다. 사람을 꽤 잘 따르는 들개 였다. 나는 들개의 목둘레를 긁어 주었다.

"너 아무한테나 알랑거리니?"

어찌나 꼬리를 흔들어 대던지 무심코 개에게 물었다.

"아무한테나 그러는 건 아니에요. 그 녀석, 처음 만난 사람 한테는 꼭 짖거든요."

어느새 야에가 문 앞에서 나와 개를 보고 있었다.

"하지만 나한테는 안 짖었는데."

"그야 그렇겠죠. 당신이 강아지 때부터 보살폈던 들개잖아 요?"

"몰라……. 이런 개, 나는 몰라……."

들개는 혀를 내밀고 헐떡거리면서 나를 다시 만나 기쁘다는 듯한 표정을 지었다. 이 개도 나를 모키치로 착각하는 것이다. 한 점 의심도 없다. 이쯤 되면 내가 잘못 알고 있는 게 아닐까 하는 생각마저 든다. 나는 모키치라는 남자이고, 지금까지 이 즈미 로안과 여행했던 것은 단순히 나의 착각이 아니었을까?

"자, 집으로 돌아가요. 자리도 깔아 놨어요."

야에가 내 손을 붙잡았다. 지금 당장 이 자리를 박차고 달아 나야 하는 게 아닐까 망설였다. 이즈미 로안이 묵고 있는 여관 으로 가서 당장 이 마을을 떠나는 게 맞지 않을까? 다시 여행을 떠나야 하지 않을까? 산나물을 캐던 심부름꾼이 목적지로 가려면 얼굴 없는 산마루를 넘어야만 한다고 이즈미 로안에게 말해 주었다. 얼굴 없는 산마루. 모키치가 낙석을 맞고 강에 떨어진 장소다.

"왜 그래요?"

"난 모키지가 아니야. 로안 신생님하고 함께 여행하는 미미히코라는 남자야."

어두워서 야에의 얼굴이 잘 보이지 않았다.

"여행은 그만하면 되잖아요. 그렇게 해요."

야에는 대답하지 않는 내 손을 잡아끌었다. 집 안은 따스하고 그리운 냄새가 감돌았다.

얼굴 없는 산마루에서 모키치가 강에 떨어지는 순간을 목격한 사람이 있다. 모키치의 소꿉친구라는 사내였다. 일 년 전 그날, 모키치와 그는 얼굴 없는 산마루 너머에 있는 마을에 갈 예정이었다. 축제를 보러 가는 길이었다. 아침에는 날이 맑아 두 사람은 가벼운 차림으로 집을 나섰다. 하지만 얼굴 없는 산마루에 접어들었을 때부터 구름이 끼기 시작하더니 결국 빗방울이 떨어졌다. 두 사람은 지장보살이 있는 바위 그늘에서 비를 피하면서 의논했다. 집이 있는 마을보다 이웃 마을이 가깝다.

비가 그칠 기미도 없으니 달려서 얼굴 없는 산마루를 넘자. 두 사람은 달렸다. 하지만 강을 따라 난 길을 빠져나갈 때, 비 때문에 약해진 암반 한쪽이 무너졌다. 크고 작은 바위가 굴러떨어졌다. 모키치의 소꿉친구는 요행히 피했지만 모키치는 그러지 못했다. 바위에 부딪혀, 비탈에 굴러떨어져, 물살이 거세진 강에 휩쓸리고 말았다.

"똑바로 기도하고 가요. 여기는 당신 무덤이니까."

무덤 앞에서 멍하니 넋을 놓고 있는 내게 야에가 말했다. 하나타로는 지루한 듯 막대기를 휘두르며 놀고 있었다.

"재수 없는 소리. 난 살아 있어."

무덤 아래에 묻혀 있는 건 모키치라는 사내다. 얼굴 없는 산마루에서 강에 떨어져, 일주일 후에 하류에서 발견된 시체이다. 야에는 그것을 모키치인 줄 알고 묻었지만 지금 와서 생각해 보니 역시 다른 사람이었다고 고집을 부렸다. 익사체의 얼굴은 물에 불어 본래의 얼굴을 알아볼 수 없었다. 유일하게 옷의 색깔과 무늬가 모키치의 옷과 똑같아 그것만으로 판단했다고 한다.

"괜히 슬퍼했네. 사실은 살아 있었는데 말이야. 그럼 여기 묻은 남자는 누구였을까? 아니, 얘!"

하나타로가 나란히 있는 묘비를 막대기로 때리면서 놀고 있었다. 그것을 본 야에가 하나타로를 꾸짖었다. 나는 모키치의 무덤 앞에서 마음속으로 말을 걸었다. 어이, 당신. 일이 귀찮게 됐어. 당신 마누라가 나를 당신인 줄 안단 말이야. 내가 모키치가 아니라는 걸 알기 때문에 나는 야에처럼 매장된 남자가 다른 사람이라고 생각할 수 없었다. 시체는 틀림없이 모키치다. 나하고 똑같은 모습, 똑같은 성격의 남자가 여자와 부부가 되어 아이까지 얻었다. 노름으로 빚을 지고 이즈미 로안의 여행을 돕는 일밖에 못 하는 이 내가, 이곳에서는 가정을 꾸리고 멀쩡하게 살고 있었던 것이다.

"나란 놈은 정말 한심한 인간이야. 모키치가 아니라 지금 여기 있는 나란 놈은 지금까지 아무한테도 인정받지 못하고 살아온 몹쓸 인간쓰레기야."

우리는 무덤을 뒤로 하고 진짜 가족처럼 하나타로를 사이에 두고 셋이서 나란히 걸었다.

"항상 술로 달아났지. 취하면 아무렴 어떤가 하고 불안한 마음이 사라져."

"그래요. 당신은 그런 사람이었어요. 하지만 난 당신이 좋은 사람이라는 걸 알아요. 당신은 다정하고, 남을 나쁘게 말한 적도 없어요. 다만 남들보다 이것저것 좀 못하는 게 있을 뿐이에요. 하지만 그런 건 아무래도 좋아요. 쭉 함께 있어 준다면 아무래도 좋아요."

야에가 여관에서 일하는 사이 나와 하나타로는 이즈미 로안이 묵고 있는 방에서 놀았다. 다리를 붙잡아 빙빙 휘둘러 주자 하나타로는 숨도 못 쉴 정도로 좋아했다.

"아빠!"

"왜?"

"다음엔 목말 태워 줘요."

"오냐, 알았다."

이즈미 로안이 나와 하나타로를 흐뭇하게 바라보고 있었다. 하나타로가 시끄럽게 웃어 대서 다른 손님들이 불평을 했는지 하녀 옷을 입은 야에가 찾아와 나와 하나타로를 야단쳤다.

하나타로가 놀다 지쳐 잠들자 이즈미 로안이 말했다.

"난 내일 아침 출발하려 하네. 자네는 어쩌겠나?"

아이의 잠든 얼굴을 보니 대답이 바로 나오지 않았다. 이즈미 로안은 차를 마시면서 마당의 녹음을 바라보고 있었다. 나뭇잎이 햇빛을 받아 선명하게 빛났다. 새가 지저귀는 소리도 들린다. 내가 입을 다물고 있자 이즈미 로안도 말없이 차를 마셨다.

·· 4 ··

날이 저물어 야에와 하나타로, 나 세 사람은 집으로 돌아가
저녁을 먹었다. 야에가 가마솥으로 지은 밥은 꼬들꼬들한 게
내 입에 딱 맞았다. 절임에 간장을 뿌려 밥 위에 얹으니 얼마든
지 입에 들어간다. 내 먹성을 보고 야에가 잔소리를 했다.

"좀 천천히 먹어요. 항상 말하잖아요."

"아아, 미안. 그랬지."

일단 사과는 했지만 야에가 항상 그렇게 말한 상대는 모키치
지 내가 아니다. 하지만 바로잡는 것도 귀찮았고 무엇보다 전
부터 정말 그런 말을 들은 것만 같았다. 스스로도 알고 있다.
나를 모키치로 아는 야에의 착각을 받아들이려 하고 있었다.
이대로 모키치로 살아갈 수도 있겠지. 야에와 부부가 되어 하
나타로를 기르며 살 수도 있겠지. 어쩌면 그게 최고의 행복일
지도 모른다. '여행은 그만하면 되잖아요'라고 했던 야에의 말
이 머릿속을 스쳤다. 하룻밤 지나니 그 제안이 매력적으로 느
껴졌다.

앞으로 여행을 계속한다고 해서 거기에 어떤 의미가 있을
까? 온천을 찾아갔다가 마을로 돌아오고, 삯을 받고, 술을 마
신다. 돈이 떨어지고, 또 이즈미 로안을 따라 여행을 떠난다.

그 반복이다.

그렇다면 차라리 여기에서 멈추는 게 낫다. 여행을 그만두고 여자와 아이와 함께 사는 게 훨씬 낫다.

식사를 마치고 야에가 호롱불 밑에서 바느질을 시작했다. 해어진 내 옷을 바늘과 실로 깁는다. 하나타로가 심심했는지 야에가 일하는 데 훼방을 놓았다가 꾸지람을 들었다. 자리에 드러누워 그 모습을 바라보고 있으려니 야에가 나를 불렀다.

"모키치 씨."

"왜?"

나는 모키치가 아니라고 생각은 하고 있지만 그만 대답해 버리고 말았다.

"뭔가 고민거리가 있군요?"

"아니. 기분 탓이야. 난 그냥 멍하니 있는 거야. 태어났을 때부터 쭉 이래."

"그럼 다행이고요."

"내가 멍하지 않을 때가 한 번이라도 있었을까?"

"그러고 보니 없었네요. 모키치 씨는 언제나 졸린 눈으로 멍하니 있거나 술이 안 깨서 괴로워하거나, 둘 중 하나였으니까."

야에가 우습다는 듯이 키득거렸다. 호롱불의 어두운 불빛 때문인지 왠지 쓸쓸해 보이는 모습이었다.

이즈미 로안은 내일 아침에 떠난다. 나는 다시 시작될 여행에 동행할지 말지 결정을 못 내리고 있었다. 그런 고민을 야에에게는 하나도 털어놓지 않았다. 내가 간다고 하면 야에와 하나타로는 또다시 둘만 남는다. 얼마나 쓸쓸할까? 모처럼 원래대로 돌아온 줄 알았는데 또 한 조각이 빠지고 마는 것이다. 어제 처음 만났을 뿐인 두 사람이 소중하게 느껴지기 시작했다. 내 몸의 일부 같았다. 몸이 이어져 있고 같은 피가 흘러, 누가 고통을 느끼면 내게도 고통이 전달되는 듯한 진지한 감정이 치밀어 올랐다.

이부자리를 깔고 셋이서 나란히 누웠다. 호롱불을 끄자 집안이 깜깜해졌다. 야에가 자장가를 부르는 사이 곤히 잠든 하나타로의 숨소리가 들려왔다. 나와 야에는 어두운 천장을 바라보면서 잠시 이야기를 나누었다.

"이 애, 아빠는 어디 갔냐면서 계속 울고 있었어요."

야에가 이불 속에서 내 손을 붙잡으며 말했다.

"그래서 전 이 아이에게 말해 줬죠. 아빠는 잠시 여행을 떠난 거야. 조만간 불쑥 돌아오실 테니까 걱정할 필요는 하나도 없어, 하고 말이에요."

"그랬더니 정말로 돌아왔다 이건가?"

"응, 그래요."

얼마 후 내 손을 붙잡고 있던 야에의 손에서 힘이 빠졌다. 잠든 모양이다. 나는 잠시 어둠을 바라보고 있었지만 도저히 잠이 올 것 같지 않아, 가만히 이불 속에서 나왔다. 소리를 죽이며 호롱불을 들고 집 밖으로 나갔다. 호롱불을 마당에 내려놓고 방으로 돌아가 이번에는 공구함을 품에 안고 나왔다.

하늘에 별이 가득했다. 밤바람이 서늘해서 기분이 좋았다. 잡목림이 자그마한 집과 아담한 마당을 에워싸고 있다. 바람 속에 섞인 풀 냄새가 어딘지 모르게 그리웠다.

호롱불에 불을 켜고 상자에서 망치와 못을 꺼냈다. 대문 입구에 장작이 나뒹굴고 있었다. 거기에서 알맞은 크기의 장작을 골라 주워 왔다. 호롱불 옆에 그 장작을 내려놓았다.

잠옷 소매를 걷어붙이고 가슴속으로 중얼거렸다. 좋아. 왼손으로 못을 쥐고 장작의 평평한 면에 세워 못대가리를 망치로 두드렸다.

땅, 땅, 땅.

시작하기가 무섭게 실패했다. 두드릴 때 못 끝이 장작 표면에서 미끄러져 제자리에 가만히 있지를 않는다. 좀처럼 박히질 않다가 겨우 구멍을 뚫고 들어갔나 했더니 이번에는 비스듬히 박혀 있다. 박다 보면 똑바로 설 줄 알았는데 당연히 그런 일은 없었다. 장작에 비스듬히 빨려들어 가더니 마지막에는 홱 휘어 버리고 말았다.

옛날에 겨우 며칠이지만 목수였던 적이 있었다. 그때도 못을 박으면 이렇게 휘어 다른 목수들에게 비웃음을 사고 바보 취급을 당했다. 내가 이렇게 못을 엉망으로 만들다 보니 못이 몇 개가 있어도 모자란다며 우두머리가 나를 꾸짖었다. 동료들이 내게 집을 한 채 지으려면 집에 다 들어가지 않을 만큼 많은 못을 쌓아 놓고 일을 해야겠다며 놀렸다. 그때의 불쾌한 기분이 되살아나 온몸에 땀이 났다.

두 번째 못을 쥐고 장작 표면에 대고 망치를 휘둘렀다. 이번에는 조금 세게 두드려 보았다.

땅, 땅, 땅.

또 망쳤다. 어느새 못이 비스듬히 박히고 만다. 한숨을 쉬면서 못을 박자 조준이 엇나가고 말았다. 못을 잡고 있던 왼손 엄지손가락에 망치를 휘두르고 말았다. 머릿속에 불꽃이 튀었다. 뼈는 괜찮다. 피도 나지 않았다. 하지만 너무 아팠다. 비명은 지르지 않았지만 한동안 숨을 쉴 수 없었다. 끙끙거리고 있으려니 눈물이 치밀었다. 비참한 마음만 커져 갔다. 망치를 내던지고 땅바닥에 발을 쭉 뻗었다. 손가락을 문지르며 별을 올려다보아도 눈물 때문에 시야가 어른거려 잘 보이지 않았다.

"제길! 됐어! 안 해!"

바람이 불어 나무들이 술렁거렸다. 머리가 조금 식자 못 하나 못 박는다는 사실이 점점 분하게 느껴졌다. 상자에서 세 번째 못을 꺼내 장작 표면에 세웠다. 다친 손가락이 욱신거려 못을 쥐고 있기도 힘들었다.

땅, 땅, 땅.

모키치도 할 수 있는 일이다. 몸도, 생각도, 모두 똑같다면 나도 할 수 있을 터였다. 나와 모키치의 차이는 야에와 하나타로가 있느냐 없느냐 그뿐이다. 모키치에게는 부양해야 할 가족이 있었다. 그래서 못도 박을 줄 알았다. 목수 일을 그만두지 않고 계속했다. 처음에는 모키치도 못했다고 했다. 바보 취급을 당했다고 했다. 하지만 아무리 놀림을 받아도 모키치는 이 일을 그만두지 않았다.

세 번째 못도 실패했다. 하지만 그 전보다는 아주 조금 제대로 박을 수 있었다. 혹시 손목을 너무 움직이지 말고 망치를 휘둘러야 하나? 네 번째 못을 꺼냈다. 그때, 뒤에서 목소리가 들렸다.

"다행이야, 거기 있었군요."

야에가 문 앞에 서 있었다.

"걱정했잖아요. 당신이 돌아왔던 게 꿈인 줄 알고……."

"잠이 안 와서 못 박는 연습을 했어."

야에는 사방등 옆으로 다가와 내 손을 들여다보았다. 어렴풋한 불빛에 비친 야에의 얼굴은 아름다웠다. 그녀는 내 손이 빨갛게 부은 것을 보고 눈썹을 찌푸렸다.

"당신, 이거……."

"아까 실수해서. 정말 안 되더라고. 제대로 되는 게 하나도 없어. 너무 아파서 만사가 짜증 났어."

"그때하고 똑같아요. 그때도 이렇게 엄지손가락이 퉁퉁 부었죠. 한밤중에 몰래 연습했잖아요."

아무래도 모키치 이야기를 하는 모양이다. 나는 고개를 끄덕였다.

"아아, 그랬지. 그때하고 똑같아. 못을 어떻게 박는지 잊어버려서, 지금 연습해 두려고 했어. 안 그러면 앞으로 뭘로 먹고 살겠어."

나는 그렇게 말하면서 내가 이미 어떻게 할지 결심했다는 사실을 깨달았다.

못을 장작에 세우고 손목을 꺾지 않고 망치로 두드려 보았다.

땅, 땅, 땅.

똑바로 박혀라. 간절히 바라면서 못을 박았다.

"다시 목수 일을 할 때 이래서야 또 비웃음만 살 거야. 쓸모

없다고 다시는 오지 말라고 하면 야에하고 하나타로가 배를 곯을 거 아니야. 그럼 안 되지. 그러니까 못 정도는 제대로 박을 줄 알아야지."

엄지손가락이 욱신거렸다.

호롱불에 비쳐 생겨난 나와 야에의 그림자가 바닥에 드리웠다.

엄지손가락의 통증과는 무관하게 괜히 눈물이 났다.

"아무 걱정 마. 야에도, 하나타로도, 이제 울지 않아도 돼. 슬퍼할 필요 없어. 당신이 하녀 일을 그만둬도 굶어 죽지는 않아. 배불리 먹여 줄 만한 돈은 못 벌지도 모르지만, 세 사람 정도라면 분명 괜찮을 거야."

땅, 땅, 땅.

마침내 못 끝이 장작에 제대로 박혔다. 기울지 않았다. 똑바로 박혀 있다. 옆에서 밀어 봐도 흔들리지 않는다. 이제 힘차게 두드리기만 하면 된다. 망치를 못에 내리치기만 하면 된다.

그때, 망치를 들고 있는 손을 야에가 부둥켜 잡았다. 서늘한 손가락의 감촉이 느껴졌다. 야에는 말없이 내 손에서 망치를 앗아 갔다.

"사실은 처음부터 알고 있었어요."

코를 훌쩍이면서 야에가 말했다.

"하지만 그 사람이 언젠가는 돌아올 거라고 믿고 있었어요. 전부 착각이 아니었을까, 아이한테 말해 준 것처럼 그 사람은 그저 아주 잠시 여행을 떠난 것 아닐까? 하지만 그렇지 않다는 건 알고 있었어요."

나는 장작의 평평한 면에 중간까지 박힌 못을 내려다보았다.

"모키치는 대단해. 정말 열심히 살았구나."

야에가 눈물을 뚝뚝 흘렸다. 호롱불의 주홍색 불빛이 그 뺨을 비추었다.

"응, 모키치 씨는 열심히 살았어요. 나하고 저 아이를 위해서."

자리에서 일어선 내 가슴에 야에가 얼굴을 묻었다. 그녀의 머리가 코끝에 닿았다. 흐느낄 때마다 야에의 가녀린 어깨가 들썩였다.

"그 사람과 함께 지낼 수 있어 행복했어요. 하지만 이제는 어디에도 없어요. 이젠 여행에서 돌아오지 않아요. 당신이 그 사람이 아니라는 건 알고 있었어요."

이튿날 아침, 나는 짐을 짊어지고 이즈미 로안이 묵고 있는 여관으로 갔다. 야에와 하나타로도 나를 배웅하러 따라왔다. 하늘은 파랬고 구름은 눈을 씻고 찾아봐도 없었다. 나무들이 자라지 않는다는 얼굴 없는 산마루도 윤곽을 뚜렷이 드러냈다. 다시 여행을 떠나기에는 딱 좋은 포근한 날씨다.

여행 준비를 마친 이즈미 로안이 여관 현관 앞에 앉아 있었다. 내가 오기를 기다린 건지도 모른다. 그런 주제에 나를 보더니 시시하다는 표정을 지었다.

"뭐야, 왔어? 그 모습을 보아 하니 아무래도 날 따라나설 생각인가 보군."

"그야 당연하죠. 로안 선생님을 혼자 보내다니 어린애를 심부름 보내는 것보다 위험한 짓입니다."

"자네가 따라온다고 달라질 건 없을 텐데. 오히려 돈을 들고 달아나지 않을까 걱정돼서 밤에도 잠이 안 올 것 같군."

그런 말을 하는 나와 이즈미 로안을 야에와 하나타로와 여관 주인이 재밌다는 듯이 쳐다보았다.

야에가 한 걸음 나와 이즈미 로안에게 고개를 숙였다.

"이 사람을 잘 부탁드립니다."

하나타로도 입을 열었다.

"아빠를 잘 부탁해요!"

나는 낯이 간지러웠다. 야에의 남편도 아니고 하나타로의 아버지도 아닌데 진짜 가족에게 배웅받는 기분이었다.

마침내 출발하는 순간, 나는 조금 떨어진 곳으로 야에를 불러냈다. 이즈미 로안과 여관 주인에게 하나타로를 맡기고, 야에와 단둘이 건물 그늘로 들어갔다.

나뭇잎 사이로 쏟아지는 햇살이 야에의 하얀 이마와 뺨에 내려앉았다. 두 눈동자에는 내 모습이 비치고 있었다.

"미안해. 나는 저 사람하고 여행하는 게 즐거워. 그냥 있으면 보지 못할 것들을 잔뜩 볼 수 있어. 무서운 꼴도 당하지만 온천은 정말 좋아. 호수 밑에 지은 저택을 본 적도 있어. 원숭이들이 차지한 성도 봤어. 노래를 부르며 화형을 당하는 죄인도 봤지. 아직 저 사람한테는 나 대신 내 준 빚도 다 갚지 못했어. 하지만 언젠가 여기로 돌아올게. 그때는 꼭 인사하러 찾아갈게."

야에는 눈을 가늘게 뜨고 기쁜 듯이 고개를 끄덕였다.

야에와 하나타로가 마을 변두리까지 배웅하러 따라왔다. 나와 이즈미 로안은 얼굴 없는 산마루로 이어지는 길로 걸음을 옮겼다.

대낮부터 구름이 심상치 않더니 끝내 비가 내리기 시작했다. 지장보살이 있는 바위 그늘에서 비를 피하면서 잠시 쉬었다. 비가 그칠 기미가 없어 우리는 비를 맞으며 앞으로 나아가기로 했다.

강을 따라 난 길을 지날 때, 차가운 바람이 불어 목덜미가 서늘했다. 비탈 위에서 자갈이 데굴데굴 굴러떨어지는 소리가 들렸다. 비에 젖어 미끄러워진 흙 때문에 당장이라도 낙석이 일어날 것만 같았다.

모키치가 죽은 자리다. 왠지 모르겠지만 알 수 있었다.

하지만 낙석에 맞아 강에 떨어지는 일 없이 우리는 그곳을 지나 얼굴 없는 산마루를 빠져나왔다.

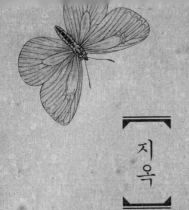

지옥

··1··

　가도가 정비되어 각지를 오갈 수 있게 되면 지역마다 다양한 특산품이 있다는 걸 알게 된다. 그 지역에서만 나는 생선, 그 지역에서만 나는 채소를 먹는 것도 여행의 묘미다. 사람들은 유람을 떠나 처음으로 만나는 향토 요리에 조심스레 입을 대어 본다. 이전에 다섯 명쯤 무리를 지어 여행하던 사람들이 매미 튀김을 앞에 두고 먹을지 말지 고민하고 있는 광경을 보았다. 서로 팔꿈치로 쿡쿡 찔러 대며 눈치를 보는 것이다. 결국 다 함께 동시에 집어삼키고는 가타부타 말도 없이 차를 벌컥벌컥 들이마셨다. 절로 웃음이 나는 광경이었다.

　내 경우 다소 괴상하게 생긴 음식이 나와도 가급적 무표정을 가장하고 먹는다. 겉보기로 지레 겁을 내 먹어 보지 않는다니 말도 안 된다. 그것은 친구인 이즈미 로안이 하는 말이었다. 어떤 음식이든 용기를 내서 눈 딱 감고 먹어야 한다. 그러지 않으면 음식을 만든 사람에게 실례다. 내주는 음식은 감사히 먹을 것. 친구의 책에는 그 한 문장이 반드시 들어가 있다.

하지만 어느 지방에서 고약한 냄새가 나는 생선찌개를 받은 적이 있었다. 나와 이즈미 로안은 냄비에서 풍겨 오는 김만 마셨을 뿐인데도 숨이 막혀 콜록거렸다. 김이 눈에 들어가자 가렵고 아파서 눈물이 탁류처럼 뺨을 타고 쏟아졌다. 우리는 옷소매로 입을 틀어막고 눈짓을 주고받은 뒤 이걸 먹으면 목숨이 위험하다는 무언의 대화를 나누었다.

"자네, 배가 고프다고 했지? 마음껏 먹게."

이즈미 로안은 숨을 멈추고 냄비를 내 쪽으로 밀었다.

"선생님! 책에 뭐라고 쓰셨는지 벌써 잊으셨습니까?!"

"무슨 말인가?"

"내주는 음식은 반드시 먹을 것. 항상 책에 그렇게 쓰셨잖아요!"

"경우에 따라 다르지. 미미히코 군, 이건 분명 실수일 거야. 이건 음식이라기보다 심술에 가깝잖아."

"음식을 만들어 준 분께 실례예요!"

"하지만 이 냄비 좀 봐. 지옥 그 자체야."

냄비에서 나는 악취를 맡고 나는 그만 환각을 보고 말았다. 끓는 냄비 속에서 뭉그러진 생선 살이 지옥에 떨어져 몸부림치는 사람들처럼 보였다.

결국 우리는 매미튀김을 앞에 두고 망설였던 여행자들처럼 서로 눈치를 보다가 동시에 그 요리를 먹어 보았다. 엄청난 악취는 당할 도리가 없었지만 제법 구미가 당기는 맛이었다.

먹을 수 있는 음식이 있으니 그나마 다행이다. 각지를 돌아다니다 보면 지나가는 사람들이 모두 비쩍 말라비틀어진 마을도 있다. 몸은 뼈와 가죽뿐이고 눈만 툭 튀어나와 기이한 몰골들이다. 오랜 가뭄을 만나 식량이 바닥난 것이리라. 아이들은 허기를 달래려 나무껍질을 씹어 먹는다. 우리가 습격을 당한 것은 그런 마을에서 빠져나온 직후였다.

이즈미 로안은 엄청난 길치다. 외길에서 길을 잃어 알지도 못하는 장소에 도착하는, 절망적으로 여행에 재능이 없는 사람이다. 나는 그를 따라 짐을 들거나 맞장구를 쳐 주거나, 그것이 귀찮을 때는 그냥 흘려듣는 역할을 맡고 있다. 그날은 여관 마을을 찾아가는데 산길에서 다리를 삐어 주저앉아 있는 여자를 만났다. 눈이 실처럼 가느다란 여자였다. 얼굴에 칼집을 죽 내어 놓은 것만 같다. 이즈미 로안은 여자의 부어오른 발목을 보고 가지고 있던 연고를 나눠 주었다.

"어머, 온천을 찾고 계세요?"

여자가 말했다. 이즈미 로안이 여행 안내서를 쓴다고 설명하고 책을 쓰기 위해 온천을 찾고 있다고 말해 주었기 때문이다. 여행에 대해 하나부터 열까지 알려 주는 여행 안내서가 세상에는 몇 종류나 팔리고 있지만 사람들이 좋아하는 것은 각지의 온천에 대해 자세히 써 놓은 책이다. 이즈미 로안은 의뢰처의 부탁을 받아 아직 어느 안내서에도 기록되지 않은 온천의 소문을 모아, 그것이 실제로 있는지 없는지 확인하기 위해 그 장소를 찾아가는 일을 되풀이하고 있었다. 이번에도 그 여행을 하는 중이었다.

"그렇다면 좋은 온천을 알아요."

여자가 말하기를 그 온천에 들어가면 피부가 매끄러워지고 피로도 싹 풀려 잠도 잘 온다고 했다. 요 앞에서 옆길로 들어가 산을 향해 조금 걸어가면 있다고 했다. 민가가 있으니 그곳 사람에게 물으면 정확한 위치를 알려 줄 거라고 했다.

여자에게 고맙다는 인사를 하고 우리는 온천을 찾아보기로 했다. 이즈미 로안조차도 이런 지방에 그런 온천이 있다는 소문은 들어 본 적이 없는 듯했다. 만일 사실이라면 행운이다. 아직 도읍 사람들이 모르는 온천을 발견할 수 있으니까.

하지만 일이 그렇게 쉽게 풀릴 리가 없었다. 여자 말대로 옆길로 빠져 한참 걷다 보니 구름이 해를 가려 주위가 어두워졌다. 비라도 내릴 것처럼 어둑해지더니 바람이 술렁거리며 주위의 초목을 흔들었다.

갑자기 풀숲에서 곰처럼 거대한 그림자가 튀어나왔다. 그놈은 우리 앞을 떡 가로막고 섰다. 이가 나간 칼을 쥐고 있었다. 물론 무기 같은 것 없이도 맨손으로 우리를 죽일 만한 거한이었지만. 수염이 얼굴을 뒤덮고 있어 표정이 안 보였다. 머리카락은 산발이고 옷은 핏자국으로 얼룩져 있었다.

나나 이즈미 로안이나 완력에는 자신이 없었기 때문에 사전에 이런 일이 생기면 어떻게 할지 미리 정해 두었다.

"금품은 두고 가겠습니다."

"제발 목숨만은……."

우리는 짐을 그 자리에 내려놓고 목숨을 구걸했다. 칼을 든 거한은 앞머리 사이로 우리를 빤히 노려볼 뿐 꼼짝도 하지 않았다. 나는 바닥에 무릎 꿇고 앉아 얼굴 앞에 두 손을 모았다. 너무 무서워서 몸이 덜덜 떨렸다. 그때, 옆쪽 수풀에서 다른 사람이 튀어나왔다. 이번에는 소년이었다. 이즈미 로안이 외쳤다.

"위험해!"

소년이 손에 들고 있던 나무망치 같은 무기로 내 머리를 내리쳤다. 도망칠 새도 없었다. 쿵, 충격을 받고 어둠 속에 빠졌다.

·· 2 ··

손가락 사이가 간지러웠다.

"어이! 괜찮아?! 어이!"

누가 뺨을 찰싹찰싹 치기에 눈을 떠보니 어두침침한 장소에 누워 있었다. 웬 사내가 내 얼굴을 들여다보고 있다. 바로 옆에 여자도 있었는데 걱정스러운 얼굴로 나를 바라보고 있었다. 둘 다 온몸이 진흙투성이였다. 며칠은 목욕을 안 한 몰골이었다. 두 사람 다 처음 보는 얼굴이다.

바닥이 미끄러웠다. 일어나려는데 날카로운 통증이 머리를 꿰뚫었다. 그 자리를 손으로 누르며 신음했다. 머리카락에 피가 엉겨 붙어 있었다.

"여기는 대체 어디지?"

그렇게 말하는데 또 손가락 사이가 간지러웠다. 자세히 보니 하얀 쌀알 같은 게 손가락 사이를 기어 다니고 있었다. 구더기였다. 깜짝 놀라 손을 휘둘러 떨쳐 냈다.

그곳은 커다란 구덩이 같은 장소였다. 코가 문드러질 만큼 고약한 냄새가 진동했다. 바닥에는 군데군데 웅덩이가 있어 썩은 나뭇가지와 낙엽이 떠다녔다. 벽은 축축한 진흙이었다. 저 높은 곳에 구덩이의 입구가 있어, 잿빛 구름에 뒤덮인 하늘이 둥그렇게 한 자락만 보였다. 구덩이 밖으로 잎이 무성한 나무들이 보일락 말락 했다. 아무래도 이곳은 어디 땅에 뻥 뚫린 깊은 구멍 속인 듯했다.

"그놈들이 당신도 끌고 왔어요. 밧줄로 묶어 위에서 집어넣은 거죠. 우리도 마찬가지예요."

여자가 말했다.

"그놈들이 누군데?"

"산적 일가."

구덩이 바닥은 다다미 여덟 장쯤 되는 크기였다. 사람 손으로는 도저히 팔 수 없는 깊이다. 원래부터 우연히 산속에 이런 구멍이 뚫려 있었던 것이리라. 그런 구멍을 산적들이 감옥으로 쓰고 있는 게 아닐까? 위로 올라갈 만한 계단이나 손으로 붙잡을 자리를 찾아보았다. 하지만 벽은 어디나 매끈한데다 축축해서 잘 미끄러지기까지 했다. 매달릴 만한 나무뿌리도 보이지 않았다.

"여기에 끌려온 사람은 우리뿐인가? 한 사람 더 없었어?"

나는 두 사람에게 물었다. 구덩이 속에 있는 것은 나와 젊은 남녀, 전부 셋뿐이었다. 이즈미 로안의 모습이 없었다.

"그래, 맞아. 당신밖에 없었어."

사내가 말했다. 그렇다면 내가 기절한 뒤에 이즈미 로안은 어떻게 되었을까? 도망쳤나? 아니면 놈들이 그 자리에서 칼로 찔러 죽이고 시체를 길가에 버렸나?

하늘이 어두워졌다. 곧 해가 저물겠지. 구덩이 밑은 후덥지근하고 악취가 심했다. 변소가 따로 없어 구석에서 분뇨 냄새가 풍겨 오는 것이다. 큰 소리로 도움을 청하려 했더니 두 사람이 붙들고 말렸다.

"그만둬. 도와줄 사람도 없고 놈들 심기만 건드리는 꼴이야."

젊은 사내는 요이치라고 했다. 몸집은 작았지만 늠름한 인상을 주는 이목구비에 팔다리에 근육이 붙어 있었다.

"도움을 청하려면 그놈들 딸이 혼자 집을 지키고 있을 때 해야 돼요."

여자가 말했다.

"그놈들 딸?"

"그래요. 저 산적들한테는 딸이 있어요. 낮에 혼자 집에 남아 있을 때가 많아요."

젊은 여자는 후지라고 했다. 온통 진흙투성이인 옷에서 선명한 붉은색이 보였다. 기모노의 띠 색깔이다. 요이치가 혼인의 증표로 그녀에게 준 물건이라 했다. 이 두 사람은 부부의 연을 맺은 기념으로 여행을 떠났는데, 칼을 든 곰 같은 사내의 습격을 받아 눈가리개를 하고 이곳으로 끌려왔다는 것이었다.

그때 구덩이 위에서 문을 여는 소리, 짚신을 신는 소리가 들려왔다. 우리 셋은 숨을 죽이고 머리 위를 올려다보았다. 우리가 있는 곳에서는 구덩이 주위가 어떤 풍경인지 살펴볼 도리가 없었다. 산속일까? 아니면 평야일까? 소리로 짐작하건대 바로 옆에 건물이 있는 듯했다.

구덩이 밖에 사람 그림자가 나타났다. 여자가 얼굴을 쑥 내밀고 우리를 내려다보았다.

"정신이 들었어?"

귀에 익은 목소리였다. 칼집을 낸 것처럼 가느다란 눈이 실실 웃으니 활처럼 휘었다. 저건 다리를 삐었다던 여자다. 이즈미 로안이 연고를 나누어 주었던 여자다.

"너! 그때 그!"

여자는 실실 웃으며 갈색 덩어리를 위에서 던져 주었다.

"그거나 먹어."

요이치와 후지는 분한 얼굴로 여자를 노려보면서 바닥에 떨어진 덩어리를 주워 모았다. 나무껍질처럼 보였지만 정체는 말린 고기인 듯했다.

여자가 얼굴을 거두려고 하기에 황급히 불러 세웠다.

"어이! 잠깐! 당신, 거짓말이었어?!"

저 너머에 온천이 있다는 말로 나와 이즈미 로안을 한 패거리가 있는 곳으로 보낸 건가?

"미안해. 모처럼 친절하게 대해 줬는데."

여자는 조금도 반성하지 않는 얼굴로 익살스럽게 말했다. 나는 분해서 이를 악물었다.

"그나저나 그 연고 정말 잘 듣더라. 여행자를 속이려고 일부러 빨갛게 붓도록 다리를 비틀거나 돌로 찧는데, 통증이 싹 사라졌어."

"로안 선생님은? 나하고 같이 있던 남자는 어떻게 됐어?!"

제발, 무사하기를.

여자는 옷소매로 입을 가리고 피식 웃음을 터뜨렸다.

"지금쯤 죽지 않았을까? 우리 양반 말로는 당신을 내버려 두고 쏜살같이 튀었다던데. 당신이 죽은 줄 알았겠지. 하지만 그 후에 벼랑에서 발을 헛디뎌 밑으로 굴러떨어졌어. 그래서야 살아 있지 못할 거야."

여자는 그렇게 말하고는 구덩이 저편으로 사라졌다. 짚신을 신고 걸어가는 소리와 나무 문을 여닫는 소리가 들렸다. 요이치와 후지가 나를 위로하려 했다. 하지만 나는 마음이 놓였다. 아무도 이즈미 로안의 시체를 보지 못했으니 칼로 찔러 죽이고 시체를 버렸다는 말보다는 훨씬 나았다.

"자, 이걸 먹어요. 살아남으려면……."

후지가 여자가 던진 육포를 내 손에 쥐여 주었다. 한 입 깨물어 보았다. 그윽한 맛이 혀 위에 퍼져 나갔다.

··3··

아침이 다가오면 구덩이의 둥그런 입구가 어렴풋이 청보랏빛으로 물들었다가 차츰 아침노을 빛깔로 변하면서 밝아진다. 그것을 볼 때마다 나뭇가지를 주워 벽에 선을 그었다.

구덩이 밑은 진흙물만 군데군데 고여 있는 곳이었다. 질퍽하니 발목까지 잠기는 축축한 감촉 속에 드러누워 하루를 보내야만 했다. 자고 있으면 땅바닥과 벽을 기어 다니는 수많은 구더기들이 귀와 입을 통해 몸속으로 들어오려 했다. 바람 한 점 흐르지 않아 악취는 그저 참는 수밖에 없었다.

요이치와 후지는 몸을 맞대고 앉아 있었다. 훌쩍거리는 후지를 요이치가 어깨를 감싸 안고 달랬다. 두 사람이 이곳에 끌려왔을 때 구덩이 속에는 아무도 없었다고 한다. 하지만 이곳에는 우리 셋 말고도 많은 사람들이 갇혀 있었던 듯한 흔적이 있었다. 진흙 속에 손을 집어넣어 보니 썩은 낙엽 조각과 함께 머리카락 한 줌이 손가락에 걸렸다. 여기 갇혀 있던 사람들한테서 수없이 떨어진 머리카락일 것이다. 열, 스물, 어쩌면 그보다 더 많은 사람들이 과거에 이곳에 있었던 것이다. 온천이라는 이름에 넘어가 찾아왔다가 말도 안 되는 지옥에 떨어진 것이다. 그나저나 이곳에 갇혀 있던 사람들은 어디로 갔을까? 이와 뼈는 진흙 속에서 찾을 수 없었다. 있는 것은 머리에서 빠진 머리카락뿐이다. 그렇다면 일단 이곳에서 죽어서 백골로 썩은 사람들은 없다는 뜻일까?

산적의 정체는 두 아이를 가진 부부였다. 곰 같은 사내와 실눈 여자는 부부이고, 나를 때려 기절시킨 소년은 그들의 아들이었다. 소년은 어머니를 쏙 빼닮은 얼굴로 가끔 구덩이 밖에서 안을 들여다보고는 우리에게 돌멩이를 집어 던지곤 했다. 내가 머리에 돌을 맞고 아파하는 꼴을 보고는 재밌다는 듯이 손뼉을 치며 웃는 것이다. 돌멩이로 끝나는 날은 그나마 낫다. 우리가 돌을 요리조리 피해서 언제까지고 명중하지 않으면 소년은 점점 화를 내면서 잔뜩 부루퉁한 얼굴로 활을 가져온다.

구덩이 밖에서 고개를 쏙 내밀고 활에 화살을 걸어 활시위를 힘껏 잡아당겨 우리를 노렸다. 구덩이 밑에는 몸을 숨길 장소도 없어 계속 달려서 피하는 수밖에 없었다. 소년은 아직 활을 잘 다루지 못하는 듯 거의 대부분의 활이 구덩이 벽에 맞았지만 혹시나 명중할지도 모른다고 생각하니 두려웠다. 필사적으로 달아나는 우리 모습을 보면 소년은 더 흥분해서 우리를 몰아세우려는 듯이 고함을 질러 댄다. 이윽고 아버지가 소년의 장난을 알아차리고 활을 빼앗는다. 하지만 딱 한 번, 아버지가 조금 늦게 온 적이 있었다. 소년이 쏜 화살이 내 발목에 상처를 냈다. 치명상은 아니었지만 상처는 언제까지고 나을 기미 없이 점점 거무스름하게 변하더니 구더기가 들끓기 시작했다.

난폭한 오빠에 비해 여동생은 아무런 해도 없었다. 산적 일에도 아직 가담하지 않아, 가족이 떠난 뒤에 혼자 집에 남아 있는 듯했다. 생김새는 어머니가 아니라 아버지의 피를 이어받은 것 같았다. 그렇다고 곰처럼 생긴 건 아니고, 동글동글하고 또렷한 눈매를 가진 소녀였다.

구덩이 밑에서 귀를 기울이고 있으면 산적 부부와 장남이 나가는 기척을 그럭저럭 느낄 수 있었다. 그들이 충분히 멀어진 뒤에 우리는 큰 소리로 외쳤다.

"누구 없어요!"

"살려 줘!"

"어이!"

산적들은 우리가 도움을 청하는 것도 알고 있을 것이다. 그런데도 내버려 두고 외출한다는 건 아무도 우리 목소리를 듣지 못한다고 확신하기 때문이리라. 이 주변에는 아무도 없고, 지나가는 사람도 없다. 이 구덩이는 그런 곳에 있는 것이다. 그래도 우리는 목청껏 외칠 수밖에 없었다.

"누가 좀! 부탁이야!"

그때, 소녀가 얼굴을 내밀었다. 우리 목소리를 들었는지 작은 머리가 구덩이 밖에 불쑥 나타났다.

"사실은 구덩이에 가까이 오면 안 되는데."

소녀는 앳된 목소리로 그렇게 말했다. 우리는 어떻게든 소녀를 구슬려 보려고 했다. 밧줄을 가져다 달라고 하거나 이웃 마을에서 사람을 불러오게 할 수는 없을지 궁리했다. 하지만 소녀는 고개를 가로저었다.

"안 돼. 그러면 아빠하고 엄마한테 혼나는걸."

소녀는 부모를 배신하려 하지 않았다. 소녀가 입고 있는 옷은 멀리서 보아도 알 수 있을 정도로 고급스러웠다. 산적 부부가 소중하게 키우는 듯했다.

소녀는 혼자 집에 남아 있을 때 이따금 구덩이를 들여다보며 놀곤 했다. 어느 날, 땅에 핀 풀꽃을 꺾어 구덩이 밖에서 지옥으로 던져 주었다. 하늘색 풀꽃이 천천히 회전하면서 악취가 자욱한 지옥에 내려왔다. 우리와 달리 진흙이 묻지 않아 꽃도, 이파리도 맑은 색이었다. 풀꽃 주변에만 빛이 있어 이 세상의 모든 더러움이 씻겨 나가는 듯했다. 후지는 바닥에 떨어진 꽃을 주워 가슴 속에 품었다. 그녀는 몸을 웅크리고 어깨를 들썩이며 울음을 터뜨렸다.

우리는 무엇 때문에 갇혀 있는 걸까? 그들은 무엇 때문에 육포를 주며 우리를 살려 두는 걸까? 구덩이에서 도망치려는 노력도 멈추지 않았다. 소년이 쏜 활이 벽과 바닥에 몇 개나 꽂혀 있어 우리는 그 화살들을 모았다. 요이치가 화살을 벽에 박아 그것을 밟고 올라가려 했다. 하지만 축축해서 미끄러운 벽은 요이치의 체중을 받쳐 주지 못했다. 발판 대신 화살을 박았는데 쑥 빠져 버렸다. 나와 후지는 바닥에 떨어진 머리카락을 모아 투망 같은 것을 만들었다. 소녀가 구멍 안으로 고개를 내밀면 투망을 던져 소녀를 붙잡을 생각이었다. 소녀를 인질로 삼아 산적 일가와 교섭할 계획이었다. 하지만 이것도 실패로 끝났다. 머리카락 투망을 구덩이 위까지 제대로 던질 수가 없었다.

탈출할 방도도 없이 하루하루가 흘렀다.

어느 날, 산적 일가의 아버지가 구덩이 밖에서 수염 난 얼굴을 불쑥 들이밀고 말했다.

"어이, 한 놈만 살려 주마. 너희한테 세 사람 몫의 육포를 나눠 주기가 아깝단 말이야. 누구부터 살고 싶냐? 여기가 어딘지 아무한테도 말하지 못하도록 눈을 가리고 마을 옆까지 데려다 주마."

우리는 얼굴을 마주 보았다. 저 남자의 말을 믿어도 될까? 대답을 못 하고 있자 사내가 짜증을 냈다.

"빨리 대답해!"

요이치와 후지가 뭐라 속닥이더니 내게 얼굴을 기울였다.

"입을 줄이려고 위로 끌고 가 죽일 작정일지도 몰라."

"하지만 어차피 여기 있어도 살아날 수 있는 기회는 없어."

"위로 나가면 냅다 달려서 도망치면 돼. 그래서 아무한테나 도움을 청하는 거야."

"그래, 그게 낫겠어."

"누가 가지?"

소년이 쏜 화살 때문에 나는 한쪽 다리가 계속 아팠다. 검게 변한 상처는 썩은 과일처럼 살점이 문드러졌다. 이래서는 달리지 못한다. 요이치나 후지에게 부탁하는 게 현명하리라. 그때, 사내가 우리의 대화를 가로막았다.

"됐어, 내가 결정하지. 계집년을 꺼내 주마."

사내는 그렇게 말하더니 시커먼 진흙투성이 밧줄을 구덩이 밖에서 내던졌다. 한쪽 끝은 땅 위 어디에 묶어 놓은 듯했다. 밧줄이 가파른 벽을 타고 내려왔다. 후지는 단호한 눈초리로 우리를 쳐다보았다. 나와 요이치는 그녀에게 고개를 끄덕였다.

"날 꺼내 줘."

후지는 사내에게 그렇게 말하고 몸에 밧줄을 감았다. 출발 전에 후지와 요이치는 서로를 단단히 끌어안고 눈을 붉게 물들였다. 사내가 억센 팔로 밧줄을 잡아당기자 후지의 몸은 가볍게 들려 이윽고 구멍 위로 사라졌다.

그 직후, 소란스러운 소리와 사내의 노성이 들려왔다. 후지가 달아난 것이리라. 나와 요이치는 가만히 귀를 기울였다. 하지만 어떻게 되었는지는 알 수 없었다. 오랜 시간이 흘렀다. 후지가 도와줄 사람을 데리고 돌아오기를 기다렸다.

이윽고 실눈 여자가 구멍 밖에서 얼굴을 드러냈다. 평소처럼 실실거리는 표정이었다. 나는 의아했다. 후지가 제대로 도망쳤다면 저렇게 여유로운 표정을 지을 수 있을까? 여자는 평소처럼 식사를 던져 주었다. 하지만 그날, 그 전과는 다른 일이 있었다. 그때까지는 비쩍 마른 딱딱한 육포만 던져 주었는데, 그날은 말린 게 아니라 갓 잘라 구운 고기였다. 나와 요이치는 불안한 마음에 그날 식사에 손을 대지 않았다. 군침 도는 고기는 구더기가 차지했다.

고기의 정체가 마음에 걸렸다. 그렇다고 며칠씩 안 먹을 수
는 없었다. 구더기를 치워 내고 먹었지만 그것만으로는 허기
가 가시지 않았다. 어느 날, 산적 여자가 옷에 빨간 띠를 두르
고 있는 것을 깨달았다. 그것은 아무리 봐도 요이치가 후지에
게 선물한 띠를 빨아서 말린 것처럼 보였다. 나는 잘못 본 거라
고 요이치를 수없이 달랬지만, 이튿날 우리는 후지가 더 이상
이 세상 사람이 아니라는 것을 깨달았다.

평소처럼 소년이 구덩이 밖에서 고개를 내밀었다. 한참 우리
에게 돌을 던지며 놀더니 명중해도 우리가 아무 반응을 보이지
않자 짜증을 내기 시작했다. 소년은 괴성을 지르더니 구멍 밖
으로 잠깐 사라졌다가 기괴한 가면을 가지고 돌아왔다. 그것을
얼굴에 뒤집어쓰고 우리를 놀리듯 장난을 쳤다. 가면에는 긴
머리카락이 붙어 있었다. 누런 가죽을 덧붙여 만든 가면이었
다. 그것은 틀림없이 후지의 얼굴이었다. 후지의 얼굴 가죽을
기워 붙인 가면이었다. 소년은 그것을 얼굴에 쓰고 괴성을 지
르며 나와 요이치를 조롱했다.

·· **4** ··

요이치라는 남자는 사라졌다. 내 앞에 있는 사람은 눈에 핏발을 세우고 고기를 뜯어 먹는, 뭔가 다른 생물이었다. 늠름한 모습은 흔적조차 없다. 귀신이라고 해도 믿겠다. 우리 사이에는 대화가 사라졌다. 낮에 소녀밖에 없다는 것을 알면서도 살려 달라고 소리를 지르지도 않았다. 등을 맞대고 서로의 얼굴을 보지 않으려 애썼다. 부끄러웠다. 고기를 뜯으며 살아남았다는 사실이.

여자가 던져 준 고기는 아마 멧돼지고기일 거야……. 나는 그렇게 생각하며 먹었다. 하지만 오래전에 먹어 보았던 멧돼지와는 맛이 상당히 달랐다. 그렇지만 소도 아니고, 돼지도 아니고, 닭도 아니다. 아니, 그 이상 생각해서는 안 된다고 스스로를 타일렀다. 이건 멧돼지고기다. 산적 일가는 고기가 썩지 않도록 훈제나 육포로 만들었다. 그들이 던져 주는 딱딱한 고깃덩어리의 맛을 곱씹으며, 조금씩, 조금씩, 악취가 감도는 진흙 바닥은 진정한 지옥으로 다가섰다. 축축하고 미끄러운 구덩이 밑에서 우리는 질척거리는 소리를 내며 구더기에 뒤덮여 고기를 씹어 먹었다.

과거에 길을 잃어 물고기 얼굴이 자꾸만 사람으로 보이는 마을에 갔을 때, 나는 그 음식을 먹지 않았다. 그런데 지금은 멧돼지고기라고 믿으며 살덩어리를 씹고 있다. 깨닫지 못한 사이에 선을 넘고 말았다. 아직 이곳에 셋이 있었을 때, 무슨 고기인지도 모르고 오래도록 그 고기를 먹었다. 지키고 있었던 규범들을 이미 잃었다는 것을 알고 자포자기했는지도 모른다.

그렇다 해도 요이치라는 남자는 정상이 아니었다. 그 역시 산적 일가가 던져 주는 고기의 정체를 어렴풋이 눈치채고 있을 터였다. 나와 마찬가지로 자신을 속여 가며 먹고 있는 걸까? 아니, 그렇다 해도 일말의 의혹이 머릿속을 스칠 테니 먹는다는 행위를 망설일 법도 한데. 요이치 역시 이미 인간이기를 포기한 것이다. 사실 그렇게 보였다. 하루에 몇 번이나 동물처럼 포효를 하고, 머리를 싸매고 몸부림쳤다. 벽에 주먹질을 하고, 진흙을 입속에 쑤셔 넣고, 눈물을 흘리며 신음했다. 어둠 속에서 달빛은 구덩이 밑까지 비춰 주지 않았다. 그런데도 요이치의 흰자는 눈구멍 안쪽에서 형형히 빛나는 것처럼 보였다.

후지가 사라지고 얼마나 흘렀을까? 산적 여자가 구멍 밖에서 고개를 내밀고 음식을 던져 주며 우리에게 말했다.

"꼭꼭 씹어 먹어. 얼마 안 남았으니까."

낙엽과, 머리카락과, 오수가 뒤섞인 진흙에 육포가 쿡 박혔다. 식사를 마치면 우리는 무릎을 끌어안고 온몸을 기어 다니는 구더기의 감촉에 그대로 몸을 내맡겼다. 처음에는 떨쳐 냈지만 이윽고 소용없는 짓임을 깨달았다. 아무리 죽여도 솟아나, 머리카락 속을 기어 다녔다.

그날 밤, 어둠 속에서 오랜만에 사람 목소리를 들었다.

"이봐……."

요이치의 목소리였다. 나는 깜짝 놀라 대답했다.

"아직 말할 수 있었어……?"

이미 말을 잊어버린 줄로만 알았다.

"그 여자가 한 말을 곰곰이 생각해 봤어. 내일쯤 또 여기에서 한 명을 데려갈지도 몰라."

"왜?"

"고기가 얼마 안 남았다고 했잖아. 그래서야. 먹을 게 없으면 새로운 고기가 필요하겠지. 그게 바로 나 아니면 당신이라는 거야."

"요이치, 당신 무슨 소리를……."

"당신도 알고 있잖아. 우리가 먹은 건 후지의 살이야. 우리를 여기에 가둬 둔 건 잡아먹으려고 그런 거야."

"당신, 후지라는 걸 알면서도……."

어둠 속에서 신음 소리가 새어 나왔다.

"알고 있었어……. 난 그 고기가 후지의 살이라는 걸 알면서도 먹었어……. 구역질 나는 걸 참아 가며 배 속에 쑤셔 넣었어. 그렇게 힘을 키워야만 했어. 뭐든지 먹어 치워서 팔다리가 약해지지 않도록 버텨야 했어. 이봐, 저놈들 후지의 살을 다먹어 치운 거야. 그럼 이번에는 나나 당신 차례겠지. 그래서 부탁이 있어. 다음 차례는 내게 양보해 주지 않겠어? 난 아내의 살을 먹고 체력을 유지했어. 아직 충분히 움직일 수 있어. 놈들이 날 위로 끌어 올리면, 화살을 몰래 숨기고 있다가 먼저 그놈 눈을 찔러 버릴 거야. 칼을 빼앗아서 모조리 죽여 버릴 테야……."

흐느낌인지 짐승 울음인지 모를 소리가 달빛이 닿지 않는 악취 속에서 들려왔다.

사흘 후 기회가 찾아왔다.

나는 그날 아침부터 환각만 보고 있었다. 바닥에 주사위가 굴러다니기에 주우려 했는데 도저히 손으로 잡을 수 없었다. 주워 들 때마다 구더기 덩어리로 변했다. 한참 후에야 주사위가 진짜가 아니라는 것을 깨달았다. 노름을 좋아해서 생각지도 않게 주사위의 환각을 본 것이다.

둥그런 구멍 밖으로 보이는 하늘이 붉은색으로 물들기 시작했다. 저녁이 되자 까마귀가 울어 댔다. 미닫이문을 여는 소리가 나더니 짚신 소리가 다가왔다. 수염으로 뒤덮인 사내가 구멍 밖에서 얼굴을 드러냈다.

"음식을 나눠 주는 게 아까우니 한 놈만 살려 주마."

사내는 후지를 데려갈 때와 똑같은 소리를 했다. 나와 요이치는 말없이 눈짓을 주고받았다.

사전에 정한 대로 요이치가 일어서서 자청했다. 내려온 밧줄을 몸에 묶었다. 나도 그 작업을 도왔다. 아내의 살을 먹고 버틴 그의 몸은 작지만 탄탄했다. 체력이 떨어진 기색은 없었다. 밧줄을 둘둘 동여맸다. 요이치는 소년이 쏜 화살을 반으로 꺾어 옷 속에 숨겼다.

새가 날갯짓하는 소리가 들렸다. 가슴을 술렁거리게 만드는 소리다.

사내가 요이치의 몸을 잡아당겼다. 요이치의 몸이 구덩이 바닥에서 저녁노을이 지는 하늘을 향해 올라갔다.

구덩이 벽에도 하얀 점들이 무수하게 붙어 있었다. 그것들이 일제히 꿈틀대서 마치 벽 자체가 꿈틀거리는 것처럼 보였다.

마침내 요이치의 몸이 구덩이 위에 다다랐다. 노을이 한순간 요이치의 몸을 붉게 물들였다. 구덩이 입구에 그림자가 졌다. 요이치의 한쪽 다리가 지면에 닿더니 그 모습이 구덩이 너머로 곧 사라졌다.

고함 소리가 들렸다. 땅울림처럼 낮게 울리는 외침이었다. 나는 구덩이 밑에서 귀를 기울이고 있을 수밖에 없었다. 누가 달려가는 소리. 누가 미닫이문을 열고 뛰쳐나오는 소리. 여자의 비명. 아이들의 비명 소리. 지상은 혼란에 빠졌다. 요이치는 계획대로 화살로 사내의 눈을 찔렀을까? 밧줄을 풀고 무사히 도망쳤을까? 칼을 빼앗아 복수를 했을까? 쏟아지려는 눈물을 겨우 참았다. 화살에 다친 다리는 이제 거의 움직이지도 않아 물렁한 살덩어리로 변했다. 이래서는 싸울 수도 없다. 돕고 싶어도 걸림돌만 되겠지. 하지만 요이치의 복수를 지켜보고 싶었다.

구더기가 들러붙은 가파른 벽에 자세히 보지 않으면 안 보일 정도로 가느다란 실이 늘어져 있었다. 그 실을 잡아당겼다. 그것은 진흙 속에서 모은 머리카락을 이어서 짠 것이었다.

저물어 가는 햇살은 구덩이 밑까지는 비춰 주지 않는다. 그래서 요이치의 몸에 밧줄을 맬 때 사내 몰래 밧줄에 실을 묶어놓을 수 있었다. 사내는 요이치를 지상으로 끌어 올린 뒤에도 바로 공격을 당해 이것을 알아차릴 여유가 없었을 것이다.

제발, 아무 데도 걸리지 말아 다오! 머리카락으로 짠 실을 잡아당기자 구덩이 밖에서 아까 그 밧줄이 끌려 와 투두둑 떨어졌다. 요이치가 몸에서 풀어내 바닥에 내던진 밧줄이 실을 따라 구덩이 속으로 떨어진 것이다.

구덩이 위에서 칼부림 소리가 들렸다. 비명과 고함 소리에 섞여 요이치가 내지르는 포효가 구덩이 밑까지 들려왔다. 아직 살아 있는 모양이다. 누가 쐈는지 화살이 어딘가에 박히는 소리가 들렸다.

구덩이에 늘어진 밧줄을 잡아당겨 보았다. 위쪽은 어디에 단단히 묶여 있는 듯했다. 한쪽 다리는 쓰지 못하지만 팔 힘은 아직 남아 있다. 밧줄에 매달려 지상을 향해 올라갔다. 축축한 벽에 아직 멀쩡한 다리를 붙이고 디딜 만한 자리를 찾았다. 팔에 힘을 실어 몸을 조금씩 위로 끌어 올렸다. 고맙게도 밧줄이 굵어서 꼬인 부분에 손가락이 걸려 붙잡기도 쉬웠다. 조금씩, 악취의 지옥에서 멀어져 갔다.

팔이 저려서 몇 번이나 지상으로 올라가기를 포기하고 싶었는지 모른다. 밑에서 기다리면 요이치가 산적 일가를 모조리 죽이고 구덩이로 돌아와 나를 끌어 올릴지도 모른다. 그가 이웃 마을에 도움을 청하러 갔다가 다시 돌아올지도 모른다. 아니, 그래서는 안 된다. 지금 지상으로 올라가지 않으면 두 번 다시 저 지옥에서 빠져나오지 못할 것만 같았다. 산적 일가와 싸운 요이치가 무사하다고 누가 장담할 수 있을까? 나를 끌어 올릴 힘은 없을지도 모른다. 만일 요이치가 죽었다면 그때는 나도 끝내 구덩이 밑에서 잡아먹힐 차례를 기다리는 수밖에 없다.

빛을 향해, 저녁노을에 물든 하늘을 향해, 조금씩 올라갔다. 구덩이 끝에 손이 닿았다. 팔꿈치를 걸어 윗몸을 땅에 걸쳤다. 이어서 구덩이에서 다리를 빼냈다. 그리고 마침내 지상으로 돌아올 수 있었다.

뺨을 어루만지는 바람이 기분 좋았다. 노을이 너무나 눈부셨다. 그곳은 잡목림에 에워싸인 곳이었다. 바로 옆에 작은 집이 있고, 그 옆에 헛간이 있었다. 빨랫줄에 걸린 옷감이 바람에 흔들리고 있었다. 그림자가 바닥에 길게 뻗어 있었다.

내가 붙잡고 있었던 밧줄은 구덩이 옆 나무에 묶여 있었다. 구덩이에서 기어 나온 내 눈앞에 피 묻은 화살이 떨어져 있었다. 조금 떨어진 곳에는 피가 잔뜩 고여 있었다. 누가 다친 걸까? 적어도 시체는 없었다. 어느덧 요란한 소리도 들리지 않았다. 주변은 그저 고요한 저녁의 숲이었다.

구더기 소굴이 된 한쪽 다리를 질질 끌며 지금 도망쳐야 한다고 생각했다. 하지만 요이치는 어떻게 됐지? 복수는 했나? 가까이에 있는 헛간으로 향했다. 그곳에 산적들의 시체가 굴러다니고 있는지 확인하고 싶었다. 그러길 바랐다. 하지만 헛간에는 엄청난 양의 옷과 여행자들에게서 빼앗은 물건, 그리고 사람 뼈뿐이었다. 여자의 박제도 있었다. 입고 있는 옷은 고급스러웠지만 안구 대신 지푸라기가 박혀 있었다. 뼈를 깎아 만든 뼈대에 누런 가죽을 바른 사방등과 초롱이 사방에 걸려 있었다. 그 가죽은 아무리 봐도 사람 피부를 얇게 펴서 만든 물건이었다. 헛간에 굴러다니는 톱과 망치, 도끼는 온통 피가 묻어 검게 변해 있었다. 이곳에서 사람을 토막 내 가공했던 것이리라. 바닥에는 핏자국이 어지럽게 남아 있었다. 끔찍한 광경을 앞에 두고 몸이 자꾸만 덜덜 떨렸다. 굴러다니는 도끼를 챙겨 가기로 했다.

요이치는 어디로 갔지? 다른 산적들은?

어쩌면 요이치는 잡목림 속으로 달아났을지도 모른다. 모두 한꺼번에 덤벼들면 혼자서 상대할 수 없을 테니까. 그렇다면 산적 일가 역시 요이치를 쫓아 잡목림 속으로 간 게 아닐까?

그때, 문득 집의 입구 앞에 서 있는 소녀와 시선이 마주쳤다.

산적의 딸이다.

아이는 겁에 질린 표정으로 나를 올려다보고 있었다.

요이치는 잡목림 안에서 꽤 날뛰었던 모양이다. 곰 같은 사내는 한쪽 눈을 다치고 다리에 심한 부상을 입어 싸울 기력도 없어 보였다. 아내가 부축하지 않으면 걸을 수도 없었다. 그보다 심각한 건 소년이었다. 한쪽 팔이 싹둑 잘려 나간데다 얼굴은 피투성이였다. 절뚝거리며 몇 번이나 나동그라지면서 돌아오고 있었다. 그래도 전체적으로는 산적 일가가 요이치를 붙잡은 구도였다. 그들은 요이치의 목을 들고 있었다. 귀도 코도 잘려 나가, 고문을 당한 흔적이 있었다.

나는 그 광경을 보고 피가 머리로 솟구쳤다. 집 앞에서 소녀에게 도끼를 들이대며 그들을 향해 외쳤다. 피도 눈물도 없는 산적 일가도 가족의 정은 있는 듯했다. 그렇지 않았다면 딸이 내 손에 죽든 말든 내게 우르르 달려들었을 것이다. 아니면 요이치와 싸웠을 때 너무 소모가 커서 도끼를 든 나와 싸울 기력이 없었던 걸까? 그들은 내가 한쪽 다리를 쓰지 못한다는 사실을 모른다. 내가 울부짖는 딸의 목에 도끼를 들이대자 그들은 마침내 무기를 내려놓았다.

나는 그들에게 말했다.

"목숨까지는 빼앗지 않을 테니 걱정 마."

내 손에서 도망치려고 할 때마다 소녀를 꾸짖어 얌전히 말을 듣게 했다. 소녀의 얼굴은 눈물과 콧물로 범벅이 되었다. 부부는 나를 노려보면서도 어쩔 수 없이 내 말을 들었다. 소녀의 오빠는 어깨에서 피가 너무 많이 나 멍한 표정으로 꼼짝도 하지 않았다. 나는 그들을 구덩이 속에 가두기로 했다. 사내에게 명령해 밧줄을 붙잡고 아내와 아들을 구덩이 밑으로 내려보내게 했다. 끝으로 밧줄을 붙잡고 벽을 타고 내려가던 사내가 중간에 힘이 다해 바닥에 굴러떨어졌다. 마지막으로 내가 도끼로 밧줄을 끊었다. 이것으로 그들은 구덩이 밖으로 나오지 못할 것이다. 구덩이를 들여다보자 어둠 속에서 세 사람이 나를 올려다보았다.

"어이! 마을은 어느 쪽이야? 당신들 일은 마을 사람들에게 말할 거야! 마을 사람들한테 처분을 맡길 거야!"

소년은 피가 부족한지 무릎을 꿇고 주저앉아 있었다. 실눈 여자와 한쪽 눈이 망가진 사내는 나를 노려보기만 할 뿐 입도 벙긋하려 들지 않았다. 나는 포기하고 스스로 마을을 찾기로 했다.

"넌 어떻게 할래? 같이 갈 테냐?"

소녀에게 물었지만 울기만 할 뿐 대답을 안 했다. 이 어린 소녀는 아직 제대로 된 세상으로 돌아갈 수 있을 것 같았다. 하지만 세 사람을 구덩이 속에 가두고 마음이 풀려 도끼를 내려놓은 찰나, 소녀는 재빨리 내 손아귀에서 빠져나갔다.

"어이! 잠깐!"

한쪽 다리가 움직이지 않아 쫓아가 붙들 새도 없었다. 소녀는 나와 있는 것보다 가족과 함께 있는 게 좋은지 구덩이로 뛰어내렸다. 저녁노을 아래서 소녀의 옷자락이 지옥으로 빨려 들어가는 광경을 보았다.

하늘이 차츰 어두워졌다. 우물에서 물을 길어 온몸을 씻어
내자 바닥에 퍼진 물웅덩이에 수없이 많은 구더기들이 둥둥 떠
올랐다. 몸을 아무리 씻어도 몸에 밴 악취는 가시지 않았다. 집
안을 뒤져 이즈미 로안이 여자에게 나눠 준 약을 찾아 발목의
상처에 발랐다. 그 약은 곪은 상처에도 잘 듣는 만병통치약이
었다.

집에는 얼굴 피부를 기워 만든 가면이 스무 개도 넘게 있었
다. 모두 눈이 뻥 뚫려 있는 게 소름 끼쳤다. 소년이 뒤집어쓰
고 놀던 후지의 얼굴도 있었다. 나는 그 옆에 요이치의 머리를
내려놓고 두 손을 모았다.

산적의 소굴에서 벗어나 한쪽 다리를 질질 끌며 걸어가다 사
람들이 밟아 생긴 길을 찾았다. 하루를 꼬박 걸어 겨우 마을을
발견했다. 마을 사람들에게 사정을 설명해 관리들에게 알려 달
라고 부탁하고 그대로 며칠을 앓아누웠다.

산적 일가가 구덩이 속에서 기어 올라와 쫓아오는 꿈을 꾸었
다. 비명을 지르며 눈을 뜨고 보니 나는 어느새 이부자리에 누
워 있었고, 발에는 붕대가 감겨 있었다. 일어나서 이마의 땀을
훔쳤다.

"미미히코······!"

내 비명 소리를 들었는지 장지문이 벌컥 열리더니 낯익은 얼굴이 들어왔다. 이즈미 로안이었다. 그는 이부자리 옆에 조용히 앉았다. 눈물이 치밀어 올랐다. 오열만 흘러나와 말을 할 수가 없었다. 그는 역시 살아 있었다. 산적에게 습격당했을 때 간신히 도망친 것이다. 아니면 내가 아직 꿈을 꾸고 있는 걸까?

"미미히코······."

이즈미 로안은 내 이름을 부르며 나를 부둥켜안았다. 이 감촉은 환각이 아니다. 진짜다. 안도한 나는 다시 정신을 잃었다.

그 후로는 사람들이 전해 주는 이야기가 내가 아는 전부다.

그 후, 내 이야기를 들은 관리와 마을 사람들이 산적의 소굴을 찾아 나섰고 이윽고 그 장소를 찾아냈다. 그들은 사람 뼈와 박제, 벗겨 낸 피부로 만든 물건들을 보고 그곳에서 있었던 일들을 알았다.

땅에 뻥 뚫린 구멍을 들여다보는 걸 몹시 망설였다고 한다. 이윽고 용기 있는 청년이 땅 위까지 풍겨 오는 악취에 얼굴을 찌푸리며 쭈뼛쭈뼛 구덩이 밑을 들여다보았다. 그리고 청년은 절규했다.

내가 그곳을 빠져나온 후로 꽤 여러 날이 지났다. 소녀를 인질로 잡았을 때, 나는 이 사람들도 가족의 정은 있다고 생각했지만 허기가 정을 산산이 부숴 버린 모양이다. 구더기가 들끓는 질척한 진흙 속에서 산적 가족은 서로를 잡아먹으며 목숨을 부지하고 있었다고 한다. 누가 누구를 잡아먹었는지는 불확실했지만, 마을 사람들은 겨우 숨이 붙어 있던 사람을 구덩이에서 끌어 올리지 않고 그곳에 뚜껑을 만들어 덮어 놓고 달아났다.

빛을 주워서는 아니 된다

··1··

어느 날, 내 친구는 짐꾼을 얻어 여행을 떠났다. 여행을 하면서 온천에 몸을 담그고, 그 경험을 책으로 쓰는 게 친구의 생업이었다. 평소 같으면 내가 따라나서지만 요전 여행에서 끔찍한 꼴을 당한 후로 나는 집에 틀어박혀 있었다. 내가 그런 상태라 친구가 다른 사람을 고용한 것이다.

그리고 바로 얼마 전, 여행에서 돌아온 친구가 여전히 기운을 차리지 못한 나를 찾아왔다. 하지만 상태가 영 이상했다. 친구의 표정은 침울했다.

"왜 그래요?"

그렇게 묻자 친구는 뻣뻣한 표정으로 대답했다.

"아니, 그게. 여행지에서 조금 이상한 일을 겪어서."

"선생님하고 여행할 때 이상한 일이 없을 때가 있었던가요?"

나는 그 친구를 선생님이라고 부른다.

"그럴지도 모르지만……."

"그래서 무슨 일이 있었는데요?"

"죽었어."

"누가요?"

"짐꾼으로 고용한 사내가……. 그것도 곱게 죽은 게 아니었다네……."

친구는 그렇게 말하더니 여자로 착각할 만큼 긴 머리카락을 손가락으로 쓸어 내렸다.

친구가 고용한 사내는 피부가 하얗고 늘씬한 청년이었다고 한다. 여행에 동행해 줄 사람이 없는지 평소 신세를 지는 서점에 물어보았더니 그곳에서 청년을 소개해 주었다. 청년은 의욕이 넘쳤다고 한다. 게다가 그는 내 친구가 쓴 책을 오래전부터 읽어 왔는지 말도 잘 통했다고 한다.

"저도 언젠가 선생님처럼 책을 써 보고 싶습니다."

여행길에 청년은 짐을 끌어안고 걸으면서 말했다.

"호오, 어떤 책을?"

"무서운 이야기를 모은 책을 만들어 보고 싶어요."

"무서운 이야기를 좋아하나?"

"네, 돌아가신 어머니가 무서운 얘기를 자주 들려주셨거든요. 분명 그걸 언제까지고 못 잊고 있는 거겠지요. 해가 저물어도 잘 생각이 없는 저를 보다 못해 어린 제게 무서운 게 쫓아온다는 이야기를 해 주셨어요. 무서운 게 뭐냐고 물으면 어머니는 유령이나 도깨비 이야기를 해 주시는 거예요. 어둠을 무서워하게 만들어 저를 빨리 재우려는 속셈이었죠. 저는 무서운 이야기를 해 주는 어머니가 너무 좋았어요. 그런데 요전에 감기에 걸려 돌아가시고 말았지요. 어머니의 시신은 무척 아름다웠습니다. 아, 맞다, 선생님, '백 가지 이야기'나 할까요? 백 가지 이야기가 뭔지 알고 계신가요?"

"알다마다. 순서대로 괴담을 말하고 호롱불 심지에 붙은 불을 하나씩 끄는 것이지?"

"백 번째 이야기가 끝나고 마침내 모든 불이 꺼질 때, 유령이 나타난다고들 하죠. 여관 마을에 도착해 숙소를 잡으면 우리도 해 봐요."

"그렇지만 여긴 우리 둘밖에 없는데. 그럼 오십 개나 이야기해야 하잖나. 난 아는 괴담이 오십 가지나 되지 않아."

"직접 지어내도 됩니다. 여행지에서 만난 사람에게 예로부터 내려오는 무서운 이야기를 듣고 그걸 말씀하셔도 되고요."

"백 가지나 말하면 금세 아침이 될 텐데. 여행에 지장이 생길 거야."

"하룻밤에 백 가지를 다 하지는 말고 이번 여행길에 백 가지 이야기를 마치는 걸로 하면 어떨까요?"

"그러지 뭐. 그리고 호롱불도 생략하세. 심지를 백 개나 준비하기는 어려우니까."

친목을 다질 생각으로 친구는 청년의 제안을 받아들였다. 그후로 매일 밤, 두 사람은 서로 알고 있는 괴담을 번갈아서 이야기했다고 한다. 여관에 들어가 두 개의 이불을 나란히 펴고 유령과 도깨비 이야기를 했다. 하룻밤에 서로 다섯 개쯤 이야기한 뒤에 잠드는 것이다.

확실히 청년은 무서운 이야기를 많이 알고 있었다. 친구는 지금까지 들어 본 적 없는 오싹한 이야기를 자기 전에 들었다. 개중에는 청년이 지어낸 이야기도 있었으리라. 어렸을 때 어머니가 들려준 이야기도 있었을 것이다. 한편으로 친구는 그리 많은 괴담을 알지는 못했다. 그 대신 여관 주인이나 주막에서 만난 노인들에게 등줄기가 서늘해지는 이야기를 듣고 일기장에 적어 놓았다. 밤이 되어 이야기할 차례가 되면 그 이야기들을 들려주어 청년을 겁주었다.

이윽고 두 사람은 목적지인 온천 마을에 도착했다. 그곳은 경치도 아름답고 기후도 좋았다. 산비탈 곳곳에서 피어오르는 수증기가 하늘로 뻗어 올라갔다. 주변에는 유황 냄새가 자욱했고 마을에서는 온천물로 찐 계란을 광주리에 담아 팔고 있었다.

그 온천 여관에서 한 노파를 만났다. 노파는 요통을 치료할 목적으로 온천에 왔다고 했다. 여관 복도에서 몇 번 마주치는 사이 친해져서 말을 나누게 되었다.

"그 할머니, 소중한 빗을 이 여관에서 잃어버렸다지 뭡니까."

노천탕에 어깨까지 몸을 담그고 있을 때 청년이 그런 이야기를 했다. 저녁 무렵 친구가 산책을 나갔을 때, 청년은 할 일이 없어 노파와 차를 마시며 이야기를 나누었는데 그때 빗 이야기를 들었다고 했다.

"어머니도 사용하셨던 소중한 빗이라고 하더군요. 분명 여관 어디에 흘렸을 거라고 하던데."

여자처럼 긴 친구의 머리카락이 탕 표면에 넓게 퍼졌다. 사람들에게 눈총을 살 때는 땋아서 돌돌 말고 탕에 들어가지만 그때는 청년하고 친구 둘뿐이라 개의치 않았다고 한다.

"자네, 혹시나 떨어진 빗을 발견하면 바로 주워서는 아니되네."

친구는 청년에게 말했다.

"예? 어째서요?"

"빗이라는 이름은 원래 기이함을 뜻하는 글자에서 온 것이야. 머리에 쓰는 도구라 주인의 영혼이 깃든다고 보았던 것이지. 빗은 고래로 주술 도구로 쓰였다네. 게다가 빗은 '고사苦死', 고통과 죽음을 뜻하는 글자와 발음이 같아.* 떨어진 빗을 줍는 건 고통과 죽음을 줍는 거라고들 하지. 옛날 사람들은 빗을 빌려 쓰지도 않았다고 하네."

"그럼 빗을 떨어뜨렸을 때 어떻게 하죠? 주우면 안 된다니, 온 사방에 빗 천지게요?"

"꼭 빗을 주워야 할 때는 발로 한 번 밟은 뒤에 주웠다고들 하더군."

"흐음……. 빗은 '고통스러운 죽음'……."

청년은 그렇게 중얼거리더니 탕 표면에 넘실거리는 고용주의 긴 머리를 바라보았다고 한다.

---

* 일본어로 빗(櫛), 기이함(奇し), 고통스러운 죽음(苦死)은 '구시'로 발음이 같다.

·· *2* ··

친구와 청년은 여행에서 몇 개의 온천 여관을 거칠 예정이었다. 온천 마을에 모여 있는 여관들의 장단점을 확인하고, 평가를 책에 실을 생각이었다. 어느 여관에 묵어야 할지 고민하는 사람들에게 그런 기사는 유용한 정보다.

첫 번째 여관에 이틀, 두 번째 여관에 이틀을 묵고, 세 번째 여관에 들어가려는데 입구에서 청년이 이런 말을 꺼냈다.

"선생님, 오늘 밤부터 저는 다른 방에서 잤으면 좋겠습니다."

"하지만 그러면 방값을 두 배로 내야 하는데."

"제 삯에서 빼셔도 됩니다. 전 이제 선생님 곁에 못 있겠습니다."

"못 있겠다고? 왜?"

친구는 그 이유를 짐작도 할 수 없었다. 하지만 얼마 전부터 청년의 태도가 이상하다는 건 눈치채고 있었다. 잠에서 깼을 때부터 청년은 불편한 심기를 드러내며 식사 때도 거의 입을 열지 않았다. 같은 방에 있어도 멀찍이 떨어진 곳에 앉아 결코 눈을 마주치려 하지 않았다. 이름을 부르면 눈썹을 찌푸리며 노려보았고, 때로는 혀를 차기도 했다. 취침 전의 백 가지 이야기도 자연히 사라졌다. 친구는 바지런히 무서운 이야기를 계속 모았지만, 그것을 들려주기도 전에 청년은 등을 돌리고 자 버렸다.

"당신 머리에서 빠지는 머리카락 때문이야!"

예상치 못한 대답이었다.

"나는, 나는 당신 머리에서 빠진 머리카락 때문에 지금까지 고민했어! 그래서 이젠 같이 못 있겠어!"

친구는 긴 머리카락을 붙잡고 당혹스러워했다. 청년이 화를 낼 정도로 머리카락이 많이 빠졌을 줄은 몰랐다. 아니, 애초에 머리카락을 못 견디겠다니 무슨 소리란 말인가?

"이해 못 하겠어? 당신 머리에서 빠진 머리카락이 내 쪽으로 날아와서 짜증 난다고!"

청년은 친구에게 머리카락에 의한 피해를 설명했다. 가령 청년이 방에 돌아왔을 때, 발바닥에 뭐가 들러붙어 살펴봤더니 검고 긴 머리카락이었다고 한다. 청년의 머리카락은 그리 길지 않으니 고용주의 긴 머리라는 것을 금방 알아챘다. 처음에는 신경 쓰지 않았지만 차츰 그것이 마음에 걸리기 시작했다. 바닥에 떨어진 긴 머리카락은 바람에 날려 어느새 청년의 이부자리에도 잔뜩 들러붙었다. 온천에 들어가면 수면에 둥둥 떠서 청년의 피부에 휘감겼다. 바가지로 물을 뿌릴 때도 마찬가지였다. 머리카락을 피해 바가지로 물을 떴는데, 쭉 뿌리고 나면 어째서인지 귀와 어깨에 긴 머리카락이 축 들러붙어 있었다. 그런 일이 자꾸 계속되다 보니 더 이상 못 참겠다는 것이었다.

"하지만 그런 말을 듣기는 처음일세. 그렇게 머리카락이 많이 빠졌다니…… 그 머리카락이 정말 이게 맞나?"

친구는 자기 머리카락을 움켜쥐고 청년에게 물어보았다. 머리카락이 그렇게 많이 빠진다니, 인정하기 싫었던 것이다.

"당연하지. 당신 머리카락이 아니면 대체 누구 머리카락이겠어? 봐, 이걸 봐. 당신 머리에서 빠진 머리카락이 이렇게 날아와서 나한테 들러붙는단 말이야."

어느새 청년의 손가락에 머리카락이 하나 엉켜 있었다. 청년은 짜증스러운 기색으로 머리카락을 털었다. 가늘고 긴 생머리는 남자보다 여자의 머리카락에 가까웠다. 하지만 여자 머리카락일 리는 없다. 문은 항상 꼭꼭 닫고 잤다. 남자 둘밖에 없는 방에 여자 머리카락이 떨어질 수 있을까? 남탕에 여자 머리카락이 둥둥 떠다닐까? 그런 가능성보다는 친구의 긴 머리카락이 빠진 거라고 보는 게 타당했다.

"그, 그래…… 알겠네, 어쩔 수 없지."

청년은 입술을 깨물며 친구를 노려보았다. 이대로 함께 있다가는 언제 칼을 맞을지 모른다. 친구는 승낙하고 세 번째 여관에서는 주인에게 다른 방에 묵겠다고 이야기했다.

친구는 일인용 방에서 다다미에 짐을 내려놓고 다리를 쭉 뻗었다. 저녁을 먹고 온천에 들어가 거기에서 만난 노인에게 겸사겸사 무서운 이야기를 들었다. 언제부터인가 친구는 각지에 내려오는 기이한 이야기나 전승을 기록하는 데 재미를 느꼈다. 똑같은 이야기라도 장소에 따라 미묘하게 달랐다. 이것을 여행 안내서에 기사로 소개할 수 없을까 고민했다.

하룻밤을 자고 아침이 되자 온천 여관의 아늑함을 평가하면서 산책을 했다. 온천 마을에는 유황 냄새가 섞인 바람이 불고 있었다. 온천 수증기가 산기슭에서 솟아올라 하늘로 사라져 갔다. 마침 신록이 아름다운 계절이었다. 여관으로 돌아가 방에 차려진 식사를 들고 있는데 장지문이 스르르 열리면서 청년이 들어왔다.

"선생님!"

청년이 외쳤다. 설마 머리카락이 멀리 떨어진 청년의 방에까지 날아가 분노가 정점에 달해 마침내 나를 죽이러 온 것인가? 친구는 잠시 그런 생각을 했지만 청년의 태도가 이상했다. 얼굴이 백지장처럼 창백했던 것이다.

"그 머리카락은…… 그 머리카락은, 대체……."

청년은 다다미에 무릎을 꿇었다. 더는 노려보지도 않았다.

"그건 선생님 머리카락이 아니었는지도 모릅니다……."

"무슨 일이 있었나?"

"선생님, 저는 어젯밤, 선생님 머리카락이 방에 들어오지 못하도록 문 틈새에 종이를 단단히 발라 놓고 잤습니다."

"걱정도 그쯤 되면 병이로군……."

"철두철미한 거죠. 여관 주인에게 장지를 받아 방 안에서 밥풀로 붙여 놓았습니다."

청년은 뭔가를 두려워하는 얼굴로 어젯밤부터 그때까지 있었던 일을 설명했다. 여관에서 혼자만의 방을 얻은 그는 문 틈새를 다 막았다. 이로써 고용주의 머리카락에 짜증을 낼 일은 없을 줄 알고 상쾌한 기분으로 이불 속에 들어갔다고 한다.

"하지만 아침에 눈을 떠 보니……."

불쾌한 감촉을 느끼고 청년은 잠에서 깨어났다. 눈을 비비려고 이불에서 팔을 빼 보니 손가락 사이에 검고 긴 머리카락이 엉켜 있었다. 비명을 지르며 이불을 들춰 보니 이불 속에 긴 머리카락이 흩어져 있었다고 한다.

"전 선생님을 의심했습니다. 한밤중에 선생님이 방에 숨어 들어 와 머리카락을 제 주변에 뿌려 놓고 간 게 아닐까 하고요. 하지만 종이가 뜯긴 흔적이 없는 겁니다. 누가 방에 들어왔다면 틈새를 막아 놓은 종이가 벗겨졌겠지요. 방 안쪽에 발라 놓았으니 방에서 나간 뒤에 다시 바를 수도 없었을 테지요. 아무도 방에 들어오지 않았다면 그 머리카락은 선생님 게 아니란 뜻입니다."

"다행이야! 이게 빠졌던 게 아니었군!"

친구는 자신의 결백이 증명된 것보다 머리카락이 무사하다는 사실을 알고 기뻐했다고 한다.

"나중에 대머리가 될까 봐 걱정했는데!"

"지금 그런 말이 나옵니까! 그 머리카락이 선생님 게 아니라면 대체 어디에서 솟아난 거란 말입니까!"

이불 속에서 눈을 뜬 후에도 그는 머리카락 때문에 고생했다고 한다. 옷을 갈아입으려고 하면 어느새 옷에 긴 머리카락이 붙어 있었다. 자세히 보니 다다미 틈새에 잡초라도 난 것처럼 머리카락이 박혀 있었다. 뽑아내서 방 밖으로 내던져도 소용이 없었다. 방 안의 머리카락을 싹 쓸어 모아 모조리 갖다 버렸는데도 자세히 보면 어느새 몇 개씩 떨어져 있었다. 깨끗하게 청소를 했는데도 어디선가 튀어나온다.

"오늘 아침에 밥을 먹을 때도 잠깐 눈을 뗀 사이에 젓가락에 머리카락이 엉켜 있었어요. 털어 버려도 돌아오는 거예요. 마치 여자 방에 있는 것 같습니다. 방에 여자가 있고, 제 옆에서 떨어지려고 하지 않는 것처럼……. 그리고 보니 선생님 방에는 머리카락이 튀어나온 적이 없습니까?"

"한 번도 없네. 하지만 듣자 하니 마치 자네 특기인 괴담 같지 않나?"

"농담이 아닙니다! 저, 저는 무서운 이야기를 좋아하는 거지 제가 무서운 꼴을 당하는 건 질색이라고요!"

청년은 화가 나서 외쳤다.

"아무래도 저만 노리는 모양입니다. 어디에서랄 것 없이 머리카락이 떨어져 엉겨 붙는 거예요."

"뭔가 짐작 가는 바는 없나? 언제부터 이런 일이 생겼지?"

친구가 묻자 청년은 화들짝 놀라는 기색이었다.

"아니, 설마, 하지만……."

"짐작 가는 게 있군?"

"아니요……."

친구는 청년을 구슬려 일단 온천에나 들어가 화해하자고 제안했다.

"알겠습니다. 그럼 옷을 챙겨 올게요."

청년은 자리에서 일어나 방에서 나갔다. 친구는 한숨을 쉬면서 방금 전까지 청년이 앉아 있던 자리를 보았다. 다다미 위에 머리카락이 떨어져 있었다. 조심스레 주워 자세히 살펴보았다. 그의 머리카락과 흡사했지만 결정적으로 다른 특징이 있었다. 친구의 머리카락은 윤기가 좌르르 흘러 지나가던 여인들도 돌아볼 정도로 훌륭했다. 하지만 다다미 위에 떨어진 머리카락은 마치 죽은 사람 머리카락처럼 윤기가 없었다.

온천에서도 청년은 머리카락 때문에 고생했다. 손가락에 엉킨 머리카락을 소름 끼친다는 듯이 떼어 내서 버렸다. 저녁때라 수증기가 감도는 온천 마을은 노란 노을에 감싸였다. 친구는 우울해하는 청년을 데리고 산책을 나서, 동네 명물이라는 경단 가게에서 시간을 때웠다. 들개와 노는 아이들을 바라보고 있노라니 청년도 조금은 기분이 좋아졌는지 오랜만에 무서운 이야기를 하기 시작했다. 바로 그때였다.

"앗……."

청년이 얼굴을 가렸다.

"왜 그러나?"

친구는 청년의 어깨를 붙잡으며 걱정했다.

"아니, 눈에 먼지가 들어갔는지……."

청년은 눈을 비비기 시작했다. 옆에서 놀던 아이들이 막대기를 던지자 들개가 요란하게 짖으며 달려갔다. 노란 노을 반대편에 검은 그림자가 길게 뻗었다.

"자네, 그건……."

친구는 친구의 눈에 매달려 있는 검은 실을 발견했다.

"가만히 있게."

실을 잡아당기자 청년의 눈동자와 눈구멍 사이에서 가느다란 머리카락이 술술 빠져나왔다. 이렇게 긴 머리카락이 용케도 들어갔구나 싶었다. 눈꼬리에서 뻗어 나온 검은 머리카락은 노을에 비쳐 청년의 뺨에 그림자를 드리웠다. 끝까지 빼낸 머리카락은 물기를 머금고 수직으로 축 늘어졌다. 청년은 겁에 질린 얼굴로 그것을 보더니 빌떡 일어나서 가게 옆으로 달려가 먹은 것을 다 토해 냈다고 한다.

··3··

"낡은 빗을 주웠습니다."

청년이 그렇게 말한 것은 숙소로 돌아와 친구의 방에서 쉬고 있을 때였다. 여관 하녀가 저녁을 차려 주었지만 도저히 식욕이 나지 않았다. 어두워진 밖에서 벌레 소리가 들려왔다.

"빗?"

"그렇습니다. 요전에 묵었던 여관에서 할머니가 빗을 잃어버렸다고 난리를 피웠잖아요."

"아아, 그런 얘기가 있었지."

"복도를 걷다가 떨어져 있는 빗을 발견했습니다. 반달 모양

빗이었는데 낡아 보였지만 장식이 아름다웠죠."

"하지만 자네, 그런 말은 한마디도 안 했잖은가."

"줍고 보니 빗 사이에 머리카락이 엉켜 있었습니다."

"밟지 않고 그냥 주운 게로군?"

빗은 '고통스러운 죽음'.

떨어진 빗을 줍는다는 것은 고통과 죽음을 줍는다는 뜻이다.

옛날 사람들은 빗을 주울 때, 한 번 발로 밟은 뒤에 주웠다고
한다.

"빗 장식이 훌륭해 무심코 그 빗을 훔치고 말았습니다. 그래
서 지금까지 입을 다물고 있었던 겁니다."

친구는 기가 막혀 말이 나오지 않았다.

"선생님, 분명 그 머리카락은 제가 훔친 빗하고 관계가 있을
겁니다. 저를 탓하고 있는 걸까요?"

바람이 불기 시작했는지 툇마루 쪽 장지문이 바르르 떨며 소
리를 냈다.

친구는 어떻게 할지 고민했다. 날이 밝으면 노파가 묵고 있
던 여관으로 돌아가 사정을 해명하자. 빗을 돌려줘야만 한다.
아직 거기에 묵고 있어야 할 텐데……

청년이 휘청휘청 일어나 장지문을 열고 방에서 나갔다. 볼일
을 보러 가는 줄 알고 친구는 불러 세우지 않았다. 하지만 아무

리 기다려도 돌아올 기미가 없었다. 자기 방으로 돌아간 걸까? 오해는 풀렸지만 두 사람은 아직 다른 방에서 자고 있었다.

덜컹덜컹, 덜컹덜컹, 장지문이 흔들리는 소리에 귀를 기울였다.

이윽고 누가 복도를 달려가는 요란한 소리가 났다.

"손님, 그러지 마세요!"

하녀의 목소리가 들렸다.

친구는 자리에서 일어나 소리가 나는 쪽으로 가 보았다.

여관 마당에서 뭔가가 불에 타고 있었다. 누가 그곳에서 불을 지피고 있었다. 그러모은 낙엽이 훨훨 타오르고 있었다. 새빨간 불꽃 앞에 청년이 서 있었다. 멍하니 뭐에 홀린 눈빛이었다. 청년은 불길 속에 반달 모양의 빗을 집어 던졌다. 낡은 빗이었다. 검은 머리카락이 엉켜 있었다. 머리카락은 불을 만나자 연기를 내뿜으며 오그라들었다. 빗 표면이 검은색으로 변했다. 불길이 빗을 훑고 지나갔다.

건물에 불이 붙을까 봐 여관 주인과 하녀가 통으로 물을 길어 왔다. 하지만 청년의 기이한 모습을 보고는 그 자리에 얼어붙었다. 청년은 이글거리는 불꽃을 눈동자에 담은 채로 실실 웃고 있었던 것이다.

"선생님, 전 무서운 이야기를 좋아했습니다. 돌아가신 어머니가 잘 생각을 않는 저를 보다 못해 귓가에 이야기를 들려주시는 거예요. 귓가에 얼굴을 딱 붙이고 계셔서 숨결 때문에 간지러웠던 기억이 나네요. 아아, 언젠가 괴담을 모아 책으로 쓸 수 있다면 좋겠어요. 어머니는 저를 누구보다 사랑하셨습니다. 머리맡에서 저를 안심시키려는 듯이 가슴을 톡톡 두드려 주셨지요. 이따금 어머니의 긴 머리카락이 흘러내려 제 코를 간질였습니다."

청년은 불을 지핀 뒤에 툇마루에 걸터앉아 어둠을 바라보며 그런 이야기를 했다.

여관 주인에게 실컷 야단을 맞고 그다음 날 나가기로 했다.

방에서 가져온 호롱불이 주위를 어렴풋이 밝혔다.

툇마루 건너편은 새까만 천을 발라 놓은 것처럼 캄캄했다.

나방이 날아와 두 사람 주위를 맴돌다가 다시 어둠 속에 숨었다.

"선생님, 이 이야기를 다른 사람에게 꼭 들려주십시오."

"이 이야기라니?"

"제게 들러붙는 머리카락 이야기 말이에요. 이것도 훌륭한 괴담이 되지 않겠습니까?"

"아아, 확실히 어엿한 괴담이야."

그러자 청년은 씨익 웃더니 자리에서 일어나 자기 방으로 돌아갔다.

친구도 자기 방으로 돌아가 호롱불을 껐다고 한다.

빗은 완전히 재가 되어 노파에게 돌려줄 수 없게 되었지만 이것으로 청년도 안심하고 잠들 수 있을 것이다. 내일부터 평온을 되찾는다면 다행인데. 친구는 그런 생각을 하면서 잠자리에 들었다고 한다.

이튿날 아침, 친구는 잠에서 깨어 재빨리 여행 채비를 했다. 여관 주인과 아침을 먹지 않고 나가기로 약속했다. 청년은 지금쯤 일어났을까? 늦으면 낭패다 싶어 청년의 방을 찾아가 보기로 했다.

방 앞까지 가서 닫혀 있는 장지문 너머로 청년을 불렀다.

"어이!"

대답이 없었다. 몇 번 불러 보았지만 결과는 마찬가지였다. 장지문을 열어 보니 봉긋한 이불이 보였다. 머리끝까지 이불을 뒤집어쓰고 아직도 자고 있었다.

"어이, 어서 일어나지 못하겠나?"

가까이 다가가 이불을 벗겨 보았다. 친구는 나름 이성적인 남자다. 하지만 그때만은 너무 놀라 꼼짝도 못했다고 한다. 이불 속에서 청년은 두 눈을 까뒤집고 있었다. 두 손으로 목을 붙들고, 고통스럽게 몸부림친 흔적이 있었다고 한다. 이미 숨을 거두어 몸은 굳어 있었다. 입가에 길고 검은 머리카락이 늘어져 있었다. 한두 개가 아니었다. 무수히 많은 머리카락이 입속에서 밖으로 튀어나와 있었다. 청년의 입에 엄청난 양의 머리카락이 들어 있었다. 잇새에도 온통 끼여 있고 혀뿌리부터 혀끝까지 칭칭 감겨 있었다. 여관 사람을 불러 수많은 구경꾼들 앞에서 입속의 머리카락을 잡아당기니 스르르, 스르르, 청년의 몸속에서는 엄청난 양의 머리카락이 나왔다.

·· 4 ··

"……그런 일이 있었다네."

친구는 이야기를 마치고 긴 머리카락을 어루만졌다. 나는 다다미 위를 뚫어져라 바라보았다. 잘 찾으면 있을지도 모르지만 일단 친구의 머리카락은 보이지 않았다.

"그런 다음에 어떻게 됐습니까?"

"어쩌긴 뭘. 시체를 데리고 돌아올 수도 없으니 그 마을에 부탁해 매장했지. 가족한테 뭐라고 설명할지 그 걱정뿐이었어. 결론부터 말하면 그에게는 가족이 아무도 없었지만."

나는 팔짱을 꼈다.

"하지만 선생님, 그거 정말 있었던 일이 맞아요?"

"지어낸 얘기 같나?"

"절 겁주려고 괴담을 준비한 건 아니고요?"

"확실히 지난 여행에서는 괴담만 모으다 왔지만, 이건 진짜야. 조사해 봐. 그 온천 마을에 가서 여관 주인에게 물어보면 기억하고 있을 거야. 시체를 보고 얼굴이 백지장이 됐으니까. 애초에 자네를 겁준다고 무슨 이득이 있나? 허무하기만 하지."

"그야 허무하기도 하겠지만, 남이 겁에 질려 벌벌 떠는 꼴을 보는 건 즐겁지 않습니까? 게다가 그럴싸한 괴담은 사람 입을 타고 언제까지고 남는다고요. 자기가 지어낸 이야기가 그렇게 남으면 재미있지 않겠어요? 선생님은 제가 방금 전 그 이야기를 술집에서 떠들어 다른 사람들에게 퍼뜨리기를 기대하신 것 아닙니까?"

"자네가 퍼뜨리지 않아도 그 온천 마을에서 다들 소문을 내고 있네. 거기 온천을 찾아온 사람들이 머리카락에 살해당한 청년의 이야기를 가지고 돌아가겠지."

"그게 사실이라면 참 안됐네요. 끝내 죽은 사람이 나오고 말았습니까. 하기야 지금까지 선생님하고 함께 떠난 여행에서 사람이 안 죽은 게 용할 정도죠."

나는 친구의 여행에 따라나섰다가 몇 번이나 죽을 뻔했다. 지금 요양하고 있는 것도 그 때문이다.

"그나저나 이번에는 안 헤맸습니까?"

친구는 길치였다. 똑바로 목적지에 도착하는 건 드문 일이다. 반드시 어디선가 길을 잃어 생각지 못한 장소에 도착한다. 산길을 헤매고 있는 줄 알았는데 어느새 무인도에 있었던 적도 있고, 수풀을 헤치고 나가니 남의 집 봉당이 나온 적도 있다. 그런가 하면 길을 잃어 하염없이 걷는 사이에 열흘은 걸릴 장소에 반나절 만에 찾아간 적도 있다.

"물론 돌아올 때 헤맸지."

"자랑하지 마세요. 반성해야 할 부분이라고요."

"얼마나 고생했는데. 하루에 몇 번이나 길을 잃었다네. 그 이야기는 다음에 해 주지. 그래도 혼자 길을 헤매는 건 외로운 일이더군. 여행에는 동행이 필요하다는 걸 깨달았어. 한창 헤매고 있을 때 짐꾼이 당황하는 꼴을 보면 이상하게도 내 마음은 차분해지거든."

"거기에 휘말리는 사람 입장도 생각 좀 해 주시죠."

"아까 말한 머리카락 얘기 말인데……. 사실은 뒷이야기가 조금 있다네. 청년을 묻은 뒤에 첫 번째 여관에 들러 노파를 찾았지."

"빗 주인이라는 할머니요? 있던가요?"

"있었지. 하지만 기묘하게도 말이 통하지 않았다네. 빗에 대해 사과하려고 했는데 무슨 말인지 모르겠다는 거야."

"노인하고 말이 안 통하는 경우야 흔한 일이죠. 노인이라는 게 원래 그런 존재 아닙니까."

"아니, 그게 아니야. 아무래도 노파는 처음부터 빗을 가지고 있지 않았던 것 같아. 함께 온천에 온 손녀딸도 그렇게 말하더군. 아까는 빼먹었는데, 노파는 손녀딸과 함께 있었어. 하지만 그 아이도 전혀 모르는 일이라는 거야."

친구는 생각에 잠긴 듯 턱을 어루만졌다.

나는 그의 이야기를 되짚어 보았다. 그러고 보니 이 친구는 노파가 빗을 잃어버려 난처해하는 모습을 실제로 보지는 못했다. 그 일은 동행했던 청년이 노천탕에서 말해 주었을 뿐이었다.

"그럼, 그러니까, 어떻게 된 거죠?"

"노파가 빗을 찾고 있었다는 건 그가 지어낸 이야기가 아니었을까 싶네."

"네?"

"그는 거짓말을 한 거야. 그렇게 운을 뗀 다음 머리카락에 습격당하는 이야기와 연결 짓고 싶었겠지."

"그럼 불에 태운 빗은 대체⋯⋯. 화톳불로 태우는 걸 봤다면서요? 반달 모양의 낡은 빗을⋯⋯."

"그건 노파의 빗이 아니었던 거야. 그의 소지품이었겠지. 여행을 떠날 때, 짐 속에 넣어 두었던 게 분명해. 어머니의 시신에서 잘라 낸 머리카락 다발과 함께 말이야. 그래, 그건 어머니의 머리카락 같더군. 조사를 해 보았지. 그 청년은 말이야, 어머니가 돌아가신 뒤에 시체에서 머리카락을 쑥쑥 뽑아냈다고 하더군. 이웃이 얘기해 줬어. 그런 그의 모습을 보았다고. 여행을 떠날 때 그 머리카락을 짐 속에 가득 채워 넣었던 거야. 방에 흩어져 있던 머리카락도 자기가 뿌려 놓은 거겠지. 손안에 숨기고 있다가 자기 눈에 넣거나 온천에 띄운 거야. 그래서 그의 죽음은 자살이 아닐까 싶네. 어머니의 머리카락을 스스로 입에 넣었던 게 아닐까? 왜 그런 짓을 했느냐고? 그야 모르지. 아니, 어렴풋하게는⋯⋯. 아니, 역시 모르겠네. 모른다고 해 두지. 언젠가 그의 죽음이 훌륭한 괴담이 되어 사람들 사이에 퍼지면 그도 여한이 없을 게야."

친구는 그렇게 말하더니 주머니에서 낡은 일기장을 꺼냈다. 언제나 여행할 때 가지고 다니는 물건이다.

"자네한테 심심풀이는 될 것 같아서."

그는 일기장을 내려놓고 일어서서 돌아갔다. 긴 머리카락을 늘어뜨린 뒷모습은 역시 여자 같았다. 말 꼬리처럼 질끈 묶은 머리카락이 살랑거렸다.

그가 사라진 뒤에 일기장을 들춰 보니 여행지에서 들은 괴담이 줄줄이 적혀 있었다. 백 가지는 안 되겠지만 제법 많았다. 기록 목적의 간결한 문장이 괜히 더 오싹한 기운을 풍기고 있었다.

한참 읽다 보니 종이와 종이 사이에 긴 머리카락이 껴 있는 것을 발견했다. 윤기가 없는 게 시체에서 뽑아낸 것 같았다. 괜히 오싹한 마음에 엄지와 집게손가락으로 집어 밖에 내다 버리려 했다. 그때였다. 바람이 불어 뱀이 고개를 치켜드는 것처럼 머리카락 끝이 쑥 들렸다. 검은 실 같은 머리카락이 마치 살아 있는 것처럼 손등에 들러붙었다. 근질근질하고 소름 끼치는 감촉에 황급히 손을 털었지만 좀처럼 떨어지지 않았다. 마치 여자 같다. 여자가 싫다고 고개를 저으며 매달리는 것만 같았다. 머리카락은 스르르, 팔을 타고 올라와 내 얼굴까지 올라올 기세로 움직였다. 옷소매 사이로 들어오기 전에 다른 손으로 붙잡아서 살갗에서 떼어 냈다. 그러자 포기한 듯 힘없이 축 늘어져 바람을 타고 어디론가 날아갔다. 저건 대체 뭐였을까? 나는 조용히 스스로를 타일렀다. 우연한 바람 때문에 살아 있는 것처럼 보인 것뿐이리라.

"자, 가요." 소년이 말했다

··1··

그 집에 시집간 것은 내가 열다섯 살 때였다. 남편은 마을 지주의 맏아들로 밭에 가다가 나를 보고 반했다고 했다. 우리 같은 소작농의 집과 달리 남자가 사는 집은 지주 집안의 저택인 만큼 훌륭했다. 장지문으로 나뉜 방이 몇 개나 있었고, 저택 뒤에는 하얀 벽을 두른 곳간도 있었다. 부모님과 셋이서 피와 조를 나누어 먹던 내가 그런 집에 시집가게 되자 부모님은 기뻐하셨다.

시댁에는 여섯 명이 살고 있었다. 남편과 시부모, 시동생, 시누이, 그리고 병상에 누운 시할아버지였다. 처음에는 상냥하게 대해 주었지만 차츰 냉대를 받게 되었다.

시댁은 소작농에게 땅을 빌려 주어 농사를 짓게 하고 쌀이나 보리, 그 밖의 농작물을 땅값으로 거둬들이고 있었다. 일을 하지 않아도 하루하루 끼니를 먹을 수 있는 신분이었다. 남편은 낮에 시아버지, 시동생과 나란히 외출하는 일이 잦았다. 유력 가문에 초대를 받아 인사하러 다니는 것이다. 그 때문에 나는 시어머니와 시누이와 얼굴을 자주 맞댔는데 내가 시집온 것을 계기로 두 사람은 집안일에서 손을 딱 뗐다. 툇마루에서 수다만 떨 뿐이면서 내가 잠깐이라도 쉬고 있으면 온갖 잔소리를 퍼부었다.

시아버지와 시동생도 내게 험하게 굴었다. 내가 지은 식사를 집어 던지고 바닥에 떨어진 음식을 내게 먹였다. 하지만 바닥에 떨어진 음식이라도 입에 넣을 게 있는 날은 그나마 운이 좋았다. 시댁 식구들이 밥을 먹고 있을 때 나는 앓아누운 시할아버지 옆에 붙어 죽을 떠먹여야 했다. 그 일이 끝나야 나도 겨우 뭘 좀 먹을 수 있는데, 대개는 냄비도 가마솥도 텅텅 비어 있다. 하는 수 없이 냄비 바닥에 남은 국물을 모으고 가마솥에 들러붙은 밥알을 긁어내 한 끼 식사를 때웠다.

남편 역시 처음의 다정한 모습을 잃고 사사건건 나를 괴롭혔다. 남편이 역정을 내는 이유는 다 사소한 일 때문이었다. 예를 들어 밥그릇을 잘못 놓았다느니 옷을 잘못 넣어 두었다느니 하며 트집을 잡는데, 급기야는 내가 그냥 거기 있는 게 걸리적거린다며 욕설을 퍼부었다. "너 같은 소작농의 딸을 거둬 줬으니 고맙게 여겨!"라는 게 남편의 말버릇이었다. 말대답을 하면 뺨이 벌겋게 부어오를 정도로 맞았다.

마음대로 외출할 수도 없어, 부모님이 병석에 드러누웠을 때도 제대로 간병하러 가지 못했다. 먼저 아버지가 돌아가시고 이듬해 어머니도 세상을 떠났다. 위독하다고 이웃 사람들이 전해 주었을 때 바로 달려갔다면 임종을 지켰을지도 모른다. 하지만 시어머니가 "네가 없으면 누가 아버님 대소변을 받아 낸단 말이냐?"라면서 좀처럼 집에 보내 주질 않았다.

부모님을 떠나보낸 뒤 친정에 남은 얼마 안 되는 물건을 정리하는데 어머니가 소중하게 아끼던 기모노 띠가 나왔다. 그것은 어머니가 특별할 때만 둘렀던 것이었는데 언젠가 내게 주겠노라 말씀하시곤 했다. 띠를 손바닥으로 어루만지며 다정했던 부모님을 떠올리자 눈물이 북받쳤다.

하지만 집에 돌아가자마자 내가 소중하게 끌어안고 있는 띠를 본 시어머니가 그게 뭐냐며 빼앗았다. 시누이도 다가와 띠를 보자마자 내게는 아까우니 자기가 가지겠다며 가져가 버렸다. 울면서 남편에게 이야기했더니 갑자기 주먹이 날아왔다. 두 번, 세 번 얻어맞고 벽에 부딪히기까지 했다. 남편이 말했다.

"네 주제에 우리 어머니하고 동생한테 말대답을 하려 들어?"

집에서 좀처럼 나가지 못하는 내게는 말 상대도 없었다. 어렸을 때부터 함께 놀던 친구가 근처에 살아 산울타리 너머로 몇 마디 주고받곤 했지만, 그 광경을 본 시동생과 시아버지가 집안일을 소홀히 한다며 꾸짖더니 친구까지 나쁘게 말하기 시작해 결국 인연이 끊겼다. 친구 역시 소작농의 딸이라 지주 일가에게 밉보이면 안 되기 때문에 내게서 멀어진 것이다. 누구와도 말을 나누지 못하는 나날이 이어졌다. 집에서도 있을 자리가 없는 나는 틈만 나면 뒤뜰의 곳간에 들어가 혼자 가만히 숨을 돌리곤 했다.

그 곳간은 내가 지금까지 보았던 어떤 건물보다도 컸다. 부모님과 함께 살았던 작은 집은 안에 쏙 들어가고도 남을 것이다. 벽에 새하얀 회반죽을 발라 저택에 불이 나도 이곳만은 타지 않고 남을 만큼 튼튼해 보였다. 내부는 어둑했고, 먼지를 뒤집어쓴 서랍장과 나무 상자가 그득했다. 보자기에 싸인 낡은 옷이 잔뜩 쌓여 있어 당장이라도 무너질 것 같았다. 정리한다는 명분으로 안에 들어가 구석에 멍하니 앉아 있었다. 시어머니나 시누이도 거의 오지 않는 곳이라 마음이 편했다.

시집온 지 오 년째 되는 해였다. 남편과의 사이에 좀처럼 아이가 들어서질 않아 그 때문에 시댁에서 나를 더욱 심하게 대했다. 그러던 어느 날, 곳간의 자물쇠를 열고 안에 들어갔더니 안쪽에서 누가 숨을 죽이는 기척이 들렸다.

"……누구야?"

도둑이라도 숨어든 걸까? 조심스레 살펴보니 서랍장 그림자에서 소년이 고개를 내밀었다.

"죄송해요, 금방 나갈게요."

아홉 살이나 열 살쯤 되었을까? 이목구비가 섬세해 어떻게 보면 여자아이 같기도 했다. 입고 있는 옷은 누더기가 아니라 그럭저럭 멀쩡한 무명옷이었다. 나는 소년에게 다가갔다.

"여기서 뭐 하니?"

"여길 지나가다가 책을 발견해서 구경하고 있었어요."

높은 벽에 뚫려 있는 창문에서 들어오는 햇살이 소년의 발밑을 비추고 있었다. 그곳에는 끈으로 묶은 종이 뭉치가 쌓여 있었다. 그중 몇 개가 펼쳐져 있었다. 나는 글을 읽을 줄 몰라 어떤 내용이 적혀 있는지 몰랐다. 그래도 그렇지, '여길 지나가다가'라니 이상한 소리를 하는 아이다. 여기는 곳간 안인데.

"이 책, 뭐가 적혀 있니?"

제일 위에 놓여 있던 책을 들고 물어보았다.

"여행 안내서예요. 유람 여행을 하는 사람들에게 도움되는 내용이 적혀 있어요."

"어머, 여행?"

집에서 나가지도 못하는 내게 여행은 인연이 없는 세상이었다.

"저기, 그럼 전 이만 가 볼게요. 멋대로 들어와서 죄송해요."

"너, 어디로 들어왔니? 그쪽에 구멍이라도 있어?"

입구는 하나밖에 없다. 입구에는 자물쇠가 걸려 있고, 내가 방금 전 열쇠로 열었다가 단단히 잠갔다.

"그게 저도 잘 모르겠어요. 저쪽에서 걸어왔는데……."

소년은 난처한 얼굴로 안쪽을 가리켰다.

"걷다 보니 길을 잃어서……. 여기저기 길을 꺾었다가 빠져나오는 사이에 여기에 온 거예요. 저도 난처해요. 몇 살이 되어도 길을 잃는걸요……."

"사정은 잘 모르겠지만 괜찮아. 책을 읽고 싶으면 언제든지 여기 오렴."

남편의 가족이 아닌 다른 사람을 만날 수 있다는 게 기뻤다. 그래서 나는 그런 제안을 했다.

"고맙습니다! ……또 한 번 이곳에 도착할 수 있을지가 문제지만. 길을 찾아볼게요."

소년은 눈을 빛내며 그렇게 말하더니 곳간 안쪽으로 걸어갔다. 나란히 놓인 서랍장의 좁은 틈새에 작은 몸을 꾹꾹 밀어 넣더니 쌓여 있는 잡다한 물건들을 헤치고 창문으로 들어오는 햇빛이 닿지 않는 어둠 저편으로 사라졌다. 한동안 물건을 밀어내는 소리가 들렸지만 이윽고 고요해지면서 소년의 기척도 사라졌다. 짐을 치우고 곳간 안을 살펴보았지만 소년은 어디에도 없었다. 밖으로 나와 곳간 주변을 한 바퀴 돌아보았지만 빠져나갈 구멍이나 갈라진 틈은 찾을 수 없었다. 창문으로 나갔을까? 곳간 창문에는 쌍여닫이창이 달려 있는데 유사시에만 닫는 터라 평소에는 활짝 열려 있다. 확실히 거기로는 출입할 수 있을 것 같았지만 창문은 평평한 벽의 저 높은 곳에 뚫려 있다. 사다리를 쓰지 않으면 출입은 불가능했다. 고개를 갸웃거리고 있는데 집에서 시어머니가 부르는 소리가 들렸다. 소년이 마음에 걸렸지만 곳간 옆을 떠났다.

·· *2* ··

그 후로도 소년은 이따금 곳간에 들어와 책을 읽는 것 같았다. 모습은 보지 못했지만 분명 다녀간 흔적이 남아 있었다. 예를 들면 쌓아 올린 책의 순서가 바뀌어 있었다. 아이 발 크기의 짚신 자국이 있었다. 나무 상자 위의 먼지가 닦여 있는 건 거기에 앉아서 그런 걸까? 소년이 들어오는 모습을 본 사람은 없었다. 남편이나 시댁 식구들이 곳간의 침입자에 대해 이야기하지 않는 것은 소년에 대해 아무도 모르고 있다는 뜻일 것이다. 나는 소년에 대해 아무에게도 말하지 않았다. 시댁 식구들이 소년의 존재를 알면 멋대로 들어왔다고 혼내고 붙잡아서 관리에게 끌고 갈 것이다. 그건 너무 불쌍하다.

어느 날, 뒤뜰 청소를 마치고 이제 밥을 지으러 돌아가려고 곳간 옆을 지나는데 웬 기침 소리가 들렸다. 회반죽벽은 두껍지만 열린 창문으로 소리가 들린 것이다. 기침 소리가 시댁 식구 누구와도 달랐기 때문에 나는 금방 알아차렸다.

열쇠를 가져와서 가급적 조용히 자물쇠를 열고 몰래 안을 들여다보았다. 소년이 땅에 책을 펼쳐 놓고 책상다리로 앉아 있었다.

"얘, 꼬마야."

내가 부르자 그제야 나를 알아보고 일어섰다.

"아, 지난번 누나구나. 또 들어와서 미안해요……!"

소년이 책을 원래 있던 자리에 돌려놓고 곳간 안쪽의 어둠 속으로 걸어가려 했다.

"잠깐 기다려. 말 좀 해 줘. 넌 대체 어디에서 왔니? 이 마을 아이야?"

"아니, 아마 아닐 거예요. 제가 사는 마을에는 이렇게 훌륭한 곳간이 없는 걸요. 저희 집 곳간은 좀 더 작아요."

"너희 집도 꽤 크다는 말이구나."

열어 놓은 입구를 꼭 닫았다. 남자들은 외출했지만 시어머니와 시누이가 집에 남아 있다. 소년과 이야기하는 모습을 들키면 안 된다.

"네가 사는 마을은 어디에 있니?"

"모르겠어요. 여기보다 훨씬 북쪽일지도 몰라요."

"그걸 어떻게 알아?"

"지금 계절에 제가 사는 마을은 훨씬 춥거든요. 하지만 여기는 곳간 안도 꽤 따뜻해요. 분명 길을 헤매는 사이 남쪽으로 내려왔나 봐요."

"흐음, 그렇구나. 너 똑똑하구나? 난 이 마을에서 나가 본적도 없고 책도 읽을 줄 몰라서 아무것도 몰라. 남편도 자주 나더러 바보라고 해."

내가 부끄러워하며 말하자 소년은 고개를 저었다.

"무지한 걸 나쁜 일처럼 말하다니 누나 남편은 나쁜 사람이

군요."

나는 간 떨어지게 놀라고 말았다.

"아, 죄송해요……."

소년은 미안한 얼굴로 말했다.

"괜찮아. 하지만 어째서 그렇게 생각하니?"

"그야, 누나네 남편이 착한 사람이라면 그런 말을 하기 전에 글을 가르쳐서 책을 읽을 수 있게 도와줬을 테니까요. 누나가 자신의 무지를 부끄러워하게 만들진 않을 거예요. 그러지 않고 그냥 바보로만 여기는 건 나쁜 사람이라 그런 거예요."

"말은 그래도 글은 아무나 읽고 쓸 수 있는 게 아닌걸."

"어, 누나, 몰라요? 아무나 할 수 있는 일이에요. 이 마을에는 글을 가르쳐 주는 선생님이 없었나요?"

"절의 스님이 가르쳐 줬었던 것 같은데 난 집안일을 돕느라 바빠서 배우지 못했어."

"흐음, 그럼 제가 가르쳐 줄까요?"

나는 망설였다. 내가 글자를 이해하고 책을 읽을 수 있게 된다니, 그때까지는 생각도 못 해 봤기 때문이다. 책이라는 것은 내게 수수께끼 상자나 다름없었다. 다발로 묶인 종이 뭉치에 어떤 지식이 담겨 있는지 모른다. 책을 펼치고 들여다보아도 뭐가 뭔지 알 수 없는 꼬불꼬불한 글자들이 적혀 있어 수상하게만 보였다.

"누나가 책을 읽을 수 있을 때까지 여기에 올게요. 다행히 여기에는 서당에서 쓰는 책도 다 있으니까."

불현듯 생각했다. 비록 글을 읽고 쓸 줄 모른다 해도 좋다. 이 소년과 또 이야기를 하고 싶었다. 남편이나 시댁 식구는 내게 짜증밖에 안 내지만 이 소년은 달랐다. 이야기를 하면 따스한 온기가 느껴진다.

"나, 너한테 글을 배우고 싶어."

결심을 굳히고 그렇게 말하자 소년은 만족스러운 듯 고개를 끄덕였다.

걸레를 짜서 복도를 닦고 있으려니 시누이가 일부러 내 앞에 다가와 허리에 두른 띠를 자랑했다.

"이 띠 어때? 난 별로지만."

시누이가 허리에 두르고 있는 건 친정어머니의 유품이었다. 하지만 항의할 수는 없었다. 남편과 시댁 식구들 앞에서 나는 항상 겁에 질려 있었다. 대답도 하지 못하고 난처해하자 시누이는 엎드려서 걸레질을 하고 있던 내 허리를 걷어차면서 버럭 소리를 질렀다.

"이 띠가 어울리는지 묻고 있잖아!"

다른 날에는 그게 시어머니이거나, 시아버지이거나, 남편이다. 내가 마음 편한 순간은 소년에게 글을 배울 때뿐이었다.

새벽에 자리에서 일어나 캄캄한 어둠 속을 걸어 곳간으로 향하는 게 일과가 되었다. 남편과는 한 이불에서 자지만 남편은 잠이 깊은지 내가 다소 부스럭거려도 깰 기미가 없었다.

곳간 안에서 호롱불을 켜자 서랍장과 나무 상자가 어둠 속에서 모습을 드러냈다. 소년은 불빛 옆에서 내게 글을 가르쳐 주었다. 우물에서 길어 온 물에 손가락을 적셔 마른 나무판자에 글자를 적어서 보여 주었다.

소년은 『천자문』이라는 책을 참고서로 삼았다. 그 책에는 아이에게 한자를 가르칠 때 쓰는 시가 적혀 있어, 전부 천 개의 한자를 배울 수 있다고 했다. 소년이 자주 쓰는 한자를 골라내 그것이 무엇을 뜻하는 글자인지 내게 가르쳐 주었다.

곳간에서 공부를 하고 이부자리로 돌아가지 않고 그대로 아침 식사를 준비했다. 낮에 여유가 생기면 곳간에서 가져온 『천자문』을 몰래 서랍장에서 꺼내 소년에게 배운 부분을 잊지 않도록 복습했다. 내가 글을 깨우친다니 어차피 불가능할 것이다. 하지만 소년이 즐거운 얼굴로 가르쳐 주니 그 얼굴을 보고 싶어 열심히 공부했다.

몇 개의 한자를 깨우치자 소년은 『정훈왕래庭訓往來』라는 책으로 가르치기 시작했다. 옛날에 어떤 스님이 쓴 책이라는데, 사실인지 아닌지는 모른다고 했다. 왕복 서간이라 불리는 편지들이 실려 있다고 했다.

"이렇게 편지 형식으로 만든 책을 왕래물往來物이라고 해요. 이것 말고도 『상매왕래商売往來』나 『백성왕래百姓往來』라는 책이 유명하죠. 이 『정훈왕래』에는 스물다섯 통의 편지가 실려 있는데, 꽃구경을 준비하는 이야기나, 사법 제도에 관한 소문이나, 질병은 어떻게 예방해야 하는지, 편지로 여러 이야기를 주고받아요. 그걸 읽다 보면 자연히 지식이 쌓여 가령 이 나라가 어떻게 돌아가는지도 자연히 알게 되는 거예요. 많은 단어와 예문을 배울 수 있어서 이것도 서당에서 자주 쓰는 책이에요. 이 책은 특히 삽화가 들어 있어서 재미있어요."

소년이 책을 펼쳐 보여 주었다. 호롱불에 비친 종이를 들여다보니 글자가 없는 공백에 작은 그림이 있었다. 적혀 있는 내용을 설명하는 그림 같았다. 이건 재미있겠다.

소년에게 도움을 받아 『정훈왕래』를 읽기 시작했다. 처음에는 역시 낯설었다. 여전히 글자가 꼬불꼬불해서 뭐가 뭔지 모르겠다. 하지만 어디서 본 듯한 한자가 몇 개 있어, 『천자문』에서 배운 글자라는 것을 알아보았다. 전에는 모든 글자가 똑같이 영문 모를 낙서로 보였는데 지금은 의미를 아는 한자가 있으면 거기만 환하게 보였다. 잘 아는 친구 같은 표정으로 종이 위에 흩어져 있다. 삽화 덕분에 이해하기도 쉬웠다. 더듬더듬 소년에게 물어 가며 글자를 눈으로 좇았다.

"알겠어……!"

『정훈왕래』의 초반에 적혀 있는 것은 새해 인사였다. 이 문장은 정월에 보낸 편지이리라. 그렇게 이해하고 나니 머릿속에 책을 쓴 사람이 새해 인사를 나누는 목소리가 들려오는 것만 같았다. 다시 이어지는 문장은 보아하니 초봄에 놀러 가자는 권유와, 거기에서 뭘 하며 놀지에 대한 이야기 같았다.

"알겠어! 나, 지금 책을 읽고 있는 거야!"

지금까지는 책 속에 담겨 있는 것이 보이지 않았다. 하지만 지금, 자욱했던 안개가 걷힌 것처럼 책 저편의 경치가 보이는 것만 같았다.

그날 이후로 곳간에서 『정훈왕래』를 가지고 나와 집안일을 하는 틈틈이 숨어서 책을 펼쳤다. 모르는 문장은 다음에 소년을 만났을 때 물어보았다. 소년을 만나기 위해 시작한 공부였지만 차츰 글자를 읽는 게 즐거워졌다.

여기에는 내가 있을 자리가 없다. 말 상대도 없다. 자유롭게 밖에 나가지도 못한다.

남편에게는 무식하다고 바보 취급을 당하고, 시댁 식구들은 나를 험하게 대한다.

하지만 책만은 다정했다.

·· 3 ··

방에 숨어 공부하고 있을 때, 사람 발소리가 들리면 황급히 책을 숨긴다. 곳간에서 멋대로 책을 들고 나왔다는 사실을 알면 화를 내겠지. 소년의 도움을 빌려 『정훈왕래』를 계속 읽었다. 하지만 소년과는 글 이야기만 하는 게 아니었다. 새벽녘의 어두운 곳간 속 어스름한 호롱불 밑에서 나는 소년의 정체를 물어보았다.

"아버지 얼굴도 어머니 얼굴도 본 적이 없어요. 전 할아버지하고 할머니하고 함께 살고 있어요."

소년은 망설이면서도 가르쳐 주었다.

소년의 집도 지주라 그럭저럭 유복하다고 했다. 하지만 어머니는 소년을 낳을 때 돌아가시고 말았단다. 나는 소년이 가엾어서 끌어안아 주고 싶었다. 아이를 원했지만 좀처럼 생기질 않아서 그렇게 생각한 것이리라.

"아버지도 네가 어렸을 때 돌아가신 거야?"

"그렇지 않아요. 살아 계시는지 돌아가셨는지도 잘 몰라요. 아무도 제 아버지가 누군지 모르거든요."

소년의 어머니는 미혼의 몸으로 아이를 임신했다고 한다. 보통은 같은 마을의 누군가가 아버지인 게 틀림없다고 생각할 텐데 아무래도 사정이 좀 다른 듯했다.

"제가 태어나기 전에 어머니는 산신한테 잡혀간 것처럼 행방불명된 적이 있어요."

"산신? 행방불명?"

"네. 덴구가 잡아갔다고도 하죠."

"아니, 잘 모르겠는데."

"덴구가 아이를 잡아가서 몇 달 몇 년이 지난 다음에 마을로 돌려보내는 거예요. 잡혀간 사이 아이들은 덴구하고 함께 하늘을 날며 온갖 세상을 구경하죠. 마을로 돌아온 아이들은 실제로 그 장소에 가 보지 않으면 모르는 일까지 세세히 알고 있다고 해요. 제 어머니도 행방불명되었을 때는 아직 어린 나이였대요. 축제 날 친구하고 함께 손을 잡고 신사에 갔는데, 그 친구가 갈림길에서 어머니가 사라진 걸 알아차렸대요. 잡고 있던 손에서 어느새 어머니의 손은 사라지고 그 대신 도토리하고 돌멩이, 새의 깃털을 쥐고 있었다는 거예요."

마을 사람이 모두 나서서 근처 일대를 찾았다고 한다. 축제

날이었으니 밖에 많은 사람들이 나와 있었다. 사라진 장소에서 어느 쪽으로 갔든 반드시 누군가를 지나갔을 터였다. 하지만 소녀를 본 사람은 아무도 없었다고 한다.

소녀는 삼 년 후에 돌아왔다. 장지문이 꼭꼭 닫혀 있는 저택의 방에 홀연히 나타나 울고 있었다고 한다. 소녀가 저택에 들어가는 모습도 저택까지 걸어간 모습도, 아무도 보지 못했다고 한다.

"돌아왔을 때, 어머니는 아무도 못 알아듣는 말로 떠들었대요. 하지만 조금씩 원래 말을 기억해 내서 사람들하고 이야기하게 되었죠. 하지만 어머니는 행방불명되었던 삼 년 동안 있었던 일을 하나도 기억하지 못했어요. 원래 알던 말을 기억해 내면서 아무도 모르는 말은 잊어버린 거죠. 동시에 보고 들었던 것까지 머리에서 쏙 빠졌나 봐요. 심한 일을 당하진 않았을 거예요. 돌아왔을 때 어머니는 부모한테 버림받은 아이처럼 울었다고 하니까요."

소녀는 원래의 날들을 되찾았고, 처음에는 모두 그렇게 마무리되는 줄 알았다. 하지만 날이 갈수록 소녀의 배가 부풀어 올라 아이가 있다는 사실을 사람들이 알게 되었다. 주위 사람들은 아비가 누구냐고 물었지만 소녀도 전혀 알지 못했다. 이윽고 아이가 태어났고 출혈 때문에 소녀는 목숨을 잃었다.

"갓난아이인 저를 할아버지, 할머니가 키워 주셨어요. 하지만 전 미아가 되는 버릇이 있거든요. 어렸을 때도 종종 벌거벗은 저를 이불에 뉘어 놓으면 이불 주름에 파묻혀 시야에서 사라지는데, 문득 살펴보면 방구석에서 울고 있더라는 거예요. 아직 몸도 못 뒤집을 나이였는데."

"그걸 미아라고 하나……?"

"어쩌면 행방불명되었던 어머니의 피를 이어받은 건지도 모르죠. 아니면 어머니를 잡아간 덴구가 제 아버지였을까요? 전 고등어 잘 먹는데."

"고등어? 그게 무슨 말이야?"

"덴구는 고등어를 싫어하거든요. 그래서 아이가 밤길을 갈 때 고등어를 먹었다고 말하면서 걸으면 잡혀가지 않는다고 해요."

"그럼 넌 덴구의 아이라는 거니?"

"얼굴도 빨갛지 않고 코도 길지 않으니 전 분명 길을 잃고 어머니 배 속에 들어갔던 걸 거예요. 길을 잃는 버릇 때문에 어느새 어머니 배 속에 들어가 버린 거겠죠."

소년의 말이 어디까지 진실인지 알 수가 없었다.

"난 네가 길치라 너무 고마워. 네가 길을 잃어 여기에 들어오지 않았다면 나는 언제까지고 글을 깨우치지 못했을 거야.

책에 뭐가 적혀 있는지 언제까지고 몰랐을 거야. 애초에 내가 책을 읽게 될 거란 생각도 못 해 봤어. 그래서 고마워."

내가 그렇게 말하자 소년은 쑥스러워했다.

"전 마을에 친구가 하나도 없어요. 다들 무섭다고 말을 안 하거든요. 그래서 누나를 만나러 여기 오는 게 즐거워요."

"네게도 언제가 친구가 생길 거야. 그래, 함께 길을 잃어 주는 친구 정도는."

"그럴까요?"

"분명 그럴 거야."

소년은 동틀 녘이 다가오자 이야기를 멈추고 곳간 안쪽으로 사라졌다.

나는 부엌으로 돌아가 아침 식사를 준비했다.

소년과의 그런 교류는 어느 날 갑자기 끝났다.

병상에만 누워 있던 시할아버지가 이불 속에서 내가 아침마다 일어나 어디론가 나가는 기척을 느끼고 있었던 것이다. 밖에 나가 한참동안 돌아오지 않는 나를 미심쩍게 여긴 모양이다. 나중에 안 일이지만 시할아버지는 그 사실을 남편에게 알렸고, 남편은 곧바로 내 부정을 의심했다. 시동생과 함께 내 동향을 살펴 매일 아침 새벽녘에 곳간으로 들어간다는 사실을 밝

혀냈다고 한다.

어느 날 아침이었다. 호롱불 밑에서 소년에게 글을 배우고 있는데 갑자기 곳간 문이 벌컥 열리더니 남편과 시동생이 뛰어들어왔다. 깜짝 놀란 나를 남편이 후려치고 시동생은 달아나려는 소년을 붙잡았다. 두 사람은 내가 알몸으로 남자와 뒹굴고 있는 모습을 상상했던 모양이지만 붙잡은 상대가 아직 어린아이라는 것을 알고 김이 샌 듯했다. 시동생이 소년을 때리고 팔을 뒤로 꺾어 붙들었다. 소년은 입술이 찢어졌는지 바닥에 피가 떨어졌다. 시아버지와 시어머니, 시누이가 소동을 듣고 집에서 나와 붙잡힌 소년을 에워싸고 남편을 다그쳤다.

"이놈은 누구야?"

"무슨 일이 있었던 게냐?"

"그냥 글을 배우고 있었을 뿐이에요!"

나는 주장했다.

"그렇다니까요!"

소년도 그렇게 말했다.

"뭘 훔칠 작정이었냐, 요 꼬맹아!"

남편은 소년의 배를 세게 걸어찼다. 소년은 곳간 바닥에서 몸을 웅크리고 신음했다. 그것도 모자라 남편은 뼈가 부러지는 소리가 나도록 몇 번이나 소년을 걸어차고 짓밟았다. 소년은 마지막에는 축 늘어져 꼼짝도 하지 못했다. 그들은 나를 곳간에서 끌어내고 소년만 안에 남겨 두고 입구에 자물쇠를 걸었다.

나는 집 안에서 시댁 식구 전원에게 추궁을 당했다. 글을 배우고 있었을 뿐이라고 설명해도 믿어 주지 않았다. 시댁 식구들은 소년을 도둑으로 몰아세우면서 내가 그걸 도왔다며 내 말을 들어 주지 않았다. 진실을 말해도 거짓말이다, 솔직하게 대답하라는 말만 되풀이했다. 그러는 사이 시아버지가 방에서 책을 가져와 "글을 배웠다면 이걸 읽을 수 있겠지. 읽어 봐라!"라고 말했다. 내가 첫 부분을 더듬거리며 읽자 "원래 글을 읽을 줄 알았지? 못 읽는 척했던 거지?" 하고 의심했다. "아니에요! 아니에요!" 나는 울면서 무릎을 꿇고 도리질을 쳤지만 사방팔방에서 욕설을 듣고 걷어차이는 사이 머릿속이 멍해져 점점 이 사람들이 하는 말이 맞는 말로 들렸다. 그렇지 않으면 이런 처사를 당할 리가 없다. 내가 꾸지람을 듣고 이렇게 심하게 얻어맞는 것은 분명히 그만큼 나쁜 짓을 했기 때문이다. 점점 그런 생각이 들었다. 그때였다.

"젠장! 도망쳤어!"

시동생이 신음하면서 집 안에 뛰어 들어왔다. 필사적으로 해명하느라 못 알아차렸는데 시동생이 그 자리를 떠나 곳간을 살펴보러 갔던 모양이다. 시동생의 말에 따르면 바닥에서 구르고 있던 소년이 어느새 사라졌다고 했다.

"바보 같은 자식, 샅샅이 찾아봤어?"

"그야 물론이지. 여기 돌아올 때 입구에는 자물쇠를 단단히 걸었잖아. 그놈 혼자 안에 두고 나왔잖아. 입구는 한 군데뿐이니 어디에도 못 가. 그렇게 다쳤으니 창문까지 기어 올라가 빠져나갈 수도 없다고. 떨어진 핏자국이 곳간 안쪽으로 이어져 있기에 서랍장 그늘에 숨어 있는 줄 알고 찾아봤지만 어디에도 없었어. 핏자국도 점점이 옷장 사이로 이어지다가 짐 사이를 몇 번 오락가락하더니 뚝 사라져 버렸어."

·· 4 ··

소년에 대해 알고 있는 사실을 전부 이실직고했다. 처음에는 소년을 지키기 위해 입을 다물고 있으려 했지만 기절할 때까지 때리니 버틸 수가 없었다. 남편은 소년을 도둑으로 확신하고 찾아내서 혼쭐을 낼 작정이었다. 길을 잃는 버릇도 태생도 모조리 털어놓고 말았다. 하지만 남편은 잠긴 곳간 속을 우연히 지났다는 소년의 신비한 이야기를 믿지 않았고, 내가 미쳤다면서 비웃었다.

시댁 식구들은 나를 도둑과 한 패거리로 관리에게 넘길 것인지 옥신각신했지만 결국 집안 체면을 고려해 그러지는 않았다. 대신 나는 더 심한 취급을 받게 되었다.

"넌 도둑놈 패거리야. 어차피 시집온 것도 돈을 노리고 온 거지? 앞으로는 널 죄인처럼 대하겠다."

그렇게 말하며 그때까지의 처지가 사치로 여겨질 정도로 가혹한 꼴을 당했다. 아침부터 밤늦게까지 일했고 아무 실수도 하지 않았는데 야단을 맞았다. 얻어맞고 걷어차이는 건 일상이라 아파서 몸을 웅크리고 있으면 언제까지 그러고 있을 거냐며 주먹이 더 날아왔다. 내게 낭비할 장작은 없다며 목욕물로 냉수를 쏟아부었다. 유일하게 그런 처사를 겪지 않는 날은 손님이 오는 날뿐이었다. 그날만은 멀리서 찾아온 높으신 분에게 시어머니와 시누이가 차를 내놓는다. 모두들 싱글싱글 웃으며 복도를 지나간다. 하지만 손님이 돌아가면 귀신 같은 형상으로 나를 괴롭혔다.

밤이 되면 집 안 깊숙한 곳에 있는 창고에 갇혀 이불도 없는 곳에서 자야만 했다. 창고 안은 호롱불은커녕 창문도 없어서 내 손조차 보이지 않을 정도로 어두웠다. 좀처럼 잠이 오지 않을 때 소년에게 배운 한자를 하나씩 머릿속으로 떠올리며 놀았다. 이상하게도 눈물은 나지 않았다. 다친 소년이 곳간에서 달아났다는 사실을 알았을 때, 마음이 놓여 눈물을 흘린 게 마지막이었다. 그 후로 아무리 험한 꼴을 당해도 눈물은 나지 않았다. 얻어맞을 때도 아프고 슬플 터인데 그런 내 모습을 몇 걸음 떨어진 곳에서 바라보는 것처럼 모든 게 아무래도 좋았다. 이가 몇 개나 부러지고, 피를 흘리고, 시동생과 시아버지가 옷을 벗겨 내도 나는 그런 내 모습을 조용히 바라볼 수 있었다.

"역시 소작농의 딸을 데려오는 게 아니었어. 집 안에 냄새가 나서 못 참겠네. 다음엔 양갓집 아가씨를 데려와야지. 넌 그때가 되면 걸리적거리니 내 체면을 봐서 감기라도 걸려 죽었다고 하고 묻어 주마."

남편이 내 귓가에 속삭였지만 어딘가 멀리서 나는 소리처럼 느껴질 뿐이었다. 그렇다고 마음이 죽은 건 아니었다. 곳간에 있는 책을 떠올리면 너무 읽고 싶어서 가슴이 찢어졌다. 시댁 식구들이 열쇠를 숨겨 버려 이제는 곳간에 들어갈 수 없었다. 『정훈왕래』는 다 읽지도 못하고 빼앗기고 말았다. 이대로는 모처럼 배운 글을 잊어버릴 것만 같아 두려웠다.

설거지나 빨래를 할 때 시어머니와 시누이의 눈을 피해 손끝에 물을 묻혀 마른자리에 글자를 썼다. 배운 한자를 기억해 두려 했다. 그럴 때면 소년과 나누었던 대화를 떠올렸다. 나는 소년에게 이런 말을 했었다.

"글자 쓰는 연습은 안 해도 돼. 읽을 줄만 알면 돼. 책만 읽을 줄 알면 충분해. 내가 글자를 쓸 줄 알아봤자 뭐에 써먹겠어?"

소년이 대답했다.

"안 돼요, 누나. 언젠가 누나가 누군가에게 편지를 보내고 싶을 때 곤란하잖아요. 글을 쓴다는 건 마음속으로 생각하는 걸 누군가에게 전하는 거예요. 그러니까 글도 쓸 줄 알아야죠."

마음속으로 생각하는 걸 누군가에게 전한다?

하지만 내게는 생각을 전할 상대도 없다.

그래도 나는 시댁 식구들이 보지 않는 곳에서 손끝으로 글자 쓰는 연습을 했다.

나는 분명 이대로 착취당하다가 죽을 것이다. 하지만 적어도 배운 것은 기억하고 싶었다. 그러면 소년을 보고 느꼈던 다정함을 저세상까지 가져갈 수 있을 것만 같았다. 그렇다면 죽음도 두렵지 않았다.

날이 갈수록 몸이 약해졌다. 아직 그런 나이도 아닌데 머리카락이 하얘졌다. 밥도 변변히 얻어먹지 못해 뼈와 가죽만 남았다. 허기와 폭력에 따른 고통으로 잠을 못 이루고, 어둠 속에서 글자를 떠올리는 사이 겨우 잠들곤 했다. 아니, 잠든다기보다 기절에 가까웠다. 꿈은 꾸지 않았다. 그러던 어느 날 밤이었다. 인기척이 나서 잠에서 깼다. 갇혀 있는 창고 미닫이문이 조용히 열렸다. 누가 왔나, 누운 채로 어둠 속을 가만히 쳐다보고 있으려니 사람 목소리가 들렸다.

"누나, 이런 곳에 있었어요? 얼마나 찾았는데. 집이 참 넓네요. 복도를 돌 때마다 길을 잃어서 몇 번이나 먼 곳에 다녀왔어요."

모습은 보이지 않았지만 목소리만으로도 누군지 알았다. 온갖 감정이 흘러넘쳤지만 말이 나오지 않아 숨이 막혔다. 게다가 오랫동안 말을 하지 않아 혀가 굳어 버렸다. 아니, 이건 꿈일지도 모른다. 아니면 마침내 죽은 걸까?

손목을 붙들렸다. 소년의 손이다.

"늦게 와서 미안해요. 상처가 낫기 전에는 올 수 없었어요. 곳간 입구가 잠겨 있었거든요. 짐을 쌓아 올려서 창문을 넘는 게 꽤 힘들더라고요."

소년이 끌어당겨 자리에서 일어났다.

"자, 가요. 누나. 내가 어디까지든 손을 잡아 줄 테니까 누나는 그냥 따라만 와요. 캄캄하지만 겁내지 말아요. 나는 보통 사람들보다 밤눈이 밝거든요."

창고에서 일어나 밟을 때마다 삐걱거리는 복도를 지나 소년에게 손을 붙들린 채로 걸었다. 남편과 시댁 식구들이 기척을 느끼고 깨지나 않을까 걱정되었다.

자, 가요.

소년의 말을 듣고 나서야 이 집에서 달아난다는 선택지도 있다는 사실을 뒤늦게 깨달았다. 나는 바보다. 어째서 좀 더 빨리, 내 의지로 달아나지 않았을까? 이 집의 도움을 받지 않으면 살 수 없다는 안일한 생각이 마음속 어딘가에 있었던 걸까? 아니면 반복된 폭력에 마음이 굴복해, 그들의 말을 따르지 않으면 더 험한 꼴을 당한다는 두려움 때문에 생각도 못 했던 걸까?

"어라, 길을 잃었네."

복도를 몇 번 돌았을 때 소년의 목소리를 듣고 주위의 변화를 깨달았다. 여전히 주변은 어두컴컴했지만 지금 있는 곳은 집 안이 아니었다. 거친 바위를 딛고 서 있는 것 같았다. 축축하고 차가운 바람이 지나갔다. 무수히 많은 쥐들이 찍찍거리는 소리가 들렸다.

"여긴 동굴 안인 것 같아요. 이 소리는 박쥐인가?"

언제 밖으로 나왔을까? 아무것도 신고 있지 않아 맨발로 날카로운 돌을 밟으니 발이 아팠다. 이대로 계속 걸어갈 수 있을까 걱정하고 있는데 이번에는 발밑에 낙엽 같은 보드라운 감촉이 느껴졌다. 여전히 주위는 어두컴컴했지만 머리 위에 별빛이 보였다. 우리가 있는 곳은 이미 동굴 속이 아니었다. 여기는 숲 속이다. 나무들이 울창하고, 잎사귀의 그림자가 밤하늘의 테두리를 장식하고 있었다. 혼란스러웠지만 한편으로는 이해가 갔다. 소년이 길치라고 했던 것은 이를 두고 한 이야기이리라. 지금 내가 어디에 있는지 전혀 알 수가 없었다. 소년도 잘 모르는 눈치였다. 하지만 나는 불안하지 않았다. 그 이상으로 안도하는 마음이 컸다. 걸어온 시간은 얼마 안 되지만 그 집은 벌써 저 멀리 떨어져 있는 게 아닐까? 그리 쉽게 쫓아오지 못할 만큼 먼 곳에.

"별이 참 예쁘네요."

소년의 말에 나는 울면서 고개를 끄덕였다.

달빛과 별빛 속에 어렴풋이 소년의 윤곽도 보였다.

"좀 더 안전한 곳으로 가요. 여기는 분명 산속일 거야. 곰이 나올지도 몰라요."

우리는 울창한 숲을 빠져나왔다. 낙엽을 밟으며 걷고 있노라니 이번에는 발밑에 기묘한 감촉이 느껴졌다. 한 걸음 걸을 때마다 모래가 발을 감싸서 간지러웠다.

"자, 봐요. 동이 텄어요."

귀에 닿는 시끄러운 소리가 파도 소리라는 사실을 처음에는 몰랐다. 바다를 본 적이 없으니 어쩔 수 없는 일이다. 우리는 바닷가를 걷고 있었다. 어스름 속에서 처음 본 바다가 너무나 넓어 무서운 마음에 다리에서 힘이 빠졌다.

이윽고 구름 저편이 밝아 오더니 태양이 수평선 밖으로 모습을 드러냈다. 우리의 얼굴을 눈부시게 비춰 주었다. 바다도, 파도도, 해변도, 말로만 들었던 광경이다. 그것이 지금 눈앞에 한없이 멀리까지 펼쳐져 있다. 갑자기 불안해졌다. 이 세상은 정말로 넓다. 어디까지 가도 끝이 없다. 이런 곳에 혼자 떨어져 나와서 과연 살아갈 수 있을까? 시댁으로 돌아가 싹싹 비는 게 낫지 않을까?

아니, 이제 그곳으로는 돌아가지 않을 테다. 불안으로 움츠러든 내 마음을 질타하고 격려했다. 괜찮아, 아무리 힘들어도 분명 그 집보다는 나을 거야.

다시 걸음을 떼자 곧 큰 마을에 도착했다. 곳곳에 사찰과 신사가 있어 여러 건물을 구경할 수 있었다. 소년이 어디에서 짚신을 구해 와 걷기가 훨씬 편했다. 소년은 그 후로도 계속 길을 잃었다. 화산 분화구도 걸어 보았고 거대한 동물의 배 속 같은, 살집에 둘러싸인 장소를 헤매기도 했다. 모퉁이를 돌면 마구간이 나오고, 다리를 건너면 어딘지 모를 성의 화장실이 나왔다. 마을 변두리의 계단 꼭대기는 장인들이 갓 완성한 나무 상자

안으로 이어졌다. 그날 하루 만에 나는 평생 볼 경치를 다 보았다. 덴구에게 잡혀가 하늘을 날며 여러 세상에 가 본다는 행방불명된 아이가 된 기분이었다.

하지만 언제까지고 여행을 계속할 수는 없었다. 소년은 황망하게 내 앞에서 사라졌다.

강가의 둑을 걷고 있을 때였다.

"아, 큰일 났다. 빨리 돌아가지 않으면 할아버지한테 혼날 텐데."

그렇게 말한 직후에 소년은 발을 헛디뎠다. 둑에서 굴러떨어지고 말았다. 둑 밑에는 참억새가 가득했다. 솜처럼 폭신폭신한 꽃이 달린 이삭이 노을을 받아 빛나고 있었다.

"앗!"

소년은 비명을 지르며 참억새가 무성한 둑 밑으로 데굴데굴 굴러떨어져 시야에서 사라졌다. 나는 그 모습을 보고 무심코 웃고 말았다. 유쾌한 순간이 지나가자 주변은 쥐 죽은 듯 고요해졌다. 아무리 기다려도 소년은 나타나지 않았다. 아무리 불러 보아도 대답이 없었다. 나를 남겨 두고 어디론가 가 버렸다. 둑 밑으로 내려가 찾아보았지만 소년의 모습은 없었다. 그저 황금빛으로 빛나는 참억새의 이삭이 온 사방에서 바람에 흔들리고 있었다.

··5··

『정훈왕래』로 아이에게 글을 가르치고 있으려니 남편이 목수 일을 마치고 돌아왔다.

남편의 얼굴을 본 아이가 환하게 웃으며 뛰어갔다.

오늘 글공부는 여기서 마쳐야겠다.

부엌에서 저녁 준비를 했다.

쌀을 씻어 가마에 얹는데 남편과 아이가 노는 소리가 들려와 행복한 기분이 들었다.

지금 남편은 다정하고 목수 일이 무엇보다 즐겁다고 하는 사람이다. 술을 마시지 않아 남는 돈으로 내게 책을 사 주었다. 우리 같은 서민이 책처럼 비싼 물건을 살 수 있다니 거짓말 같았다. 무슨 책이 좋냐고 묻기에 나는 『정훈왕래』를 골랐다. 그전에도 서당에 부탁해 몇 번 읽긴 했지만 내 소유물로 책을 가져 보기는 그게 처음이었다.

마치 꿈만 같다. 어쩌면 지금도 여전히 옛날 남편 집에서, 창문이 없는 창고에 잠들어 있는 게 아닐까? 이러다가 곧 미닫이 문이 벌컥 열리고 시댁 식구들이 나타나 꿈에서 깨는 게 아닐까? 하지만 그 후로 십 년 넘는 세월이 흘렀지만 이 행복이 끝날 기미는 없었다.

아이와 손을 잡고 산책을 나가면 반드시 참억새가 펼쳐진 둑에서 잠깐 쉰다. 주변을 뛰어노는 아이를 바라보면서 그 옛날 소년이 사라진 부근에 가만히 서 본다. 그곳에서 기다리면 소년이 또 불쑥 고개를 내밀 것만 같았다.

소년이 둑에서 굴러떨어져 사라진 뒤에 날이 저물어 난처했던 나는 불빛을 찾아 무조건 걸었다. 거의 실신할 지경인 나를 지나가던 마을 사람이 구해 주었다. 많은 사람들이 위로해 주고 친절하게 대해 주었다. 일도 소개시켜 주었고 살 곳도 찾아 주었다. 그때 신세를 진 사람들과는 지금도 왕래하고 있다. 나는 기억을 잃은 척, 예전 이름도 버리고 완전히 새로운 사람이 되었다. 과거의 내 처지나 도와준 소년에 대한 이야기는 유일하게 지금 남편에게만 털어놓았다. 그는 내 모든 것을 알고 가족이 되어 주었다.

방울벌레 소리를 들으며 참억새를 바라보고 있노라니 아이가 다가와 다리에 매달려 방긋 웃었다.

"엄마, 그만 돌아가자."

아이가 그렇게 말할 때에야 나는 그 자리에서 일어날 수 있었다.

지금은 글을 막힘없이 읽고 쓸 수 있다. 다양한 책을 읽고 관심 가는 일을 자유롭게 공부할 수 있었다. 지리를 공부하면서 지금 내가 사는 곳과 전에 살던 곳이 얼마나 떨어져 있는지 알았다. 절대 하루 만에 이동할 수 있는 거리는 아니었다. 이만큼 떨어져 있다면 이제 옛날 남편이나 시댁 식구들과는 만날 일도 없으리라. 그들이 그 후 어떤 인생을 보냈는지 관심도 없다. 원망하지 않는다면 거짓말이지만 더 이상 상관하고 싶지 않았다.

나이를 먹어 가면서 소년에 대한 기억이 어렴풋해졌다. 과연 그것은 정말 있었던 일일까? 책을 읽고 세상의 일반 상식을 익히면서 오히려 의심이 생겼다. 그런 내가 싫어 해마다 몇 번은 소년에게 편지를 쓸 때가 있었다. 내가 얼마나 고마워하고 있는지 글에 담았다. 소년이 했던 말은 옳았다. 확실히 글 쓰는 법을 배워 두길 잘했다. 하지만 편지를 어디에 보내야 할지 몰랐다. 소년의 정체를 물어봤을 때 사는 마을의 이름도 물어보았지만 그게 어디에 있는 땅인지는 지금도 모른다. 결국 다 쓴 편지가 비좁은 보금자리 안에 차곡차곡 쌓여 갔다. 그러던 어느 날이었다.

책을 빌려 주는 가게는 북적북적 활기가 넘치는 큰길에 있었다. 다음에는 어떤 책을 읽을까 고민하고 있는데 한 권의 책이 눈에 들어왔다. 『도중여경』이라는 제목의 여행 안내서였다. 여행 안내서라는 건 앞으로 유람 여행을 떠나는 사람을 위한 지침서 같은 것이다. 그 책을 들고 살펴보고 있는데 웬 남자가 말을 걸었다.

"부인, 그 책을 빌리시려고요?"

나보다 조금 젊었지만 눈빛이 탁하고 건강이 나빠 보이는 남자였다. 수염도 다듬지 않아 너저분했고 술 냄새가 풀풀 났다.

"아뇨, 그냥 살펴본 것뿐이에요."

여행 안내서를 제자리에 돌려놓으려는데 남자가 갑자기 고개를 숙였다.

"아니, 죄송합니다. 궁금해서 그만 말을 걸었네요. 그 책을 만들 때 저도 조금 거들었거든요."

"어머나, 어떻게요?"

"전 그 책을 쓴 작가의 짐꾼이랍니다. 그 책을 쓴 작가는 실제로 온천 마을에 가서 효능과 그 지역의 특산품을 책에 기록하는데, 전 언제나 그 여행을 따라가지요. 사실은 지금도 여행을 하는 중인데 모처럼의 기회라 이곳 책방에도 로안 선생님의 책이 있는지 보러 온 거랍니다."

나는 작가의 이름을 확인했다.

"이즈미 로안?"

"그건 가명이라더군요. 본명은 따로 있다나. 로안 선생님은 말입니다. 귀찮은 사람이에요. 그래서 여행에 따라나서는 사람이 좀처럼 없어요. 그래서 저를 부르는 거지요."

책의 작가라는 건 내게는 구름 위에 있는 사람이다. 그런 사람과 친하다니 남자가 부러웠다. 아무리 그래도 귀찮은 사람이라니, 이 여행 안내서의 작가에게 너무 심한 소리 아닌가?

"뭐, 사람은 참 훌륭하죠. 그 점은 존경합니다. 하지만 로안 선생님은 길치라서……."

중얼거리는 남자의 이야기를 들으며 귀를 의심했다.

길치, 이 남자는 분명 그렇게 말했다.

"선생님은 길을 잃는 데 천재랍니다. 지도를 꼼꼼히 보고 길을 확인하면서 가는데 어째선지 정신을 차리고 보면 강 모래톱에 갇혀 있는 거예요. 곧은길을 한없이 걷고 있는데 어느새 처음 왔던 곳으로 돌아가 버리기도 하죠. 저는 로안 선생님을 따라 길을 잃고 여러 곳에 가 보았습니다. 모든 게 사람 얼굴로 보이는 마을, 죽은 사람을 만날 수 있는 온천 마을, 귀신이 나타난다는 소문이 있는 마을. 거긴 벚꽃이 참 예뻤는데. 그리고 화산 분화구 주변을 걸은 적도 있었고, 거대한 동물의 몸속처럼 부드러운 고기 벽에 에워싸인 곳도 지나갔었죠. ……부인, 왜 그러십니까?"

다른 사람일지도 모른다. 길치가 또 있을지도 모른다. 그런 생각도 해 보았지만 나는 확신했다. 손에 든 여행 안내서를 쳐다보고, 작가의 이름을 뚫어져라 바라보았다.

"이분을 만나 볼 수는 없을까요?"

"하아, 저, 무슨 이유로……?"

"그분에게 쓴 편지가 있어요. 그걸 직접 전해 드리고 싶어요. 수상한 사람은 아니에요. 그래요, 오래전에 어쩌면 그분과 저는 친구였을지도 몰라요."

남자는 여우에 홀린 표정이었다.

"제발 부탁드립니다."

나는 고개를 깊이 숙였다.

하고 싶은 말이 가슴속에 흘러넘쳤다.

그것을 누군가에게 전하고 싶은 건 마음이 죽지 않았기 때문이다.

분명 살아 있으니까, 말이 흘러넘친다.

나는 살아 있다.

"그럼 여기 계시면 곧 만날 수 있을 겁니다. 로안 선생님하고 여기서 만나기로 약속했으니까요."

남자는 그렇게 말하고 가게 밖으로 나가 길 저편을 살펴보았다.

"아, 보세요, 호랑이도 제 말하면 온다더니. 선생님이 오셨네요. 저기 머리 긴 사람이 그분입니다."

나도 밖으로 나가 남자가 가리키는 쪽을 보았다. 많은 사람들이 오가는 길 저편에 머리가 긴 사람이 걸어오고 있었다. 아직 멀어서 생김새는 잘 보이지 않았지만 가르쳐 주지 않았다면 여자로 착각했을지도 모른다. 아무래도 이쪽으로 다가오는 것 같았다.

"로안 선생님!"

남자가 손을 흔들었다. 목소리를 들었는지 로안 선생님이라는 사람이 멈춰 서서 이쪽을 향해 한 손을 우아하게 들었다.

지나가는 사람들 위로 햇살이 쏟아지고 있었다. 수많은 사람들이 잘 정비된 가도를 걸어가고 있었다. 앞으로 여행을 떠날 사람들. 여행에서 돌아온 사람들. 정말 많은 사람들이 있었다.

귀에서 마을의 소란스러운 소음들이 멀어지면서 그 사람의 윤곽만 뚜렷이 보였다. 분명 그 소년이다. 내게 "자, 가요"라고 말해 주었던 소년이 틀림없다. 그런데 그때였다. 오른쪽에서 나온 사람과, 왼쪽에서 나온 사람이 스쳐 지나가면서 그의 모습을 가렸다.

"아……."

내 옆에서 남자가 신음을 흘렸다.

로안 선생님이라는 사람의 모습이 사라진 것이다.

마치 연기처럼 사라지고 말았다.

남자가 한숨을 쉬었다.

"또 저러네. 선생님의 나쁜 버릇이 도졌나 봅니다. 지금쯤 산속에 있을지 들판에 있을지……. 별수 없죠, 여기에서 잠깐 기다립시다. 길을 헤매다 돌아오면 훌쩍 나타나겠지요. 이번에는 어디에 다녀왔는지 나중에 그 얘기나 천천히 들어 보지요."

나는 고개를 끄덕였다.

그리고 그가 사라진 자리를 하염없이 바라보았다.

나는 이웃 섬나라의 서적들을 번역해 생계를 꾸려 나가고 있
다. 글로벌이니 지구촌이니 하여 세상의 경계가 사라져 가고는
있으나 자국어도, 제2외국어도 아닌 말로 된 서적을 술술 읽을
수 있는 사람은 아직 그리 많지 않다. 그런 사람들에게 번역서
는 필수 불가결한 물건이다. 특히 입소문을 탄 작가의 책은 인
기다. 좋은 소설은 마음을 치유한다. 고통을 지워 준다. 마음을
달랠 목적으로 독서를 즐기는 사람도 드물지 않다.

　출판사는 어느 곳에서도 내지 않은 작품에 대한 소문을 들으
면 나에게 읽어 보라 한다. 다 읽으면 검토서를 쓰게 해서 작품
의 계약 여부를 고민한다. 나는 그런 출판사의 결정을 도와 거

기에서 떨어지는 번역 의뢰라는 떡고물을 받아먹는 것이다.[*]

나는 심각한 근시다. 번역이라면 웬만큼 했는데도 늘 실수를 한다. 첫째 줄에서 시작해 줄을 따라 차례로 번역을 했는데 어째선지 행을 뛰어넘어 다음 문장으로 문장을 이어 버린 경험도 있다. 그런 얼빠진 실수에 질려 이제 철야 작업은 그만하려고 하는데 그만둘 수 없는 사정이 있다.

이 책은 왜 이렇게 재미있을까?

나도 그 이유를 잘 모르겠다. 이 작가에게 콩깍지가 씌어 그런 건지도 모르지만 과연 그럴까? 공대 출신이라는데 이렇게 재미있는 소설을 쓸 수 있나? 내 소견으로는 문과대를 나온 사람들이 아니면 글을 못 쓸 것 같은데, 어째선지 이공계 출신들도 참 잘 쓴다.[**] 꿈이라도 꾸는 심정이다.

이 책을 맡게 된 것은 우연이었다. 당시 작업 일정은 어느 정도 결정되어 있었다. 예상치 못한 작품을 맡게 되는 경위는 늘 그렇듯 그렇고 그런 사정이었다. 책이 너무 재미있어 보였던 것이다. 어느새 수면 시간을 담보로 삼아 계약서에 사인을 하

---

[*] 언제나 이런 절차를 통해 의뢰를 받는 것은 아니다.

[**] 야마시로 아사코(오쓰이치)는 도요하시 기술과학대학 공학부 출신이며, 요코미조 세이시, 히가시노 게이고, 모리 히로시, 호시 신이치 등도 이공계 출신 소설가들이다. 우리나라에서 예를 찾자면 「퇴마록」의 이우혁을 들 수 있겠다.

고 있었다. 슬슬 몸 생각도 해야 하는데 철야 작업은 이어지고, 창밖은 캄캄한 어둠뿐이다. 자, 또 영혼을 팔아야겠군, 하고 나는 마음속으로 중얼거렸다. 장시간 책상 앞에 앉아 작업을 하다 보니 늘 쓰던 단어도 헷갈리기 시작해 국립국어원 표준국어대사전의 도움을 받아 옮겼지만 올바른 용법인지 모르겠다.[*] 오늘 밤도 철야구나, 하고 각오할 즈음 목차가 눈에 들어온다. 제목만 봐도 호기심을 자극하는 책이다. 그렇게 나는 작업을 뒷전으로 미루고 책을 손에 들었다.[**]

"그런데 이게 진짜 물건이더라니까, 얼마나 오싹하고 재미있던지 그날 또 홀딱 밤을 새고 말았지 뭔가."[***]

도서관에서 우연히 친구를 만난 나는 며칠 전에 읽은 한 권

---

[*] 불안해할 필요 없다. 여러분은 지금 훌륭한 편집자들이 눈에 불을 켜고 교정한 작품을 보고 있다.

[**] 사람마다 다르지만 나는 아직 읽지 않은 작품의 경우 그대로 작업에 들어가는 편이다. 교정까지 고려하면 한 작품을 세 번 네 번 읽게 되기 때문에 이러한 궁금증은 작업 속도를 높이는 좋은 당근이 된다.

[***] 물론 나의 평소 말투는 이렇지 않다.

의 책에 대해 열띤 목소리로 감상을 토로했다.

"또 시작이군, 그렇게 재미있던가?"

말 한번 얄밉게 하는 이 친구의 이름은 이즈미, 노안이다. 책을 많이 읽어서 그런가, 아직 젊은 나이인데 안됐다. 이름도 계집애 같고 검고 긴 머리카락을 말 꼬리처럼 묶고 다니지만 엄연한 사내 녀석이다. 늘 다니는 도서관에서 우연히 만난 것이 인연이 되어 가끔 이렇게 만나 책 이야기를 나누곤 하지만 연락처도 거처도 알지 못한다. 바람처럼 훌쩍 나타났다 사라지는 이 친구와 때가 맞으면 이렇게 가끔 도서관에서 마주쳐 몇 마디 주고받는 것이다.

"자네도 이 작가 알지? 원래 오쓰이치라는 필명으로 작품을 발표했는데, 야마시로 아사코, 나카타 에이이치라는 이름으로도 작품을 발표했다네. 이건 야마시로 아사코 명의로 발표한 기담집 중 두 번째 작품이야."

나는 그에게 책을 내밀었다. 자고로 책을 읽는 사람들은 크게 세 가지 부류로 나뉜다. 자기가 읽기 전엔 절대 결말을 알기 싫어하는 사람과, 아무래도 좋은 사람, 적극적으로 결말을 궁금해하는 사람이 있다. 나는 세 번째 부류, 내 친구는 두 번째 부류에 속한다. 덕분에 나와 그는 서로 아직 읽지 않은 책에 대해서도 즐거이 떠들 수 있는 것이다.

"이 표제작부터가 범상치 않아. 엠브리오를 키우면서 남자인 미미히코가 부성애를 느끼게 되는 과정과, 진짜는 아니지만 자식을 제대로 거두지 못한 부끄러운 과거를 숨기려는 복잡한 남자의 심정까지 섬세하게 그려 냈단 말이지. 왜, 자식 잘되라고 입양을 보냈다가 아이가 장성해 다시 찾아오면 얼굴을 못 마주치는 부모가 있지 않나. 당시로서는 최선의 선택이지만 그 선택을 하기까지 부모로서의 소임을 다했는가 자문하고, 자책하기 때문이겠지. 아무튼 이 단편은 보통 사람과는 다르게 '길을 잃는' 사내와 보통은 어머니 배 밖에서 살 수 없는데 살아남은 엠브리오, 거기에 태아였던 과거를 어렴풋이 기억하는 소녀라는 설정까지 더해져 훌륭한 기담으로 탄생했어."

나는 둘도 없는 타이밍에 만난 그를 붙잡고 정신없이 이야기보따리를 풀기 시작했다.

"이야기를 듣고 있자니 그 칠칠치 못한 미미히코란 사내는 꼭 누굴 닮은 것 같군."

"거기서 왜 날 쳐다보나?"

"아무것도 아닐세. 그래, 다른 단편들은 어떤가?"

"그게 또 기가 막힌단 말이야. 나는 이 책을 읽으면서 작가가 이 작품을 집필하는 사이 부모가 된 게 아닐까 하는 생각이 들더군.* 물론 작품 소재도 그렇지만 부모와 자식 간의 애틋한 감정을 이런 짧은 글 속에 이 정도로 깊이 있게 써낼 수 있었던 건, 겪어 본 사람만이 아는 일종의 경험에서 오는 성찰 때문이 아니었을까 싶어. 바로 부모가 된다는 두려움과, 부모가 됨으로써 느끼는 자식에 대한 애정, 그리고 나아가 자신을 낳아 준 부모에 대한 효심, 가족애 같은 것이지."

"그렇다면 이 작가는 역시 성격이 꼬인 사람이 맞는 것 같군."

"그건 또 무슨 말인가?"

설마 으스스한 이야기를 쓴다고 사람까지 음침하다고 말하려는 것은 아니겠지.

"자네가 말해 준 「있을 수 없는 다리」와 「지옥」이라는 단편 때문이지. 둘 다 부모 자식 간의 끊을 수 없는 인연을 말하는 듯하다가도 결국 자신의 이익을 위해 가족마저 저버리는 모습

---

* 오쓰이치는 2010년 12월 출판사 블로그를 통해 아내의 출산을 알렸다. 『엠브리오 기담』의 9개 단편은 연 2회 발행되는 괴담 잡지 《유幽》에 2007년 12월부터 2011년 12월 사이에 연재되었다.

을 그리고 있지 않나?"

"아니, 꼭 그렇지만도 않네. 지나친 비약일지도 모르지만 반대로 생각하면 그 단편들은 일종의 자계自戒일 수 있어. 이만한 작품을 쓰는 작가라면 자기주장이나 자존감이 대단하지 않겠나? 그런 사람일수록 타인을 자기 삶에 받아들이려면 많은 것을 희생하고 감내해야 하지."

"호오, 그래서?"

"결혼과 출산으로 새로 생긴 가족을 앞에 두고, 이 작가는 고뇌했던 게 아닐까? 과연 끝까지 책임을 다할 수 있을까, 나는 좋은 남편, 좋은 아버지가 될 수 있을까? 그런 고민의 과정에서 나온 어두운 모습, 곧 자신만을 챙기는 모습이 이 두 단편의 암울한 결말이라면, '모든 것이 역겹다'라는 표현과 '지옥'이라는 제목은 곧 그에 대한 경종이라고 볼 수 있네."

"흠, 그것도 재미있는 생각이군. 하지만 또 모르지, 작가는 의외로 아무 생각 없이 썼을지도 몰라. 그나저나 자네가 책을 읽고 나서 그 정도로 곰곰이 고민하다니, 나는 그게 더 신기하네. 자네는 읽고 난 책은 아무리 재미있어도 금세 잊어버린다고 하지 않았나?"

"그렇다네. 그런데 이번 책은 기억에 오래 남더군. 아마도 기담이라는 장르의 매력 때문인 것 같아. 그냥 부모를 공경하고 자식을 사랑해라, 하고 교훈을 직접 전달할 수도 있겠지만 이렇게 으스스한 이야기로 들으면 뇌리에 더 선명하게 각인된단 말이지."

내가 고개를 갸웃거리자 그는 봄바람이 살랑살랑 불어오는 맑은 하늘을 바라보며 차분한 목소리로 말했다.

"일찍이 서양의 마키아벨리는 『군주론』에서 '인간은 두려움을 불러일으키는 자보다 사랑을 베푸는 자를 해칠 때 덜 망설인다'고 하였네. 결국 인간이란 어떻게 해야 한다는 규범보다는 어떻게 하지 않으면 무서운 일이 생길 거라는 두려움이 있을 때 더 인간다울 수 있는 건지도 모르지. 무의식중에 그런 조건을 충족시킨 이야기들만 기담으로 남는 건지도 몰라. 아니면 그냥 괴담으로 끝나겠지."

"자네는 가끔 참 별난 소리를 할 때가 있어."

이따금 이 친구의 나이를 가늠할 수 없을 때가 있다. 그것은 누군가의 자식이면서 동시에 누군가의 부모가 될 수 있는 가능성을 지닌 우리가 유전자 속에 흐르는 유구한 과거를 인지認知하고 있기 때문이 아닐까 하는 생각을 문득 해 본다.

"그건 그렇고 이 이즈미 로안이라는 인물 말인데, 참 독특하지 않은가? 공간을 이렇게 이동할 수 있다는 건 일종의 차원 통로를 지나는 거겠지? 이자는 고정된 시간 축 속에서 공간 축을 중심으로 한 이 세상과 저 세상의 모든 영역을 오가는 것으로 보이네. 하지만 누가 또 알겠나, 이 길치가 심각해지면 시간 축에서도 길을 잃게 될지. 그렇게 되면 그자가 지금 이곳에 불쑥 나타날지도 모르겠군. 한 번쯤 만나 보고 싶네."

"그래서 자네가 함께 길을 잃어 주는 친구가 되어 주려고?"

"하하, 그것도 좋지. 그러고 보니 자네, 여기 이즈미 로안이라는 사내하고 머리 모양이 똑같군. 혹시 자네도 여기 오다가 길을 잃은 것 아닌가?"

내 속없는 농지거리에도 눈앞의 친구는 그저 가만히 웃기만 할 따름이었다.

대화가 드문드문 끊길 즈음 날이 저물기 시작했다. 기울어 가는 붉은 태양을 눈부신 듯 바라보던 그가 책을 내 쪽으로 도로 밀어냈다.

"오랜만에 만났는데 오늘은 이 책 이야기만 하다가 시간이 다 갔군."

나는 피식 웃으며 책에 손을 얹었다.

"뭐가 걱정인가, 어차피 여기 오면 싫어도 또 만나게 될 터인데."

책 모서리를 쓰다듬으며 이 기묘한 이야기들이 어떻게 끝날지 설레는 마음으로 밤새 한 장 한 장 넘겼던 기억을 더듬고 있는데 그가 자리에서 일어나는 기척이 느껴졌다.

"그럼 난 이만 가 봐야겠네."

"벌써 가려고?"

아직 자리에 앉아 있는 나를 바라보는 그의 입가에는 조용한 미소가 걸려 있었다.

"자네는 참 복이 많군. 업으로 삼고 있는 일에서 그렇게 좋은 책을 만나다니."

나도 동감이다. 그래서 이 일을 그만둘 수가 없다. 나는 독서가 즐겁다. 그냥 있으면 몰랐을 것들을 잔뜩 볼 수 있다. 취향을 타는 책도 있지만 장르 소설은 모두 좋다. 아직도 이런저런 책들을 사 놓고 펼쳐 보지도 못했다. 하지만 언젠가 반드시 읽을 것이다.

혼자 생각에 잠겨 있는 사이 문득 아직 그와 한 번도 도서관 밖에서는 만난 적이 없다는 것을 깨달았다.

"어이, 그러지 말고 저녁이라도 함께⋯⋯?"

나는 고개를 들어 방금 자리에서 일어난 그를 불러 세우려 하였으나 거기에는 그의 옷자락이 낸 바람결뿐, 수련처럼 단아한 그의 모습은 어느새 눈앞에서 홀연히 사라지고 없었다.*

김선영(번역가 및 '미스터리 애호가')

---

* 작품을 번역하며 워낙 재미있게 읽은 터라 오마주 형식으로 후기를 써 보았다. 내게 이주미란 이름을 가진 노안 친구는 없다.

옮긴이 김선영

한국 외국어 대학교 일본어과를 졸업했다. 다양한 매체에서 전문 번역가로 활동했으며 특히 일본 미스터리 문학에서 왕성한 활동을 하고 있다. 옮긴 책으로는 '소시민' 시리즈, 『야경』 『엠브리오 기담』 『쌍두의 악마』 『인형은 왜 살해되는가』 『살아 있는 시체의 죽음』 『손가락 없는 환상곡』 『고백』 『클라인의 항아리』 『열쇠 없는 꿈을 꾸다』 『완전연애』 『경관의 피』 『흑사관 살인 사건』 등 다수의 작품이 있다.

엠브리오 기담

1판 1쇄 2014년 3월 20일
1판 4쇄 2024년 9월 25일

지은이 야마시로 아사코 | **옮긴이** 김선영

책임편집 김세화 | **편집** 임지호 지혜림
디자인 이정민 | **원서 표지 디자인** 나쿠이 나오코 | **일러스트** 야마모토 다카토
저작권 박지영 형소진 최은진 오서영
마케팅 정민호 서지화 한민아 이민경 안남영 왕지경 정경주 김수인 김혜원 김하연 김예진
브랜딩 함유지 함근아 박민재 김희숙 이송이 박다솔 조다현 정승민 배진성
제작 강신은 김동욱 이순호 | **제작처** 한영문화사(인쇄) 경일제책사(제본)
독자모니터 신원선

펴낸곳 (주)문학동네 | **펴낸이** 김소영
출판등록 1993년 10월 22일 제2003-000045호

주소 10881 경기도 파주시 회동길 210
문의 031-955-2637(편집) 031-955-2696(마케팅) 031-955-8855(팩스)
전자우편 elixir@munhak.com | **홈페이지** www.elmys.co.kr
인스타그램 @elixir_mystery | **X(트위터)** @elixir_mystery

ISBN 978-89-546-2420-6 (03830)

엘릭시르는 출판그룹 문학동네의 장르문학 브랜드입니다.

잘못된 책은 구입하신 서점에서 교환해드립니다.
기타 교환 문의 031) 955-2661, 3580